The Adventures of Robinson Crusoe

鲁滨孙漂流记

[英] 丹尼尔·笛福◎著 麦 芒◎译

天津出版传媒集团

天津人民出版社

图书在版编目（CIP）数据

鲁滨孙漂流记 / (英) 丹尼尔・笛福著；麦芒译.
-- 天津：天津人民出版社，2018.3
ISBN 978-7-201-12879-5

I. ①鲁… II. ①丹… ②麦… III. ①长篇小说—英国—近代 IV. ①I561.44

中国版本图书馆CIP数据核字（2018）第007366号

鲁滨孙漂流记

LU BIN SUN PIAO LIU JI

出　　版　天津人民出版社
出 版 人　黄　沛
地　　址　天津市和平区西康路35号康岳大厦
邮政编码　300051
邮购电话　（022）23332469
网　　址　http: //www.tjrmcbs.com
电子信箱　tjrmcbs@126.com
责任编辑　刘子伯
印　　刷　三河市华东印刷有限公司
经　　销　新华书店
开　　本　880×1230　　1/32
印　　张　9.5
插　　页　6
字　　数　220千字
版次印次　2018年3月第1版　2018年3月第1次印刷
定　　价　29.80元

On this unlucky day in September 1651, he boarded the ship, which was bound for London.

(P5)

What I can take away on the boat has been cleaned up by me.

(P50)

The lamb has become gentle and tame... It's very flattering.

(P101)

When I came to the southwest corner of the island, I was completely disconcerted.

(P151)

On Friday,

(P190)

With this attitude, I boarded the ship to Lisbon and arrived there in April.

(P264)

前　言

丹尼尔·笛福（1660—1731），英国小说家。英国启蒙时期现实主义丰富的小说的奠基人，被誉为英国和欧洲的“小说之父”。1674年，年轻的笛福就开始学习当一名牧师。但他并不适合牧师这种工作，正如他所创造出来的英雄鲁滨孙一样，他的生活充满了冒险与刺激。1683年，笛福曾被海盗俘虏过。这次经历，再加上一名曾经在海上遇难的苏格兰水手的叙述，提供了笛福写作《鲁滨孙漂流记》这部脍炙人口小说的题材。虽然《鲁滨孙漂流记》一直到笛福将近六十岁时才出版，但它依然为笛福带来历久不衰的声誉。继《鲁滨孙漂流记》成功之后，接下来的五年之中，笛福又陆续写了《生命》《冒险》《红牌船长的海盗生涯》及《疫年大事记》四本书。

《鲁滨孙漂流记》是丹尼尔·笛福59岁时所著的一部现实主义回忆录式冒险小说，在当时有很大影响，至今仍是雅俗共赏的名著。小说分三部分：第一部分写鲁滨逊初出茅庐，最初三次航海的经过及其在巴西经营种植园的情况；第二部分详细描述了主人公流落荒岛，独居28年的种种情景；第三部分简要交代了鲁滨逊回国后的命运及这个海岛未来的发展趋向，作者用生动逼真的细节把虚构的情景写得使人如同身临其境，具有强烈的真实感。这本小说被认为是第一本用英文以日记形式写成的小说，享有英国第一部现实主义长篇小说的头衔。

目录 Contents

第一章 航海

1632年，我出生在约克城的一个体面人家。我们不是当地人，父亲来自德国不来梅。他到英国后，开始住在赫尔城，经商发家后就收了生意，搬到约克城，在那里娶了我母亲。我母亲娘家姓鲁滨孙，在当地是名门望族。随着母亲的姓氏，家里人给我起名为鲁滨孙·克罗茨尼。但由于英语语音的习惯称呼，大家都叫我“克罗索”，以致连我们自己也这么叫。所以，朋友们都叫我克罗索。

我有两个哥哥。大哥曾在英国驻佛兰达步兵团中担任中尉，著名的洛克哈特上校曾率领过这支部队。大哥在敦刻尔克附近与西班牙人作战时牺牲。至于我的第二个哥哥，直到现在我对他的下落也一无所知，正如后来我父母不知晓我的下落一样。

我在家中排行老三，从没有正经学过什么东西。从小就梦想周游世界。我父亲有着浓厚的传统思想，除了让我接受必要的家庭教育外，还叫我念了乡村义务学校，一心一意想让我将来学法律。但除了航海，我对任何事情都不感兴趣。对航海的执着，使我违背父愿，对母亲及朋友的忠告和劝说，也都强烈地抗拒不遵。我的固执

乖戾，仿佛注定了我日后不幸的命运。

我父亲严肃而又十分明智，由于预见到我的想法中存在危险，他给了我许多严厉又精辟的忠告。一天早晨，他把我叫到他的房间（他因患风湿病而行动不便），非常温和地劝说了我一番。他问我除了满足我想在海外瞎闯的念头，我究竟有什么理由离弃自己的家庭和故土呢！在家里，我依靠家人的帮助，有着光明的前途，通过自己的努力和勤奋，可以过上安逸而舒适的生活。他告诉我，到海外去冒险、去创业，或是想以此扬名的人，不是穷途末路，便是充满野心。但对我来说，是居于两者之间，即所谓的中间阶层。以他长期的社会经验，这恰是世界上最理想的阶层，最能予人以幸福；既不同于体力劳动者吃苦受累，也不像上层阔人那样因骄奢、野心、猜忌而感到烦恼。

他告诉我，通过一件事情，我就可以判断出这样的生活是幸福的，即所有的人都羡慕这种生活。帝王们常常感叹高贵的出身给其带来的不幸际遇，而希望自己生于贵贱之间。众多智达之人也都把这种地位看作是衡量幸福的标准。他们常常向神祈祷，希望自己既不贫穷，又不要过于富有。

他要我认识到，上层社会和下层社会的人都多灾多难，而中间阶层灾祸最少，更不会像前两种人那样大起大落。不仅如此，中间阶层的人既不必像贵族人物那样因生活挥霍无度骄奢淫逸而心力交瘁，也不会像穷人为了温饱而艰难度日。唯有中间阶层的人们才最有机会享受生活中的一切美好和舒适欢乐，平和、富裕是中产人家的随身之宝。他又说，遇事沉稳，温和谦逊，健康的体魄，愉快的交际，令人欢喜的娱乐，称心如意的志趣，所有这些幸福都属于中间阶层的人们。中间阶层的人们可以平稳安闲地过日子，不必劳心费力为每天的面包而过着奴隶般的生活，身心得不到片刻的安宁；也不必为成名发财的欲望所困扰，可以享受愉快舒适的生活，品尝生活的甜美，体会生活的幸福。

接着，他极其认真而又和蔼地劝我不要耍小孩子脾气，陷入一些从道理和家庭出身讲都可避免的烦恼之中。

他说我没必要为生计操劳。他将竭力帮助我进入他所建议的那种生活状态。如果我将来生活得不够快乐、幸福，那完全是我的命或是我自己的过错。他责任已尽，因为当他得知这件对我不利的事情之后，已给了我警告。他说如果我听他的话，留在家中，他一定尽力帮助我，为避免我将来的不幸绝不同意我离家远游。

最后，他对我说，我应以哥哥为前车之鉴。当初他也曾同样恳切地规劝哥哥不要去佛兰德打仗，但哥哥不听。年轻人血气方刚，决意去军队服役，最后葬送了性命。他说他将永远为我祈祷，并断定如果我非要愚蠢地走这一步，上帝一定不会保佑我，当我穷途末路时，我会后悔莫及。

事后想起父亲的最后这段话，确实很有预见性，尽管我确信当时我父亲自己并未意识到这种先见之明。尤其是当他谈到我那丢掉性命的哥哥时已是泪流满面，讲到将来我会走投无路时，竟伤感得终止了他的谈话，并对我说他的内心已充满了忧虑悲伤，无法再说下去了。

我被父亲这番话深深地感动了。是的，人非草木，孰能无情。我下定决心遵从父亲的意愿，留在家里，打消了航海的念头。可是，唉，只过了几天，我就把自己的决心抛在脑后。简单地说，几个星期之后，我决定从他身边逃走。但并没有仓促行事，而是等我母亲心情稍好的时候，对她说，我下定决心去海外闯荡闯荡，除此以外我无心做任何事情，父亲最好能答应我，免得逼我私自出走。我已经年满18岁，无论去做一个学徒工或去当一名律师助手都为时已晚。我确信如果我去做这些事情，那我必不会等到学徒期满，就会弃师逃掉，然后去航海。如果母亲说服父亲让我出外航海，等我因厌倦航海返回故里，我就再也不会外出，并加倍努力工作以弥补所浪费的时光。

这些话使我母亲非常恼怒。她对我说，拿这些话说给我父亲听毫无用处，他太清楚其中的利害关系，绝不会答应这种对我有百害而无一利的事情。她说她很奇怪，在我父亲同我进行了那样的谈话、那样的谆谆教诲后，我仍然旧事重提。她说，总之，如果我自寻绝路，没人会帮我，我也就不要再设想他们会答应我这件事。而她自己，则更不愿帮我走向绝路，免得日后我会说，当时我父亲不同意，而我母亲却同意。

尽管母亲当时拒绝向父亲传达我的话，但后来我听说她把我们的谈话全都告诉父亲了。父亲对此非常担心，叹息道："这孩子如果能留在家里，他会很幸福；可他如果非要出外航海，就将是世界上最不幸的人。我绝不会答应他。"

其后不到一年，我离家出走了。在出走前的这一年里，我顽固地拒绝了家里让我找点事做的提议，并且常因此事同他们争辩。直至有一天，我偶然到了赫尔城，虽然当时并没有私自出走的念头，但到了那里，我遇到一个朋友，他正打算坐他父亲的船到伦敦去，并怂恿我跟他们一起去，答应在航行中对我分文不取。我既没有同父母商量，甚至也没给他们留口信，只得让他们从别人那儿打听到我的下落了。我既不祈求上帝或父亲的祝福，也没有考虑当时的处境和后果，就在1651年9月10日这个不吉祥的日子，登上了这艘开往伦敦的船。我确信，没有一个年轻冒险者的不幸命运开始得比我更早，比我持续得更久。

船刚驶出亨伯湾港口，便刮起了大风，大海变得十分恐怖。我以前从没有坐过船，全身难过得要命，心里十分害怕。我开始认真地回顾自己的所作所为，因为私自逃离家庭和放弃责任，上帝现在对我的惩罚是多么公正啊！父亲所有的忠告，父亲的眼泪，母亲的哀求这时都浮现在我的脑海中。我的良心（当时还不似后来那般顽固不化）不禁谴责自己轻视别人的劝告，逃避对上帝和父亲的责任。

这时风声渐大，我从不曾到过的海面上波涛汹涌，虽不似我后来几次或过了几天我所见过的那样汹涌澎湃，但对于我这个初次航海，对海上的事一无所知的水手来说，已足以令我胆战心惊了。我以为每一个波浪都会把我们吞没，当船跌入漩涡的时候，我想我们再也不会浮起来了。在这种极度痛苦的心情下，我一次又一次地发誓并下决心：假如上帝愿意在这次航海中留给我生命，假如我能再一次踏上干硬的陆地，我将径直回到我父亲身边，在今后的日子将再不去坐船；我将听从父亲的劝告，再也不会自寻烦恼，好高骛远。

现在我明白了他的关于中产阶层生活的论断是多么正确，他的确过得很安闲、舒适，既没有遇到过海上的狂风恶浪，也没有碰到陆上的种种艰难困苦。我下定决心一定像个真正回头的浪子，回到我父亲身边去。

在暴风雨发作当时和之后的一段时间里，这些明智而清醒的想法一直盘踞在我的脑海里。但到了第二天，风平浪静，我开始有点习惯了这种海上生活。由于有些晕船，所以整天都无精打采的。傍晚时，风平浪静，一个美丽可爱的夜晚来临了。

第三天，天空依然晴朗，海面上凉风习习，阳光照耀，碧波万里，那种令人心旷神怡的景致是我从未见过的。

因为头天晚上睡得很好，所以现在一点也不晕船，心里十分高兴。看着前天还是那样波涛汹涌的大海，现在竟是这般平静可爱，心中好不诧异。这时，那位怂恿我上船的朋友恐怕我产生动摇，走到我身边，拍拍我的肩头说："嗨，伙计，现在感觉好点了吗？昨晚那股微风，把你吓坏了吧？"

"一股微风？"我反问道，"它简直是场可怕的风暴。"

"风暴？你这个傻瓜，"他说，"你叫它风暴？嗨，那算不上什么。我们的船很坚固，这里海面宽阔，这点风算不上什么。当然，你初次出海，也难怪你这样想。来吧，我们喝杯甜酒，把那些都忘掉。你看，今天的天气多么美好可爱呀！"

为尽量避免勾起我的伤心，我把这段经历说得简短些。总的来说，我们因循水手们的传统航路。甜酒配好后，我就被灌得酩酊大醉。那晚的"罪恶行径"把我对过去的痛恨、反悔及对未来的决心全都淹没了。总之，现在风平浪静，我那种慌乱的心情也一扫而光，那种担心被海水吞没的恐惧也消失殆尽，航海的热望又涌上心头。处境危难时立下的誓言被我抛于脑后。而那些改邪归正的念头也不时甚至顽固地占据我的脑海，但我把这些念头当作瘟神一样去竭力摆脱，强打起精神，去喝酒，去胡闹，不久便控制住了这种旧有的念头。不过五六天，我便像那些决心不受良心谴责的青年人一样，在良心上完全战胜了自己。为此，我命里注定要再受劫难，而且是自作自受，无处推诿。因为这次不肯悔改，下次的灾难当然就更加深重，就连世界上那些最穷凶极恶之人也会因此而害怕和求饶。

航行后第六天，我们抵达亚莫斯港口。由于逆风的缘故，风暴过后我们走的路程实在不多。我们不得不在这里抛锚停泊。之后的七八天，一直是自西南方吹来的逆风。在此期间，许多从新堡过来的船都驶入港口。因为这儿是船只往来必经的港口，船只都在这里等候顺风，然后驶入泰晤士河。

我们本不打算在这里耽搁太久，想直接驶入港口。无奈，风刮得太大了，而且四五天后，风势更猛。当时这里素有良港之称，我们又有上等的锚和结实的船具，所以大家都满不在乎，也不去担心会有什么危险，照常以水手们的方式休息玩乐。不料，到了第八天早晨，风势大增，于是全体船员行动起来，把中樯降下，把一切东西绑紧，以便我们的船可以进退自如。到了傍晚，大海怒涛狂澜，有几次船头钻入水中，船里进来很多水。有一两次我们以为锚要脱了，船主下令放下大锚，我们在船头下了两根锚，且把锚索放到了最长限度。

这时风暴来势凶猛可怕，连那些水手们的脸上也开始露出惊惧的神情。虽然船长小心谨慎地指挥大家极力保护船只，但每当他经过我身边出入他的舱室时，我都听见他轻声地自语："主啊！发发慈悲吧！我们都要完蛋了。我们都要被毁了。"诸如此类的话。在最初的纷乱中，我完全不知所措，动也不动地躺在船尾的舱里，当时的心情简直无法描述。最初我并没有像上次那样对我所犯的罪行进行忏悔，因为我很顽固，不想再继续忏悔。我觉得那些苦恼已成为过去，比起上次这已不算什么。但当船主从我身边经过，说我们

要完蛋的时候，我的内心又充满了恐惧。

我走出船舱向外望去，那真是我从不曾见过的惨景。排山倒海般的巨浪每隔三四分钟就向我们扑来一次。我向四周一望，全是凄惨的景象。舶在我们附近的两艘船，因为载货过重，都砍掉桅杆了。突然，我们船上有人惊叫了一声，一只舶在我们一英里外的小船沉没了。又有两只船脱了锚，船上已没有一根桅杆，十分危险地冲进了大海。那些轻便的小船运气最好，可以轻盈地漂在水面，但有两三只被风刮得从我们旁边飞驶而过，只挂着角帆随风飘去。

傍晚，大副和水手长恳求船主让他们砍掉前桅。起初船主不同意，但水手长抗议说，若不这样做，船就会沉没。船主终于无奈地答应了。当他们把前桅砍掉后，主桅开始松动，船身也随之剧烈晃动，无奈他们只好把主桅也砍掉，只留下空荡荡的甲板。

我当时的心情可想而知。对于一个初次航海没有经验的水手，不久前遇到的那次小风浪已把我吓得半死，更何况这次的大风暴呢！现在回想起来，当时我对自己那种忏悔以后又重生恶念的恐惧，比对死亡还要恐惧十倍。再加上对风暴的恐怖，使我陷入了一种难以描述的境地。但这并不是最糟糕的，更糟的是风暴越来越猛，就是水手们也承认前所未见。

虽然我们的船非常坚固，但因载货过重，不住地在海里打转，水手们则不停地喊叫着船要沉了。侥幸的是，我不懂他们所说的“沉”的真正含义。当然后来我知道了。这时风暴更加凶猛，我看到了平时少见的情景：船主、水手长和一些较有头脑的人都在不断地祈祷，他们感到船随时有沉没的危险。

半夜时分，祸不单行，一个负责到船底检查的人跑上来，喊道：“船进水了！”过了一会儿又跑上来一个水手，说船底的水已经四尺深了。于是全船的人都被叫去抽水。

听到这些话，我的心仿佛骤然死去，身子一下子从我坐的床边向后仰去，翻倒在船舱里。这时有人把我叫醒，对我讲："以前你什么事情都干不了，现在抽抽水大概能行吧。"于是，我立即打起精神走到抽水机旁，使劲儿干了起来。正当我埋头苦干的时候，船主发现了几只装煤的小船，卷在风浪里随风向海上漂去，当小船从我们船边经过时，船主便下令放了一枪，作为求救信号。我当时不懂放枪的意思，听到枪声大吃一惊，以为船破了，或是发生了什么可怕的事情，吓得跌倒在甲板上晕了过去。这时人人无暇自保，当然不会有人来管我的死活了。另外一个人立刻接替我继续抽水，那人把我踢到一边，以为我已经死去，任我躺在那里。过了好长一段时间，我才苏醒过来。

我们继续抽水，但舱底的水还是继续上涨，显然我们的船即将沉没。这时风浪虽然小了，但船肯定驶不进港湾了，船主只得继续鸣枪求救。有只轻便船只这时刚好漂到我们前边，便冒险派只小艇来救我们。

那只小艇极尽危险才靠近了我们的大船，但我们却无法上去，小艇也无法靠拢我们的大船。后来，小艇上的人奋力摇桨，我们便从船尾扔下一根带浮筒的绳子，把它尽量放长，费了很大的劲儿，小艇上的人才抓住绳子。我们使劲儿把小艇拉到我们大船的船尾，这才全部上了小艇。但上去后，我们都没办法使小艇靠近他们的大船。于是大家商定，让小艇随波漂泊，并尽量使它朝岸边走。我们的船长承诺，如果小艇在岸边触礁，他将照价赔偿。于是，我们摇着桨，小艇随风向北漂流，几乎漂到文特顿附近了。

我们离开大船还不到一刻钟，便看见它沉了下去。这时，我终于明白，在大海里“下沉”究竟意味着什么。说老实话，当水手们告诉我大船将沉时，我几乎没有心思去看它。那时，与其说是我爬下了小艇，倒不如说是被人抛到小艇上。一半由于过度惊吓，一半由于感到自己前途未卜，内心恐惧万分，心脏也仿佛停止了跳动。

在这种形势下，众人拼命把小艇摇向岸边。每当小艇被抛到浪尖上时，我们都可以看见许多人沿着岸边奔跑，他们打算在我们靠岸时救助我们。但小艇行进速度极慢，一时难以靠岸。后来小艇一直驶过了文特顿的灯塔，由于海岸向西凹了进去，挡住了风势，我们才费尽九牛二虎之力把小艇摇进了海湾，安全着陆。上岸后，我们便步行走到了亚莫斯。在那里，我们这些受难的人得到了盛情款待，地方长官还给我们妥善安排了住宿，那些富商、船主又给我们提供了足够的盘缠，我们可以按自己意愿到伦敦去或回赫尔城。

当时，如果我还有点头脑，返回赫尔城，回到家中，我肯定会很幸福的。我的父亲，肯定会像耶稣在《圣经》中所讲的那样，宰杀肥牛迎接我的归来。因为自从他听说我搭乘的那只船在亚莫斯海口失事后，过了很长一段时间，才知道我并没有遇难。

但是，我霉运未尽，一种不可阻挡的力量驱使我继续向前。虽然有几次，理智而冷静的头脑大声疾呼“回家去”，但我却未付诸行动。一种神秘而有力的天意，一种我叫不出名字的力量，常常逼我们去自寻绝路，使我们明知眼前是绝路，却还要自投罗网。显然，在这种不幸天意的推动下，我厄运难逃。我违背了头脑里那冷静而理智的劝告，也没接受这次尝试中所受到的两次明显的教训，只想继续前进。

我的那位朋友，也就是以前怂恿我下决心的船长的儿子，现在反倒畏缩不前了。到亚莫斯两三天后，他才有机会同我谈话。因为我们虽在一个城市里，却是分开住的。和他一聊天，我就觉察到他的口气大变。他愁容满面，不停地摇头叹息，问我的近况。同时他又把我介绍给他的父亲，告诉他我这次来完全是一种尝试，准备以后到更远的地方航海。

他父亲以郑重而关切的口吻对我说："年轻人，你不应该再出海了。你应该把这次的灾难当作一个凶兆，那就是，你不适合做一个海员。"

"为什么？先生，"我说，"难道你也不再出海了吗？"

"那是两码事。"他说，"航海是我的职业，也是我的责任。你这次尝试性的航海，老天爷已经让你尝到了苦头，让你知道，如果你继续坚持下去，会有什么样的结果。正像约拿在他的船上一样，也许就是因为你，我们才会有这次的遭遇。请问，你到底是个什么人？到底为什么要出海呢？"

于是，我便把我的一些经历讲述给他听，没想到听到最后，他竟莫名地勃然大怒道："我做了什么孽，竟让你这种倒霉蛋混上我的船！以后即便你出一千英镑的价，我也不会和你同船的。"

我觉得他是受了损失才找借口向我发泄，事实上，他根本没有权力这样对我。后来，他又很郑重其事地同我谈话，劝我回到我父亲身边去，不要再惹怒老天爷招致自己毁灭。他说，我应该看得出是老天爷在和我作对。

最后，他说道："年轻人，相信我说的话吧。如果你仍不回头，以后不管你去哪里，你所遇到的只有灾难和不幸，直到你父亲的预言在你身上应验为止。"

第二章　遭遇海盗

对船长的话我不置可否，不久就和他分了手，从此以后我再也没有见过他，也不知他的下落。而我口袋里还有些钱，便从陆路到了伦敦。在路途上以及到了伦敦后，我一直进行着激烈的思想斗争，不知道自己该选择哪种生活道路，是回家去呢，还是再去航海。

一想到回家，羞耻之心便蒙住了我所有的念头，我立刻想象到邻居们将会怎样地嘲笑我。我不仅羞于见到父母，更羞于见到别人。从这时起，我常想，人们尤其是年轻人的情感有时是多么荒诞可笑。他们经常会用这样那样的事理来指导自己，不以犯罪为耻，反倒以悔罪为耻；不以自己的愚蠢行径为耻，反而以纠正自己的过错为耻。而实际上，知错必改才能成为聪慧的人。

这样的日子过了好几天，我仍不能决定今后该怎么办，今后的生活道路该怎么走。但对于回家，我却有着难以抗拒的厌恶感。过了一段时间，我遭受痛苦的记忆已逐渐从脑海里消失，仅有的一点回家的念头也日趋淡薄，最后我把回家的念头完全抛在了一边，准备再去航海。

那股邪恶的力量，曾使我离开父亲，促使我外出碰运气，使我异想天开以致听不进一切忠告，甚至是我父亲的恳求和命令。现在，这种念头又像以前那样，把航海这种最不幸的职业摆在了我面前。我又踏上了一艘开往非洲海岸的船。用水手们常说的话来说，到几内亚去了。

在我一生的冒险活动中，最大的不幸便是从未当过水手。如果是那样的话，我的工作虽然比往常要艰苦些，但却可以学到一些操作桅杆的技术和职责。即使将来成不了船主，却可胜任大副的工作。但，我往往做出错误的决定，当然这次也不例外。因为我口袋中有几个钱，穿着体面的衣服，所以在船上总像个绅士似的，对于船上的事务，既不了解也从未学着去做。

在伦敦，我竟然碰到了好人。这种破天荒似的运气，对于我——这个放荡不羁的人来说，实在是不常有。

魔鬼通常是不会放过给人设置陷阱的机会，但这次却放过了我。我一开始便结识了一位到过几内亚的船主，在那边他的生意很成功，决定再走一趟。他对我的谈话很感兴趣，大概是我那时的言谈还不十分令人反感。他听说我打算去海外增长点见识，就对我说，如果我愿意同他一起去，我不必掏旅费，还可以同他一起用餐。如果我能带点货，生意做成后，我将得到很多生意优惠，说不定可以赚些钱。

我马上接受了他的盛情邀请，并同这个正直而诚实的人成了莫逆之交。随身带了些货物，我便同他一起航海了。由于这位船主朋友的刚正无私，我很是赚了一笔钱。因为我按船主的指点，花四十镑钱买下了一批玩具和零碎货物，我把这些东西全带上了。这四十镑是我用通信的办法从几个亲戚那里筹集起来的。我确信他们可能是从我父亲或我母亲那里弄来的钱，送给我做这次远行的盘缠。

可以说，这是我一生冒险活动中唯一成功的一次航行，而这完全归功于我这位公正无私的船主朋友的帮助。正是在他的指导下，我掌握了一定的数学知识和航海规则，学会了怎样记录航程，如何观测天文，懂得了一个船员所应懂得的一切。因为，他乐意教，我也乐意跟他学。总之，这次航行，我不但成了一名水手，也成了一名商人。这次航海我带回了五磅零九盎司金沙。到伦敦后，我把它换成了约三百英镑。这使我更加雄心勃勃，也因此断送了我的一生。

然而，在这次航海中我也遭受了一些不幸，尤其是我总是不断地生病。由于我们的生意主要是在北纬15° 的非洲西海岸，有时甚至是在赤道附近沿岸进行，置身于那种炎热的天气中，我染上了热带病。

现在我俨然是一名几内亚商人了。然而不幸的是，我的这位好朋友回国后不久便去世了。船上的大副成了船主，我决定搭他的船再去走一趟非洲。这是一次最不幸的航行，虽然新赚的钱中我只带了一百镑，把其余的两百镑寄放在我认为很合适的一位去世的朋友的妻子那里。尽管如此，这次航海中我却屡遭不幸。

首先是当我们的船正向加纳利群岛航行时，也就是航行在加纳利群岛和非洲海岸之间时，一天拂晓，突然有一艘从撒列来的土耳其海盗船，扯满风帆向我们追来。我们也尽力把船帆扯满，全速前进，希望能够逃脱它的追赶。但我们发现海盗船对我们穷追不舍，再过几小时，肯定能追上我们，我们只好准备战斗。我们船上有12尊炮，而海盗的船上却有18尊。到下午3点钟的时候，它追上了我们。它本打算要撞击我们的船尾，由于出了差错，却冲到我们的后舷上。

我们搬过来8尊炮，对准敌船一齐开火。它一边还击，一边向后退，同时也组织他们船上的两百来人一齐开枪向我们射击。还算不错，我们无一人受伤，因为大家都隐蔽得很好。敌船极力攻击我们，我们则奋力抵抗。但第二次，敌船却向我们另一面的后舷攻过来，有六十个人冲上了我们的甲板，并很快地砍断了船上所有的索具。我们用枪、刺刀、火药等武器向他们反击，将他们击退了两次。

现在我把这段可悲的故事说简短些。总之，到最后，我们的船完全丧失了战斗力，三人死亡，八人负伤。我们被迫投降，被他们掳持到撒列，那里是摩尔人的一个港口。

在那里，我所受的待遇并不像我最初想象的那样可怕，也并没有像别人那样被送进皇宫里去。那时的我正年轻，又很伶俐，对海盗船的船长有用，于是我被作为战利品留在他家，做了他的奴隶。这样，我由一个商人一下子沦落为一个可悲的奴隶，这使我彻底心灰意冷了。

此刻我不禁想起父亲的预言，说我会遭遇不幸并呼救无门。他的话果然应验了，我现在的处境真是糟到了极点，这也正是上天的惩罚，我真是永无出头之日了！唉！可悲的是，这还只是我苦难的开始。读了下文，你自然就明白我的话了。

我的主人把我带回他家以后，我就满怀希望地等他再出海时能带我一起去。我确信，总有一天他会被一只西班牙或葡萄牙的战舰擒获，到那时我就可以获得自由了。但我的希望很快就化成了泡影。因为他每次出海时，总是把我留在岸上看管他那座小花园，或是留在家里做些奴隶干的苦活。等他从海上巡逻回来时，便让我睡在船舱里，为他看船。

在这里，我整日盘算着如何逃跑，用什么方法去实现我的逃跑计划。可是，我一直找不出办法。从当时的情况看，我根本没有逃走的可能。我找不到任何人来商量这件事，也没有人和我同伙儿。这里除了我以外，没有别的奴隶，没有别人，即便是英格兰人、爱尔兰人，或是苏格兰人，这里都没有。这样过了两年，虽然我常常用幻想来宽慰自己，但逃走的计划却无法付诸实施。

大约过了两年，状况发生了变化，争取自由的念头又重新出现在我的脑海。这个时候，主人在家的时间较多，不再做他的海上生意。据说，是因为缺钱。每个星期，如果天气晴朗，他都有一两次，甚至还多次坐着大船上的舢板，去海口捕鱼。每次去捕鱼时，他都叫我和一个名叫索利的男孩去给他划船。我们俩颇能得他的欢心，而我的捕鱼技术尤其高明。于是有时他便派我和一个与他有亲戚关系的摩尔人，还有索利，三人一同出海给他捕些鱼吃。

一天早晨，海面风平浪静，我们出去捕鱼。突然间，海上起了大雾。尽管离海岸还不到一海里，却无法看到海岸。我们无法辨清东南西北，划了整整一天一夜，直到第二天早晨，才发现我们不但没有靠近海岸，反而划到深海里去了，我们远离岸边至少有两海里。最后，我们费了些劲儿，冒了很大的风险，才安全抵岸。由于那天早晨的风很猛，我们又都饿得要命。

有了这次意外事情的警告，我的主人决定以后更加小心谨慎。他有一只从我们英国大船上得来的长艇，便决定今后出海必须带一个罗盘和一些粮食。他命令船上的木工，一个英国奴隶，在长艇中间做了一个小舱，样子像驳船上的小舱，舱后的地方可容一个人把舵拉索，舱前的地方也可容纳一两个人撑帆。长艇上所用的帆是那种三角帆，帆杠横垂在舱顶。船舱做得严密而舒适，可容船主和一两个奴隶睡在里边，还可放下一张吃饭桌，桌上的抽屉里放着他爱喝的酒及爱吃的面包、大米等。

我们经常乘这只小艇出海捕鱼，因为我捕鱼技术高超，他一次不落地都带我出去。有一次，他邀请了两三个当地有身份的摩尔人同他一起乘这只船去捕鱼游玩，并进行了充足的准备。出发前的那天晚上，他派人把许多食物搬到船上，并让我把他大船上的三支短枪和火药准备好。因为他们除了捕鱼外，还打算打鸟。

按他的要求，我得把一切都准备妥当。到第二天早晨，我把小艇冲洗得干干净净，挂上旗帜，一切都准备妥善，只待客人来临。不料到了后来，只有我的主人一个人来到船上，他说因为客人临时有事，不能赴约。他命令我同那个摩尔人及小男孩同平常一样出去替他捕点鱼来，他的朋友今晚要到他家里吃晚餐。他要求我一捕到鱼就送到他家来。我当时准备按他的吩咐去办。

第三章　出逃

这时，想要自由的念头又闪现在我的脑海里。因为如今，我可以自由支配一条船了。等主人一离开，我便开始做大量的准备。当然不是为了捕鱼，而是从海上出逃。尽管我不知道，也不曾考虑要逃向何方。但是，只要能逃出这里就足够了。

首先，我找了一个借口，告诉那个摩尔人，我们不能擅自吃主人的面包，让他往船上搬些食物。他应允了，这倒是实情。于是，他把一大篮子本地饼子、三罐淡水弄到了船上。由于知道主人装酒的箱子放在哪里（它显然是从英国人手中夺来的），我就在摩尔人到岸上去的时候，迅速把装酒的箱子搬到了船上，放得恰到好处，看起来仿佛就是原来就放在这里似的。同时，我又搬了半英担（1英担约合112磅）的蜜蜡放到船上，又拿上来一包线、一把斧子、一把锯、一柄锤子。这些东西都将对我非常有用，特别是蜜蜡，能够用来做蜡烛。

接着我又耍了另外一个花招，他居然也中了圈套（他名叫伊斯玛，大家都叫他蒙勒）。我把他叫过来说："蒙勒，主人的枪都在小艇上，你能弄些火药和子弹来吗？或许我们能打些水鸟！”（主人的火药都藏在大船上，这我知道。）

他说：“好吧，我去弄点。”

他真的拿来了两条大皮袋，一个里面装了一磅半多的火药，另外一条袋里装了五六磅火药和一些子弹。他把这些全部放到船上。与此同时，我又在大舱里找到了主人的一些火药。我找到一只大酒瓶，把瓶里剩下的一半酒倒到另一个酒瓶里，然后在里边装满火药。一切准备停当后，我们开船到港口外去捕鱼。港口堡垒的人和我们都熟识，谁也不会留意我们。在离港口大约1英里远的地方，我们扯下船帆，准备捕鱼。谁想这时风向正好向北，与我的愿望正相反。因为如果刮南风的话，我就有把握把船驶到西班牙沿岸，最不济也可到达加第斯海湾。但我下定决心，不管刮什么风，都要离开这个可怕的地方，其他的一切，只有听天由命了。

我们钓了会儿鱼，并无所获。因为即使我发现鱼上钩，也不把它们钓起，摩尔人也没有留意。于是我便对摩尔人说：“这样做不行，我们不能这样为主人服务，我们还得往远处走。”

他想了想觉得没什么不妥，便同意了。因为他在船头，便由他扯了起帆，我则掌舵，把船一下开到一里格（一里格约合三英里）以外，方才停下来，装作捕鱼。我把舵交给了那个小男孩后，走到摩尔人身旁，装作好像在他身后找什么东西，冷不丁把他拦腰抱住，迅速把他扔进了大海。

但他立即浮了出来，他游起泳来就像一个软木塞。这时他大声呼救，求我让他上船，说他愿意跟随我走到天涯海角。他在船后游得极快，眼看就要追上来了。

我赶快跨进船舱，取了一支鸟枪来，对准了他说，我没有加害他的意思，只要他保持安静，我绝对不伤他一丝毫毛。“不过，”我说，“你游泳的功夫很好，满可以游到岸上。况且今天风平浪静，乖乖地游到岸上去，我不会伤害你。如果你再靠近船一点儿，我就打烂你的脑袋。我已下定决心要争取自由了。”

他听完后转身向岸上游去，毫无疑问，他必可以轻松地游上岸，因为他是个出色的游泳好手。

我本来想把摩尔人留下来，把小男孩淹死，但我不敢冒险去信任摩尔人。他走后，我便对小男孩（他的名字叫索利）说：“索利，如果你对我忠实，我会使你成为一个大人物。但如果你不对着上天起誓，表示对我忠诚，我就把你也扔到海里。”

那男孩冲我笑了，天真无邪地对我起誓，说他愿意对我忠心耿耿，随我走到天涯海角。那发誓时的神情叫我无法不相信他。

当我的船还在游泳的摩尔人视野之中，我迎风驾船向大海驶去，使他们相信我在向直布罗陀海峡行驶（实际上任何有点头脑的人都会这样做的）。谁也不会料到我们会向南方那荒无人烟的海岸开去。在那边，黑人部落一定会用他们的独木船把我们包围起来，并杀害我们。只要我们一登岸，必然会被野兽或更无情的野人吃掉。

但黄昏时，我改变了航向，驾船向东南方行驶，后又转变航向向东行驶，以便能一直沿海岸行驶。

这时风势极好，海面平静，这样行驶下去，相信到第二天下午3点再见陆地的时候，我们就已在撒列以南150英里以外了，远离摩洛哥国王或国王任何的领地了，因为这里看不到一个人。

尽管如此，由于我已被摩尔人吓坏了，生怕再落入他们手中，我不敢停船靠岸，也没有下锚，借着风势，一口气走了五天。

这时风向逐渐偏南，我盘算着假如有人追我，这时也该放弃了。我便大胆靠了岸，在一条小河河口处抛了锚。我不知道这是什么地方，也不知道这是什么纬度，哪个国家，哪个地区，哪条河流，我看不见也不愿见到任何人，但头等重要的事情是找些淡水。

傍晚时，我们驶入小河，决心天黑后就到岸上去看看。但当天刚刚黑下来时，我们便听到很多不知名的野兽的可怕的狂吠声、咆哮声、呼啸声。那可怜的男孩怕得要死，哀求我等到天亮再上岸。

我说："好吧，索利，我们不上岸。但说不定我们白天碰到的人对我们比狮子还要凶。"

"那我们可以开枪打他们，把他们打跑。"索利笑着说。

这个英国男孩子在我们这些奴隶中说话惯用反语。看见索利这样兴奋，我也很高兴，于是从主人的酒箱里取了一杯酒给他喝，让他壮胆。毕竟索利的意见不错，我欣然同意了。

我们下了小锚，静静地躺了一夜。说实话，谁也没睡着。因为在两三个小时之后，我们便看到各种各样叫不出名字的巨兽跑到海边来，跳进水里，打滚、洗澡、冲凉，咆哮怒吼的声音，是我从未听过的。

索利十分害怕，实际上我也一样。当听到有只巨兽正向我们船边游过来时，我们更加恐惧。虽然看不见它，但从它喷水的声音可以断定，这是只凶猛而巨大的野兽。索利说是头狮子，我也这样认为。这时可怜的索利哭叫着要我起锚，把船划走。

"不要怕，索利。"我安慰他说，"我们可以在锚索上做一个浮标，把船向海里移，我想它们不会跟得太远。"话音刚落，那只野兽离船已不到两桨远了，这着实吓了我一跳。我立刻返回舱里取出一支枪，朝它开了一枪，它立即转身向岸边游去。

顿时，那些野兽的狂呼怒吼声响彻天空，我猜想这是由于枪响的缘故，可能这些野兽以前从未听到过枪声。那种情形真让人胆战心惊。这使我不得不相信，不仅晚上不能登岸，白天如何上岸也还是个问题，因为我们落入野人手里，不异于落入狮子、老虎之口。至少这两种危险是我们担心的。

但无论如何，我们都必须上岸弄些淡水，船上所剩淡水已不到一品脱了。现在的问题是，该在什么时候，到什么地方弄些水。索利说，如果让他带个罐子到岸上去，他可以找找看哪儿有水，替我弄点来。我问他为什么自己去，为什么不让我去，让他留在船上。他的话语充满深情，使我后来永远爱怜他。

他说：“如果野人来了，让他们把我吃掉，你逃吧！”

“好了，索利，”我说，“我们两个都去，如果野人来了，我们就开枪把他们打死，他们谁都吃不掉我们两个的。”

于是，我给了索利一片面包，又从酒箱里拿了杯酒给他喝，我们把船拉到了靠近海岸的合适的地方，只带了枪和两只盛水用的罐子上了岸。

我不敢走得离船太远，担心那些野人会坐独木船顺河而来，可是索利一看见一英里外有块低地，便迈步走了过去。

一会儿，索利向我飞奔而来。我认为他是被野人追赶，或是被野兽吓着了，赶忙跑去救他，但当我走近他时，才看清他肩上扛着个东西。显然是他打着的野味，样子像野兔，但皮的颜色不同，腿很长。不管怎样，我们都非常高兴，它的肉肯定很好吃。但索利带给我的喜悦不止于此，他告诉我，他已经找到了淡水，而且在那里没有发现野人。

后来我们才发现我们大可不必费尽周折寻找淡水，只要沿河而上走不多远，待潮水退去，就可以找到淡水，涨潮的时候，潮水也上涨得不远。因此，我们把所有的罐子都装满水，又把杀死的野味吃掉，准备继续前进。在那周围，我们没有发现人类的足迹。

我以前曾来过这个海岸，很清楚加纳利群岛和佛得角群岛离这里并不远。但现在没有任何仪器来测定我们所处的纬度，又不清楚也不记得那些群岛的纬度，也就不知道到什么地方或什么时候去找它们。我现在唯一的希望便是沿着海岸行驶，一直到有英国人做生意的地方。只要有往来的船只，就可以救我们，把我们带走。

据我估计，我们现在所在的地方，一定是处在摩洛哥王国和黑人国家之间的地区。这里荒无人烟，只有野兽出没，黑人由于害怕摩尔人，放弃了该地区而向南迁去，摩尔人觉得它是块不毛之地也不愿居住。实际上，双方放弃这块地方的共同原因却是这里盘踞着无数的猛虎、狮子、豹子和其他野兽。摩尔人只把它当猎场使用，来的时候都是两三千人，像支军队。确实如此，我们沿岸走了一百多里，白天所见到的是荒无人烟的不毛之地，晚上听到的全是野兽的怒吼和咆哮声。

白天的时候，有一两次我认为看到了加纳利群岛上的泰尼利夫山顶，便想冒险驶过去。但试了两次，都被逆风顶了回来，加之船小浪高难以行驶。于是，我决心按原计划——沿海岸行驶。

我们离开那个河口之后，曾多次被迫到岸上取淡水。尤其是有一次，在一个大清早，我们在一个地势较高的地角处下了锚，潮水

开始上涨。我们静静地躺下，准备待会儿把船往里面靠。

索利的眼睛比我尖，他这时轻轻地喊了我一声，要我最好把船开得离岸远一些。

“快，你看。”他说，“有个可怕的怪物躺在小山那边睡觉。”

我顺着他手指的方向看去，果然看见了一个怪物。原来在岸边，有一只巨大的狮子，正躺在一片山影下。

“索利，”我说，“上岸去把它打死。”

索利惊恐道：“让我去打它？它会把我一口吞掉的。”他强调了“会被一口吃掉”。于是，我不再对他说什么，叫他待着别动。我拿出那支最大口径的枪，装了大量的火药，还装了两颗大子弹，放在一边；然后又把第二支枪上了两颗子弹，再在第三支枪里装了五颗小子弹。我拿起第一支枪，尽力瞄准狮子的头部，开了一枪。不料这时它正用前腿挡着鼻子，子弹正打在它的膝盖上，打断了腿骨。它跳起来，先是大声咆哮，当发觉腿断时，就跌倒了，接着又用三条腿站起来，发出狂怒的吼声。我见没有打中它的头，不由吃了一惊，这时见它想要逃开，就立刻拿起第二支枪，对准它的头部又是一枪。只见它慢慢倒地，轻声吼叫着在那里挣扎。此刻，索利也放开了胆，请求我让他到岸上去。

我说：“好的，去吧。”于是他便跳进水里，一只手拿着小手枪，一只手划水，来到了那狮子跟前，用枪口对准它的耳朵，朝它头部又是一枪，彻底结束了巨狮的性命。

实际上这种事只能算是游戏，并不能给我们提供任何食物。花费三颗子弹和火药去对付这样一个无用的家伙，未免有些可惜。索利说非要从它身上弄下点东西不可。

在岸上他让我把斧子给他。

“干什么？索利。”我问。

“我想要把它的头砍下来。”索利答道。但索利没能砍下它的头，却把砍下的一只爪子带回来了。那可真是只硕大无比的爪子。

我考虑到，也许它的皮对我们有些用处，便决定把它的皮剥下来。接着我和索利便开始忙活，索利干这行比我高明得多，而我却完全不知如何下手。我们花了整整一天的时间，才把这张皮完全剥下来。把它铺在舱顶，两天后便晒干了，以后我睡觉时便垫着它。

这次停船之后，我们向南连续行驶了一两天。粮食日渐减少，我们吃得很节省。除了不得已取些淡水，我们也很少靠岸。我的计划是开到非洲海岸的冈比亚河或塞内加尔河，也就是想到佛得角一带，希望在那里能遇到欧洲商船。如果碰不到商船的话，我就不知该去哪里了，也许只有去找那些群岛，或是死在黑人国里。我知道所有来自欧洲的商船，无论到几内亚、巴西或是东印度群岛，都要从这个海角或这些群岛经过。总之，我把自己整个的命运都押在这里，要是碰不到船只，那就只有死路一条了。

我抱着这种决心，正如我前面所说，行驶了十多天，开始看到有人烟的地方。有几个地方，当我们经过时，可看到一些人站在岸上望着我们。他们通身漆黑，且一丝不挂。

我曾经很想上岸接近他们，但索利却充当了好顾问，对我说：“别去，不要去。”我把船靠近岸走，以便能同他们谈话，他们也沿岸跟着我跑了一段。我注意到除了一个人手中有根长竿，他们并没有别的武器。索利说，这是一种镖枪，他们能够把它掷得极远极准。

于是，我只好离得远点，尽可能打手势同他们交流，尤其是做了许多向他们要东西吃的手势。他们示意我把船停下，表示愿意给我弄些食物。我落了顶帆，就势将船停下。他们当中有两个人跑向村子，不到半小时便返了回来，带来了两块干肉和一些谷物。这可能是他们的土产，但这两样我们却都不认识。尽管我们很愿意接受，但如何接受却是另一个问题。因为我不敢冒险到岸上去接近他们，他们也同样怕我们，最后采取了一个两全其美的办法，即由他们先把东西放在岸上，然后远远地站着，一直等我们把东西拿到船上，才又重新走近我们。

我们打手势向他们致谢，因为我们拿不出任何东西答谢他们，这时正巧有个机会，使我们还清了他们的人情。这时我们正停在岸边，突然有两只巨兽从山上向海边冲来，其中一只正追逐着另一只，我们无法判断它们是雄雌相戏还是二者相斗，也摸不清这是寻常还是偶尔发生的事情。但我相信后者的成分居多。因为，首先这些猛兽一般只在晚上出现；第二，那些人都非常害怕，尤其是女人，除了那个拿镖枪的人，其余的都逃开了。但那两只野兽径直跳进水中，并没有袭击黑人的意思，只是在水中嬉戏。

后来，出乎我的意料，有一只竟跑到我们的船前来。但我早就做好了对付它的准备，已把我的枪装了弹药，也让索利把另外两支枪也装好弹药。当它来到射程内时，我就开枪打中它的头，它立刻沉了下去，但马上又浮上来，在水里上下翻卷挣扎，想要活命。事实也是如此，它立刻向岸上游去，但由于受到致命的伤，又被水呛而窒息，没游到岸上，它便死了。

那些可怜的黑人听到枪响，看到火光之时，那种惊恐的神情让人无法描述，更有几个吓破了胆，顿时跌倒在了地上。但当他们看见那头怪兽已死，且沉到水里之后，又看到我向他们招手，让他们回到海边时，他们才壮起胆子，到海边来搜寻那只死兽。我根据血迹，找到了它，并用绳子将它套住，把绳头递给那些黑人让他们把它拖到岸上去。这是只很珍稀的豹，浑身有美丽的黑斑。那些黑人全举起手来以示钦佩，但是始终琢磨不透我是用什么东西将豹打死的。

火光和枪声把另一只怪兽吓得游回岸上，径直跑回了山里，由于离得较远，我没能看清它到底是只什么野兽。我很快发现那些黑人想吃那豹子的肉，我也乐意做个人情送给他们。当我打手势示意他们可以把豹子拿去时，他们都非常感激。

他们立刻动手，虽然没有刀，但他们用削薄的木片，不一会儿就利索地剥下了豹皮，比我们用刀操作还快。他们送一些肉给我，我谢绝了，做手势表示把肉全送给他们，不过表示想要那张豹皮。他们立刻痛快地给了我，又给了我许多粮食，虽不知道是些什么东西，我还是接受了。

接着，我又打手势，表示要水。我拿出一只罐子，把它口朝下翻过来，表示里边已经空了，希望能把它装满。他们立刻通知了几个同伴，接着两个女人抬来了一个大泥缸（我猜想，这泥缸大概是在太阳下晒干而制成的），她们把泥缸放下，像以前那样躲开。我让索利把我的三只水罐提到岸上，都装满水。那些女人和男人一样，也是赤身裸体，一丝不挂。

现在我有了些杂粮，又有了淡水，便离开这些友好的黑人，一口气行驶了大约11天，一次也没有靠岸。之后，我便看到有块狭长的陆地延伸进海里，离我们约有四五里格远。

这时海上风平浪静，我驾船离开海岸沿陆地边缘行进。当我保持离岸约两里格的距离绕过地角时，发现另一边也有块陆地，便断定这是佛得角，那边的岛屿则是佛得角群岛了。但两者离我都很远，简直令我毫无办法。因为，如果遇到强风，我恐怕连一个岛屿也上不了。

在这种进退两难的情况下，我让索利掌舵，自己则沮丧地走进船舱，坐了下来。突然，那孩子叫了起来。

“主人，主人，一艘带帆的船。”这可怜的孩子吓昏了，以为是他东家派船追我们来了。

我却很清楚，我们离他们已很遥远，追到我们已不可能。我跳出船舱，不但立刻看到那艘船，还看清了那是艘葡萄牙船。我想，可能是到几内亚海岸贩卖黑人的。可再一看它的行驶方向，便马上明白它是往别的方向走，并不打算靠岸。

于是，我把船拼命地向海里划去，决心尽可能地与他们搭上话。

尽管扯满了帆向前追赶，但要想横插到他们的航线上已是不可能了，来不及等我发出信号，他们就会开过去了。正当我拼命追赶几乎绝望的时候，他们似乎通过望远镜发现了我，而且看出我的船是只欧式小艇，推测属于某个失事的船只的，他们便降下帆，等待我靠近。

对此我大受鼓舞，便把船上先前主人的小旗拿出来摇晃了一下，同时又鸣放了一枪，作为求救信号。这两个举动他们都看到了，据他们后来告诉我的，虽然没有听到枪声，但却看到了硝烟。基于这些信号，他们就停下船等我。大约过了三个小时，我才靠上了他们的船。

他们分别用西班牙语、葡萄牙语、法语问我是什么人，而我却一概不懂。最后，船上一个苏格兰水手走近我，我告诉他我是英国人，刚从撒列的摩尔人手中逃出来。他们便吩咐我上船，非常友善地收留了我，并把我所有的东西都搬上船。

不难相信，那种绝处逢生的喜悦难于言表。我马上把我所有的东西都献给了船主，以报答他的救命之恩。但他却慷慨地告诉我，他什么都不要，等到了巴西后，所有的东西都将归还我。

“因为，”他说，“我救你的命不为别的，只是希望将来有人也能救我的命。说不定哪一天，我也会遇到同样的情形。此外，”他继续说道，“我把你带到巴西后，你远离家乡，若是我把你的东西都拿走，你将会挨饿，那么，岂不等于我救了命而又送了你的命？不，不，英国先生，我把你带到那里，完全是出于慈善目的，这些东西能够帮你在那里生活，还可以换到你回家的路费。”

他不仅好心地提出了建议，而且认真地履行了诺言。他给船员们下命令，任何人都不准动我的东西。后来，干脆把我的东西归他自己看管，连我的三只泥罐也不例外，并给我列了一张清单，以便今后提取。

至于我的小艇，那是只上等的小艇，船主也看出了这点，就对我说，他很想把它买下来，放置在船上使用，并问我买下它需要多少钱。我告诉他，他对我那么慷慨大方，我怎么好意思开小艇的价钱呢，由他定好了。于是，他就将手头上的八十金币的期票交给我，到巴西可以去取。并说，若是到了巴西，有人愿意出更高的价钱，他将如数补上。他又提出用六十金币的价钱买下索利，我非常不情愿。因为，我并非不愿意让船主买下，而是我不愿意出卖这个孩子的自由，他曾是那么忠心耿耿地帮我出逃。当我把我的理由告诉船主时，他觉得很有道理，就提出了一个折中的办法，就是和那个孩子订立契约：假如他信奉基督教，那么十年以后就还他自由。我听后，又见索利愿意跟着他，就把索利让给了他。

第四章　种植园主人

我们一路顺利驶向巴西，大约二十二天后，抵达多德斯·洛斯圣多斯湾或叫诸圣湾。现在我一下子从最苦难的生活中解脱出来，确实该替以后考虑了。

船主对我慷慨大方，使我永生难忘。他对我的船费未取分文，反而用二十块金币买下了我船上的豹皮，用四十块金币买下了我的狮皮，又把我所有的东西如数奉还。并且，凡是我愿意变卖的东西，诸如酒箱、枪支、蜜蜡之类，他都如数买去。总之，我的货物共变卖了二百多块金币，带着这笔钱，我在巴西上了岸。

刚到这里不久，船主便介绍我住到一个同他一样诚实正直的人家里。这个人拥有一片甘蔗种植园和一个制糖作坊。我跟他住了一段时间后，便渐渐熟悉了一些种甘蔗和制糖的方法。我看到那些种植园主衣食无忧，生活富裕，发迹又很快，便下决心，如果我能拿到居留证定居下来，也一定要成为他们中间的一个。同时又决定想办法把我在伦敦的存款汇过来。为此，我弄了一张居住证书，又倾尽所有买下了一些未被开垦的土地，并根据我在伦敦的钱数，拟订了一个种植和居住计划。

我有个邻居，他出生在里斯本，但父母都是英国人，他的名字叫维尔森，家境跟我相似。我叫他邻居，是因为他的种植园和我的相邻，而且我们也常来往。我们两人的资本都不多，所以在头两年里，我们只种了一些粮食，但很快我们便发展起来，步入正轨。到了第三年，我们种了些烟草，同时每人准备了一大块地准备来年种甘蔗。但我们俩都缺人手，这时我感到把索利给了别人是多不应该啊。

但是，唉，把事情搞坏，对于我来说已不足为奇。既然无法补救，只好对付下去。现在我所干的行业，与我的个性很不相称，与我所向往的生活截然相反。我曾不听父亲的劝告，为了我所向往的生活，逃离家乡。而现在，我正步入了中产阶级或小资产阶级的生活，不正是之前父亲极力向我推荐的吗？可是，如果我愿意过这种生活，我可以把自己留在家里，又何必这样不辞辛苦地生活在异国他乡呢？故而我常对自己说，现在这些事，我在英国、在朋友们之间，完全可以做到，何必跑到五千英里之外，跑到这人生地疏、荒凉无人的地方来干。

每次这样想到自己目前的处境的时候，我都非常懊丧。除了有时跟那位邻居聊聊，没有任何人同我谈话。在这里，除了靠自己的双手劳动，没有任何依靠。

我常想，住在这里就像被丢弃在荒岛上一样。当现实生活很好时，人们总是不满足现状，总拿更糟的情况与其相比。上帝就会让他们交换环境，让他们从自身的体验中认识到以前的生活是何等幸福。这种情况确实是很公正，也是颇耐人深思的。我敢说，如果我继续当时的生活，肯定会成为一个大富翁。但我非要不公正地拿它同孤岛上的生活相比，命中注定，我只能饱尝荒岛生活的滋味。

当我经营种植园的计划有些进展时，我的好心的朋友，即那位把我从海上救出来的船主回来了。他的船正停在这里装货，为这趟近三个月的航行做准备。当我把当初留在伦敦的小小资本告诉他时，他向我提出了一个友好而又诚恳的建议。

“英国先生。”他说（他总是这样称呼我）。

“如果你交给我一封信和一份正式的委托书，让伦敦那位替你保管存款的人把钱寄到里斯本，交给我所指定的人，置办一些在这里需要的货物。上帝保佑，我回来时你就可以用那些货物赚钱了。可是，世间的一切变幻无常，难以预料，所以我劝你，最好先支取一百英镑，也就是你半数的资金，来做一次冒险。如果成功的话，你可用同样的办法支配另一半；如果失败了，也可用另一半资金来接济自己。”

这个建议既稳妥又符合实情，简直是条万全之策。于是我便按他说的，给那位替我保管钱的太太写了一封信，又写了一份委托书，一并交给了这位葡萄牙船主。

我写给那位英国船主遗孀的信里，把我的冒险经历从头至尾叙述了一遍：我怎样被抓为奴，怎样出逃，如何在海上遇到这位葡萄牙船主，他待我如何仁义，我目前的境况如何，同时又把汇款的方法做了必要的说明。这位诚实的船主回到了里斯本后，通过一个英国商号，把我的信和全部消息转给了一个伦敦商人，再由那位商人转交给她。她接信后，不但把钱如数交出，还从自己的积蓄里拿出一笔钱赠送给船主，以报答他对我的恩情。

按照船主信上的指示，那位英国商人用我的一百镑钱买了些英国货物，并且直接运到里斯本交给船主，船主又把这些货安全运回了巴西。买这些货物，并非我所想到，我当时太年轻，对于种植业务还不在行。他细心地帮我买了非常实用的铁器等，以及种植园所需的各种用具。

这些货物运到的时候，我以为自己已经发了财，分外高兴。我的管家，即那位船主，又用我朋友送他的五镑钱，给我买来了一个仆人，说明服务期为六年。在此期间，除了我自己种的烟叶，不计任何报酬。

这还不算什么，由于我的货物全是英国货，比如布匹、粗麻，还有些在当地被视为贵重品和急需品，我设法卖了个高价，赚了四倍的钱，现在我的种植园发展得已远远超过了我那可怜的邻居。我所做的第一件事便是买了个黑奴和欧洲仆人，不包括船主从里斯本带来的那个仆人。

然而，乐极生悲，过分的得意往往蕴藏着不幸，确实如此。第二年，我的种植园大获成功。我的地里多收获了50捆烟叶，远远超过了当初的预估。这50捆烟叶每捆都足有一英担重。我把它们晾晒好后全放妥当，等着去里斯本的船回来后装运。随着业务和财富的迅速发展与增长，我的脑子里又充满了不切实际的计划和妄想。对于一个有精明头脑的正常人来说，这是非常有害的。

假如我像当时那样生活下去，幸福将无穷无尽。父亲曾尽心地规劝我过一种平静的生活，并且入情入理地把中产阶级生活的安逸讲给我听，但我并不在意。刚愎自用导致了我的不幸，加深了我的错误，使我后来倍加悔恨。这些失策全是因为我过分坚持自己那遨游世界的愚蠢念头引起的。而我又盲目追求这种愿望，不愿过那种大自然与造物主指示给我的，明明对我有益使我前途光明的生活。

正如我以前从父母身边逃走时一样，我已不满足现状，把那种靠种植园发家致富的远景抛掷脑后，去追求那种鲁莽、异想天开的生活，从而使自己再次陷入人世间最不幸的深渊。

现在我详细谈谈这段经历。不难想象，在巴西差不多四年的时间里，我的种植园日益繁荣。我不仅学会了当地语言，而且同许多种植园主以及在当地口岸的圣萨尔瓦多商人相熟成了朋友。我经常向他们谈到我两次到几内亚海岸航行的情况，谈到怎样同黑人做生意，如何用一些小杂货诸如小珠子、玩具、小刀、剪子、斧子、玻璃器皿等东西，轻易地能换到金沙、粮食、象牙等，而且还可以换到在巴西经常使用的商品。

每当我谈论这些话题时，他们总是全神贯注，特别是有关购买黑奴方面。这种生意当时并不盛行，而且只有经过西班牙国王或葡萄牙国王许可才可进行，有垄断性，所以进口的黑奴数量很小，价钱也极高。

有一次，我跟几个熟悉的商人和种植园主在一起，兴奋地谈论这些事情。第二天早晨，他们中有三个人跑来告诉我，他们认真考虑了头天晚上我所谈的话，现在要告诉我一个秘密合议。首先他们要求我保守这个秘密，然后才对我说，他们想弄一条船去几内亚。同我一样，他们都有自己的种植园，目前最棘手的是缺少佣人。当时他们并不想长期从事这项交易。因为回家后并不能公开出售黑奴。只是想做一次航行，秘密地带些黑奴回来，然后把他们分到各自的种植园中。总之，他们问我是否愿意做他们船上的管理员，并负责几内亚海岸交易事务。我不需要出任何钱，而带回来的黑奴有我一份。

要知道如果是向一个不在这里定居、没有自己的种植园、不需要照顾的人提出这个建议，确实是值得考虑。这是生财之路，而且又有现成的资本。但是对于我来说，种植园已发展起来，再干上三四年，想法把伦敦的那一百镑弄过来，挣个三四千镑是不成问题的。这次航海的事情对于我目前这种环境的人来说，简直是天底下最荒谬的事情。

第五章 风暴

我生来就擅长毁坏自己，我抵抗不住他们的建议，正如当初我不听父亲的忠告，抵挡不住我第一次漫游世界的妄想一样。最后，我只要他们在我离开时替我照料好我的种植园，并且一旦出了事时，能照我的指示去处理，我就乐意出海。对这些条件他们都满口应承下来，并写了字据。为了安排我的种植园和财产，我便写了一份正式的遗嘱：如果我死了，那位救我性命的船主便是我的继承人，但要求他必须按我的遗嘱上的指示处理我的财产，即一半的财产归他所有，另一半则运回英国。

总之，我非常谨慎地保护我的财产，维持我的种植园。如果我能用上一半的谨慎来考虑我的个人利益，我就会对什么应该做，什么不应该做，做出明智的判断。我绝不会离开这里日益兴旺发达的事业，放弃发财致富的机会，去做这样一次冒险的航行，更不用说还得考虑个人可能遭遇到的不幸。

但我却急于出行，被幻想所盲目驱使，而把理智抛在一边。我把船只准备好，装上货物，按同伙伴们的约定将一切事情都处理完毕后，便于1659年9月11日这个不吉利的日子上了船。这同八年前我违抗父母的命令，不顾自身的利益，从赫尔城逃走的那一天是同一个日期。

我们的船载重约120吨，装有六门小炮，除了船主、他的佣人和我，还有14个人。我们没在船上装什么大件货物，只带了些适合与黑人交易的小玩意儿，比如小珠子、玻璃片、贝壳等新奇的小东西，还有望远镜、小刀子、剪子、斧子等。

那天，我一上船，我们便起航了，沿着海岸向北行驶，准备沿北纬10°~12° 横越大西洋，直奔非洲。当时这是大家习惯的航线。我们沿着海岸线一直航行到圣奥古斯丁角，一路天气晴朗，就是太热。我们计划驶过圣奥古斯丁角后便远离陆地，朝斐伦多诺仑哈岛的方向行驶，绕过那些小岛的东侧，沿海岸一直向东北偏北开去。沿着这条航线，用了十二天的时间我们才过了赤道。根据我们的最后一次观测，我们已经到了北纬7° 22′ 。

让我们始料不及的是途中突然遭到一股飓风的袭击。开始是东南风，后来转为西北风，最后成为东北风，风势凶猛，一连持续了十二天。使我们一筹莫展，只有听天由命，随风卷来卷去。在这十二天之中，不用说，我时刻都准备着葬身海底，其他的人也没打算活命。

在这次灾难之中，除了可怕的飓风，我们船上又有一个人死于热带病，还有一个人和那个小佣人被风浪卷走了。到第十二天的时候，风势略有收敛，船主尽最大努力做了观测，才知道我们被刮到了巴西以北的圭亚那海岸，亚马孙河的入海处，圣奥斯丁角以西经度22° ，北纬11° 附近，靠近那条被称为“大河”的奥利诺科尔河了。于是船主同我商量了航向问题，因为我们的船已漏水了，且损坏得厉害，他主张把船开回巴西海岸。

我极力反对他的主张，和他一起查看了美洲沿岸的航海图，并得出结论：除非能够行驶到加勒比群岛附近，否则就找不到有人的地方取得援助。于是我们决定向巴尔巴多群岛航行。在航行中，如果能避开墨西哥湾逆流，我们就可以按原计划在十五天之内到达，并对船和人员加以补养。否则，我们就没法开到非洲海岸去。

按照这个计划，我们改变航线，向西北偏西方向航行，以便能够到某个英属群岛，获得救援。但事与愿违，大约到了北纬12°18′，我们又遇到了第二股飓风，以同样凶猛的力量把我们向西卷去，一直把我们刮出了那条人类贸易航线。此时此刻，我们即使侥幸不葬身海底，也会被野人吃掉，更谈不上回国的可能了。

狂风大作，情况危急万分。有天早晨，我们船上有个人忽然喊道：“陆地！”我们立刻冲出船舱，希望看看我们到底是在什么地方。这时，船忽然搁浅在一片沙洲上，再也动弹不了。任凭海浪不断地在它身上拍打，我们自觉已死到临头，便马上躲进舱中，避开海浪的冲击。

任何人，如果不是身临其境，是难以体会身处那种恶境中的恐惧感的。我们被风吹到了什么地方，是岛屿还是陆地，是荒无人烟还是有人居住，对此我们都一无所知。这时风势虽比开始稍减了些，却依旧异常凶猛。除非奇迹出现，暴风立刻停息。我们简直不敢去想船还能支撑多久，或许下一刻就会被撕成碎片。总之，我们坐在一起，面面相觑，时刻准备迎接死神，每个人都做好了到另一个世界去的准备，在这个世界上我们已经无能为力了。然而，与我们预料的相反，船没有被撞碎，同时风势也开始减弱了。

现在，虽然风势稍减，但船搁浅在沙洲上，搁置得非常牢固，无法摆脱移动。我们的处境仍然非常危急，唯一的念头是想尽办法保全自己的性命。风暴到来之前，我们的船尾曾系着一只小艇，但它起初被风浪刮得冲到船舵上，被撞坏了，接着又被卷进了大海，不知是沉了，还是被冲走了，我们对它已不抱希望。船上还有一只艇，但如何把它放进海里仍是个问题。但此时已没有思索的余地，大船已经破了，时刻都有粉碎的可能。

在这危急时刻，大副抓住那条小艇，在众人的帮助下，把它放到大船的一侧，让我们上了小艇，然后放开了它，把命运全交给了上帝和大海。风势虽然小了些，但海浪仍凶猛地拍击着海岸，荷兰人形容大海为“疯狂之海”，真是恰如其分。

我们这时的处境悲惨万分，大家心知肚明，小艇绝对难以承受如此惊涛骇浪，我们被大海淹死是不可避免的。没有帆，即便有，也无济于事。我们心情沉重地摇着桨向岸边划去，就像走向刑场的犯人。因为知道小艇一旦靠岸，必定会被撞得粉碎。但是，我们也只好听天由命了。利用顺风拼命向岸边划去，用自己的双手加速着我们的毁灭。

即将到达的海岸是怎样的呢？是石头的，还是沙的？是陡岸，还是沙滩？我们对此一无所知。我们唯一的希望，便是能把我们的小船驶向一个海湾或海口，或者是一个能够避风的陡岸，找到一片平静的海面。但是这些都找不到，我们愈走近海岸，那陆地看起来越显得比大海更狰狞可怕。

我们半靠摇桨半靠风浪，走了大约有一里格半的路。忽然，有个像山那样高的巨浪，从后面滚滚而来，冲向我们，给了我们致命一击。小艇霎时被掀了个底朝天，我们也通通从小艇上落进海里。

“噢，上帝！”我们还没来得及喊出声，就都被浪涛吞没了。

被抛进波涛汹涌的大海的一刹那，我脑子里一片空白，内心的那种慌乱简直难以用语言形容。我虽然水性很好，但在那种惊涛骇浪里连呼吸都十分困难。风浪把我卷向岸边，等它用尽了力量退了下去，才把我留在那几乎干燥的岸上，虽然已经被海水灌了个半死，但我心里还清楚，我还有一口气。看到自己已经靠近陆地，便迅速爬起来，拼命往前跑去，以逃脱第二个浪头的追击。但我马上便发现，要逃脱是不可能了。山一般高的浪头汹涌而至，那气势就像个穷凶极恶的仇敌，使我无力阻挡。我现在所能做的，便是尽力屏住呼吸，使自己浮起来，再设法向岸上游去。我现在最希望的就是浪头把我卷到海岸，留在岸上，退下去时，别再把我卷回大海。

那铺天而来的浪头，立刻把我埋了进去。在大约有20~30英尺深的海水里我能感觉到海浪以它那强大的力量和速度将我猛卷上岸。我屏住呼吸，尽力坚持着向前游去，肺憋得都要炸了。这时，我感觉自己身子向上一浮，头和脚都露了出来，虽然不到两秒钟，却大大地缓解了我的痛苦，我换了口气，重新鼓起勇气。随即我又被浪头压下去了，但时间不长，我总算坚持住了。

等我觉得海浪开始往回退时，便拼命向前挣扎，抵抗着后退的海浪。终于，脚触到了海滩。我喘着气站了一会儿，等海水完全退去时，便拔脚奋力奔向海岸。但这并不能逃脱海水的袭击，它重新从我后面涌来，一连两次像以前那样把我卷进海浪里，抛向那平坦的海岸。

后来这次，差点让我送了命。因为当海水卷着我向前冲的时候，猛然撞到一块石头上，我顿时失去了知觉，动弹不得。因为正好撞到了我的胸口上，我出不了气了。如果这时再有一个浪头打来，我一定会被憋死在水里。

幸好浪头涌来之前，我苏醒过来，眼看自己将被海水淹没，就决心紧紧抱住一块岩石，尽可能屏住呼吸，直到海水退去。这次的浪头已不像先前那么高，而且离陆地已不远，于是我紧紧抱住那块岩石，等海水退去，我向前一阵猛跑，一直跑到离海岸很近的地方。虽然后来的浪头几乎盖过我的头顶，却没有把我淹没，也没有把我卷走。我向前又跑了一阵。真是谢天谢地，终于跑到陆地上了。我攀上岸边的岩石，坐在草地上。水再也不能赶上我了，我终于脱离了危险。

我登陆了，平安抵岸。我抬头仰望，感谢上帝，留下了我的性命，而几分钟前我几乎不抱任何生还的希望。我敢说，当一个人死里逃生的时候，他心中的那种欢喜是无法形容的。直到现在，我才能够理解那种风俗，就是当罪人被套上绞索，打好绳结，就要被推下去行刑的时候，突然获得赦免。人们照例会请来一位外科医生，一面给他放血，一面把这个消息告诉他，免得这突如其来的消息使他血气攻心，晕死过去。

突如其来的喜悦，
正如突然降临的忧伤，
开始的刹那间，
同样荡人心魄。

我高举双手在岸边狂走，做着各种连我自己也说不出来的古怪姿势。此时，我全部身心都沉浸在我脱险的经过中。想到我的同伴全部葬身大海，只剩下三顶有檐帽子、一顶便帽、两只不成对的鞋。

我放眼眺望那艘搁浅的大船，此时海上雾气迷漫，船离得太远，难以看清，于是，我不由自主地慨叹："上帝啊！我是怎么逃到岸上的呢？"

庆幸一番后，我开始环顾四周，看看自己究竟在什么地方，往后该怎么办。很快，我的情绪便低落下来，换言之，我的这种脱险是很可怕的。因为我现在全身湿透，没有衣服可换，也没有食物来充饥止渴。我觉得没有出路，要么饥饿而死，要么被野兽吃掉，更使我忧心的是：除了身边有一把刀、一个烟斗、一小匣烟叶，我别无他物。更谈不上有任何武器以打猎或防御野兽的袭击。这更使我忧心忡忡，有好一会儿，我像个疯子似的在岸上跑来跑去。夜幕降临，心情更加沉重。想到如果这个地方有野兽而它们又多半夜间出来觅食，我的命运该怎样呢？

当时我能够想出的唯一办法就是爬上位于附近的一株枝繁叶茂的大树（它有点像杉树，但有刺）。因为自觉求生无望，便决定到树上坐一整夜。第二天再考虑如何去死。我沿着海岸向里走了有八分之一英里，想找些淡水解渴，竟然找到了，真使我惊喜万分。喝足了水后，我又往嘴里放了些烟叶聊以充饥。然后爬上树，尽量使自己躺稳，免得睡觉时跌下来，并且削了一根树枝，做成短棒用以防身。然后我就歇息了。

由于疲劳过度，我马上便睡着了，而且睡得非常舒服。我相信，很少有人能像我这样，在这种环境下睡得这样舒服。第二天醒来后，我精神振奋，那种情况以前从不曾有过。

第六章　在荒岛

当我醒来的时候，天已大亮。天气晴朗，风暴停息，大海不像先前那样波涛汹涌了。然而，最令我感到吃惊的是，那艘搁浅在沙洲上的大船，在夜里竟被潮水冲得漂浮出沙滩，差不多冲到我先前被撞伤的那块岩石附近了，离我所在的海岸大约有一英里，看起来船还静静地在那里直立着。我很想到船上取些我急需的东西。

我从树上的住所爬下来，环顾四周，首先看到的是那只小艇，已被风浪冲到沙滩上，距我右侧约两英里处。我沿着海岸朝它走去，但却看到有条小海湾横在中间，约有半英里宽。于是我便折返回来，因为我目前最关心的是能够到大船上去，希望能找些度日的东西。

晌午过后，海面风平浪静，潮水已退远。我和大船又近了有四分之一英里。这时，一股悲伤的心情油然而生，如果当时我们大家都在大船上不下小艇，现在肯定安然无恙，大家一定都平安抵岸了。不至于像现在，只剩我孤单一个人被丢弃在这里，一无所有，既没有乐趣，又没有伙伴。想到这里我不禁流下了眼泪，但伤心

也于事无补。于是我下定决心，如果有可能，我得先到大船上去一趟。

天热极了，我脱下衣服便跳进水中。当我游到船边的时候，却发现上船非常困难。因为船搁浅在沙滩上，高出水面很多，在我两臂能伸到的地方什么东西也抓不住。

我绕着它游了两圈。游第二圈时，我发现了一根很短的绳子。内心诧异之前自己竟未发现它！那根绳子从船舱上垂下来，垂得很低，我没费多大劲儿便抓住了它。我靠这根绳子攀上了前舱。上去之后我发现船已坏了，船底进满了水，船搁浅在硬沙滩上，船尾翘起来，船头栽入水中，所以船的后半截并没有水。我的第一步工作是查看了一下哪些东西已损坏，哪些东西仍完好。

首先我发现船上的粮食依然干燥，没有被水浸泡过的痕迹。这时我很想吃点东西，便走进面包房，往衣袋里装满了饼干，一边吃一边干其他的事情，因为我必须抓紧时间。在船舱里我又发现了些甜酒，便喝了一大杯。在当时的情况下，我确实该喝些酒提提神。现在，我只想要一只小艇，把所需的东西全都运到岸上去。

呆坐和空想不会给自己带来任何好处，这条绝对的真理激发我振作起来。我们的船上有几根多余的帆杠，还有两三块木板和一两根多余的桅杆。我决定先从这些东西着手。只要能搬得动的，我就把它们扔下船，每根上面都系上绳子，防止它们被水冲走。当我做完这些后，便走到船边，把它们拉到我面前，把四块木头都捆在一起，两头尽可能地绑紧，扎成一只木排，又把两三块短木板横放在它的上面。

我发现虽然它吃不住多少重量，但我在上面行走却是没问题，因为木块太轻了。于是我又动手，把一根桅杆锯成三段，把它们加在我的木排上。从事这项工作使我非常吃力而辛苦，但那种想把自己急需的东西运到岸上去的念头鼓励着我，使我做出了平常难以做到的事情。

我的木排现在已非常牢固，能够吃住相当大的重量。我下一步所考虑的就是所要放置的东西，并防止他们被海水弄湿。不久我便找到了办法。我把船上能找到的木板都铺了上去，然后考虑好最需要的东西，便打开三只水手用的箱子，把里面的东西倒空后，放到我的木排上。第一只箱子里我装了些粮食，如面包、大米、三块荷兰干酪、五块干羊肉等，还有点保存下的欧洲谷穗——原本是打算饲养带到船上家禽用的，但现在家禽已经全死了。船上本来还有些小麦，但令我大失所望的是后来竟然全被老鼠吃掉或毁掉了。至于酒类，我也找到了几箱，都是船主的，里面有几瓶甜酒，还有五六加仑白酒。我把这些单独装载，因为既没有装入箱子的必要，也没有空余的地方。

正当我忙着这些事时，发现潮水已经开始上涨了，虽然很平和，但留在岸上的大衣、衬衫、袜子通通被冲走了。这使我非常懊恼，因为我上船时只穿了条有衬的开膝短裤和一双袜子，这就迫使我不得不搜罗一些衣服了。在船上我找到了许多，但却只取了几件现在穿得着的，并没有多拿，因为有其他东西更重要，尤其是在岸上使用的工具。不久我便找出了木匠的箱子，对于我而言，这些确实很有实用价值，在当时简直比一船金子还有用。我连打开看的时间也没有，便把它原封不动地放到了木排上，因为不用看我也大致知道里面装了些什么。

其次，我想弄些火药和枪支，大船里原来有两支很好的鸟枪和两支手枪，我先把它们拿到了手里，又拿了几只装火药的角桶，还有一小袋子弹及两把生锈的旧长剑。我知道船上有三桶火药，却不知道枪手把它们放在了什么地方。找了很长时间，我才找到它们。其中有两桶仍干燥完好，另一桶已被水浸湿了。我便把那两桶火药和那些枪械放在木排上。这时我觉得我装的东西已经足够多了，便考虑怎样把它们运到岸上去，因为我没有帆和桨，也没有舵，任何一股风吹来都会将我的木排掀翻。

但以下三个方面却鼓励着我：1. 海面平静；2. 海水正在涨潮，且正要向岸边冲去；3. 仅有的一点风是吹向海岸的。

恰在这时，我发现了两三只大船上的断桨，而且除了箱子里的工具外，我又找到了两把锯、一把斧头、一个锤子。我便载了这些货，向岸上进发。最初的一英里路，木排行驶平稳，只是当我发现水面上有回流时，木排已稍稍偏离了昨日着陆的地方。我希望附近有条小溪或小河，可以作一个港口，把我的货物运到岸上。

果然，如我所愿，一个小海湾出现在我的面前。当我发现一股强大的潮流正向里面涌去时，便竭尽所能地驾着我的木排行驶到急流中。在这里我几乎要遭受第二次船只失事的灾难，如果真这样，我会心碎的。由于对海边地形一无所知，我的木排一头撞到陆地上的沙滩上，另一头却还在水中。我的全部货物滑向了在水中的那头，又差点从那里滑到水里。为使货物不致下滑，我竭力用背顶住箱子，但费尽全身气力也不能把木排撑起，也不能改变姿势，我只好拼命顶住箱子，坚持近半个小时之后海水涨潮，我才稍微平衡了些。

过了一会儿，潮水继续上涨，我的木排又浮了起来，我用桨把它划向海湾，一直划到一条小溪的入口处。河口两边都是陆地，潮流向上翻涌。我向两岸望了望，想找个合适的地方上岸，因为我不愿意离河太远，想尽可能靠近海岸，以便能看清海上的过往船只。

最后，我发现在小溪的右岸有个小水湾，便艰难地支撑着木排靠近那里，当我用桨抵着地面，把木排径直撑进去时，我的货物差点又一次落进水中。河岸地势十分陡峭，找不到适合上岸的地方，如果我把木排靠到岸上，势必像上次那样，一端高高地竖起；另一端再次落入水中，那我的货物又将危险了。这时我只好把桨当锚，把木排的一端固定在一片沙滩上，等待潮水涨到最高点，浸过那沙滩再说。

潮水果真上涨了。等水涨得够高时（我的木排能吃约一尺深的水），我把木排撑到沙滩上，并将我的两只断桨插到泥土里，前后各一只，把木排固定在那里。这样，我想，待潮水退去，我的木排和货物就可以安全地留在岸上了。

我的下一步工作便是查看地形，必须找个适合我居住的地方并放置我的东西，以防发生意外。我仍不清楚自己身在何处，是大陆还是岛屿，有无人烟，是否有野兽出没。离我不到一英里远的地方有座又高又陡的小山，它与北边相连的许多小山丘一起组成一道山脉。我拿出一只鸟枪，一把手枪，一角桶火药，带上这些武器，便开始向山顶进发。

登上山顶，我已筋疲力尽，环顾四周，才明白我的命运是何等悲惨。我所处的岛屿四面环海，看不到一点陆地，远处露着几块岩石，距此向西三海里处还有两个比这个岛还小的小岛。

同时我还发现我所在的岛屿贫瘠荒凉，杳无人烟，能与我为伴的大概只有野兽了。虽然我看不到野兽，却看到了许多飞禽，我不知道它们的种类，也不知道杀死它们后哪些能吃，哪些不能吃。我在回来的路上，开枪射中了一只大鸟，当时它正落在树林旁边的一棵树上。我相信，这是此岛有史以来响起的第一声枪响。我的枪响后，难以计数的各类飞禽从树林的四面八方飞出来发出不同的叫声，混成一片，但我却一种也不认识。至于我打死的那只鸟，我认为是种老鹰，它的毛色和嘴巴都和鹰极相似，但却没有一般老鹰的那种利爪。它是吃腐肉的鸟，所以它的肉没法吃。

我对这次巡视很是满意。返回木排后，我便着手往岸上搬运货物，那天剩下的时间我一直在做这项工作。我对晚上该怎么办，在什么地方休息感到茫然，我不敢睡在地上，怕野兽会把我吞掉。虽然后来我才知道，确实没有这种担心的必要。

但是，我还是用带到岸上的那些箱子、木板给自己设置屏障，搭成一个类似小屋的东西，作为晚上的宿处。至于吃的，我仍不知道用什么途径供给自己，除了在我打鸟的地方，曾经看到有两三只类似野兔的动物从树林中跑出来。

这时，我想到，船上还有许多对我很有用的东西，如索具、帆布等都可以带回岸上使用。于是我决定，如果可能的话再到大船上去一次。我知道如果再来一次大风，一定会把船打得粉碎，我决心先丢开别的事情，从船上取出我所带回来的东西。之后我便琢磨，能否把木排再撑回去，这个想法很快便被我否定了，这显然是不可能的。我决定等潮水退去后，像上次那样上船。我就这样行动起来了，只是当我走出我的小屋前，把衣服脱了，只穿了件衬衣、一条短裤和一双软鞋。

我像上次那样上了船，做了第二只木排。有了第一次经验，我没有把它做得那么笨重，也没有让它负荷过重，但还是搬了不少对我很有用的东西。首先，我在木匠房里找到了螺旋千斤顶、两把斧子，最重要的是找到了最有使用价值的砂轮。我把这些东西搜罗到一起，又发现了两三袋钉子和螺丝钉以及许多枪手用的东西，尤其是还有两三个铁钩、两桶子弹、七支短枪、一支鸟枪，还有一小堆火药、一大袋小子弹、一大卷铅皮。但铅皮很重，我无法从船上把它吊下木排。

除了这些东西之外，我又把所能找到的男人衣服都拿了下来，又取了一个剩余的帆、一个吊床和一些被褥。我把这些东西装到我的第二只木排上。这些东西平安抵岸，这使我深感欣慰。

当我离开陆地的时候，我还有些担心，怕留在岸上的粮食会被动物吃掉。当我返回来后，我却没有发现任何来访者的迹象，只是有只类似野猫的动物坐在一只箱子上。我走向它时，它就跑远些，然后静静地站着。它站在那里神态自若，呆呆地看着我，像要同我认识似的。我用枪向它比画了一下，可是它并不明白那是什么东西，仍毫不在乎，也没要跑开的意思。我便扔给它一块点心。虽然，说真的，我的手头并不宽裕，存粮也不多。但是，我还是分给了它一块。它走过去闻一闻，便吃掉了。看样子很高兴，还想再要一些。我只好谢绝了它，我实在没有多余的东西给它吃，它就走开了。

当我把第二批货物运到岸上后（尽管我很想把那两桶火药打开，把它们分成小包，因为它们都是大桶，份量太重），我便开始用帆布和一些砍下来的树枝做材料，为自己制作一个小帐篷。然后把所有经不住风吹日晒的东西都搬了进去，又把所有的空箱子和空桶在帐篷外围了一圈，以防备野人或野兽的突然袭击。

把这件事做好后，我又用几块木板从里面将帐篷的门堵住，门外竖了一只空箱子。然后在地上支起一张床，头边放了两支手枪，胳膊够得着的地方放了支长枪。这是上岛后第一次在床上睡觉，通宵睡得非常安稳。头天晚上睡得很少，一整天忙着从船上取东西，往岸上运东西，身体疲乏极了。

我相信，我现在拥有的各类弹药武器，对于一个人来说已是空前强大了，但我仍是不满足。我想趁着大船还竖在那里时，把能弄的东西都取下来。所以，每当潮水退去时，我都到船上取回各种各样的东西。尤其是第三次，我把能拿得动的船索和细绳都取了下来，包括一块补帆用的帆布，以及那桶打湿了的火药。总之，前前后后我把船上能带回的帆都带了下来，但我总是把它们裁成一片一片的，每次尽可能地往回带。它现在已不是当帆用，而是做布了。

最使我感到欣慰的是，当我往船上往返了五六趟后，原以为船上再也没有什么东西值得我费劲儿时，我又找到了一大桶面包，三大桶甜酒，一箱食糖，一桶上等的面粉。这真是出乎我的意料，我原以为船上除了被水浸湿的东西外，再也没有什么食物了。我把那桶面包全倒出来，用撕下来的帆布一包一包地裹好，带回了岸上。

第二天我又到船上去了一趟，船上能拿的东西已被我“洗劫一空”，便动手搬取船上的锚索。我先把锚索截成可以搬运的小段，又把两段锚索、一根铁缆及船上所有能取下来的东西都弄了下来。然后我用船上的前后帆杠和一切能弄到的木料做成一个大木排，装载这些重物，往岸上运。但这次我运气不佳，因为木排笨重，加之载货过多，当我进入过去卸货的小海湾时，竟不能像以前那样轻松地掌握木排，结果木排翻了，连人带货通通掉进水里。因为离岸不远，我倒是没受什么大伤，但我的东西却大部分损失了，尤其是我本指望对我用处很大的那些铁器。但当潮水退下去后，我还是把大部分锚索和一些铁器取回了岸上。我付出了极大的劳动，因为我必须潜入水中去捞取。这些工作搞得我筋疲力尽。之后，我每天都到船上，把能带的东西都搬了回来。

现在我上岸已经有十三天了，到船上去了十一次。在这期间，我把凡是用双手拿得动的东西都搬了下来。我相信，如果天气一直这样好，我甚至会把整条船一块一块地搬回来。但正当我第十二次准备上船时，开始刮风了。当潮水退下去时我还是上了船，当我以为我已经有效地翻遍了全船时，却又发现了一个有抽屉的柜子。在一个抽屉里，我找到了两三把剃刀，一把大剪子，十到二十把刀子和叉子。在另外一个抽屉里，我找到了大约价值三十六英镑的钱币。有欧洲货币、巴西钱币、西班牙钱币；有金的，也有银的。

我看着这些钱币不禁哑然失笑。

“啊！一堆废物，”我大声说，“要你们有什么用？对我来说，你们不值钱，一把剪子就值你们这一堆，你们就像不值得挽救的生命。我用不着你们，把你们丢到海底吧。”

转念一想，我还是把它们裹在一块帆布里带上了。我本打算再做只木排，这时，天空阴沉下来，风也刮大了，不到一刻钟的时间，便从岸上吹过来一股狂风。我看到风从岸上吹过来，便马上意识到，单做只木排是没有用的，如果不趁着潮水没有上来时赶紧离开，根本就没有机会上岸了。我赶快下了水，游过了位于船和沙滩之间的“海峡”。尽管如此，我还是费了很大的劲儿，一方面是由于我身上所带的东西很重，另一方面是由于海水的阻力。风起得很快，不等潮水涨起来，已变成一场大风暴了。

我终于回到我的小帐篷里，守着我的财产躺着，心里非常踏实。狂风刮了整整一夜。早晨，我向外望去，发现那只船已经不见了！我不免有些失落吃惊，但很快便因满足而释然了。我没有浪费一点时间，一直非常努力，把我能用的东西全取了出来。船上实际上也没有可以带回的东西了。

我现在不再去想那只船和船上的东西，仅希望海水把船冲破后，一些有用的东西能被冲到岸上。后来，确实有破碎的东西冲上来，但对我用处不大。

第七章　建造堡垒

这时我的整个心思都放在考虑如何保护自己，防止可能出现的野人或岛上野兽的袭击。我整天琢磨着如何应付这些事，并想出了许多办法。是在地下挖个洞呢，还是在地上搭个帐篷？最后，我决定两个都做，至于怎么做，我先略谈一下。

我不久就发现我所在的地方不适合居住，因为这里靠海太近，地势低洼潮湿，不利于健康，尤其是附近没有淡水。于是，我决定找一个有利于健康又比较方便的地方。

根据目前的情况，选择的居住地必须符合以下几个条件：第一，就是我刚才提到的要有益于健康，要有淡水；第二，防止日照；第三，要避开凶猛的动物，不论是野人或是野兽；第四，要能看到大海，如果上帝让什么船只从这里经过，我不至于失去获救的机会。至此我仍不愿意放弃我的希望。

在寻找一个符合这些条件的地方时，我在一座小山的旁边发现了一块小平地，如同墙壁一样陡峭的岩石与这块平地的山坡紧挨，任何动物都无法从山顶上下来袭击我，在这块岩石的旁边，有一块凹进去的地面，仿佛是伸向一个山洞的入口，实际上里面根本没有山洞。

在这山岩凹进去的地方，前面是一片平坦的草地。我决定在这里搭上我的帐篷。这块平地蜿蜒曲折一直伸到近海的低洼处，长约200码，宽不过100码，在我门前像块草坪。这个地方在小山的西北方，每天小山都可以遮住炎炎的烈日，而当太阳转到西南方的时候，也是它快落下去的时间。

在我搭帐篷前，我在凹地前画了个半圆，半径约10码，直径长有20码。

沿着这个半圆，我打了两排结实的木桩，就像木橛子扎在地里，高出地面5英尺半，顶上削得尖尖的，两排木桩之间的距离不超过6英寸。

然后，我又拿出从船上截下来的锚链，沿着半圆形把它们一层层地放在木桩之间，从里面一直堆到顶上，又用一些两英尺半高的木桩插在圈里，像柱子一样支着它。这样使得篱笆非常坚固，无论是野人或野兽都无法冲进来或是爬进来。为此，我花了很多的时间和劳力。我得从树林里砍下木桩，把它们运到草地，再把它们打进泥土里。

这里的出入口处并不是一扇门，而是一个短梯，我通过它从顶上翻进来，当我进来后，就把它收起。这样我被彻底地保护起来，可以防备外界的一切进攻，在晚上便可以安然入睡了。不过后来我发现，我所担心的敌人并未出现，我实在没必要这样加以戒备。

我费了很大力气，把前面我所讲到的全部财产，即全部粮食，武器弹药、贮藏品全都搬运到这个篱笆或可以说是堡垒里来。因为这里一年中有一段雨季，雨水特别大。所以我又做了一个防雨的大帐篷。这是个双层的帐篷，小的在里面，外面再盖上一个大的，大的上面盖着我从帆布堆中找出来的一块大油布。

我再也用不到我放在岸边的那张床了，我现在睡在一只吊床上。这张床质地极好，是原来船上大副用的。

我把全部粮食和怕湿的东西都挪到帐篷里以后，又把一直敞着的出口封了起来，正如我所说的，出入时只用一只短梯。

做完这些后，我便动手挖凿那块岩石，并用挖出的泥土、石块沿着篱笆堆成一个高出地面一英尺半的土台，这样我的帐篷后就有了一个可当地窖用的小洞了。

我花费了很多时间和体力把这些事情办妥，所以我现在必须把我煞费苦心的这几件事做一下回顾。当我做好搭帐篷、凿山洞的计划时，忽然乌云密布，大雨瓢泼，电闪雷鸣，比闪电更让我吃惊的是像闪电一般飞入我脑海的念头：噢，我的火药！我的火药有可能一下子全被毁掉，我的心猛地一沉，因为我不仅靠它自卫，更要靠它猎取食物。这时如果火药着火爆炸，我自己还不知道怎样死的呢！而在此之前我对自己所处的危险竟毫无意识。

受了这场惊吓，等暴雨一停，我便把所有事情，如建住所、修防御工事，全都抛在一边，专心致志地做些袋子和盒子，把火药一包一包地分开来装。希望不论发生什么事情，火药不至于立刻全部被毁，我又把火药分开保存，省得着火后这包引着那包。我用了两个星期时间才做完这些。

我把240磅重的火药分成不下一百包，至于那桶浸湿的火药，我倒不担心它有什么危险，就把它放在了我的新山洞里。这个山洞，我戏称它为厨房，其余的火药我把它们藏到石缝里，免得浸湿，又在藏火药的地方仔细地做了记号。

在这期间，我至少每隔一天就带枪出去一趟，一方面放松一下，另一方面是想打点猎物吃，同时也想熟悉一下岛上的土产。第一次出去最令我满意的是发现了岛上有许多山羊，但是于我不利的是，这些山羊都胆怯而又狡猾，擅长奔跑，要想接近它们十分困难。但我并不因此气馁，我相信迟早会打到一只。不久这个愿望就实现了，当我稍稍清楚它们常出没的地方后 ，就常想办法伏击它们。我注意到，一旦被它们发现我在山谷中，即使它们站在山岩上，也会惊恐万状地跑开；但是如果它们在山谷中吃草，我站在岩石上，它们则不会注意我。我得出结论，能否发现我由它们眼睛所在的部位决定，它们只能看到下面的东西，不能看到上面的东西。后来，我常用这种办法，先爬上岩石，从上面打它们，很容易便能打中。我第一次打中正在给小羊哺乳的母羊，使我心里万分难过。那母羊倒下去后，小羊还呆呆地站在一旁，直到我走过去把母羊提起来，它都没有动一下。不仅如此，当我把母羊扛到肩上带回来时，小羊静静地跟着我直到我的围墙外。我把母羊放下，把小羊抱起，抱进栅栏，想把它养起来。但它拒绝吃东西，无奈之下我只好把它杀了吃掉。这两只山羊供我吃了很长一段时间。我吃得很省，尽可能地节约我的粮食，尤其是面包。

现在我的住所已经固定了，找了个能生火的地方，弄些烧的柴火是绝对必要的。我怎样处理这件事，怎样扩大我的地洞以及如何创造其他便利条件，我将在后边合适的时机详细地谈。现在我得简要地讲一下目前的处境和我对生活的看法，说起来也不是几句话的事。

我感到自己前途黯淡，不可能离开这个我所流落的荒岛。我被风暴刮出了原定的航线，远离人类正常贸易航线几百英里，有充分的理由让我认为这是上帝的旨意，要我在这个荒凉的地方，以这种孤独凄苦的方式了却余生。每当我想起这些就禁不住泪流满面。有时我也这样劝告自己：为什么上帝要这样彻底地毁灭生灵，使他们这样悲惨，这样孤立无援，这样失意沮丧！感谢上帝赐予这种生活，简直是不合常理！

可是，总有一股力量在声讨我、责备我。尤其是有一天，我带着枪一边在海边散步，一边思考着我目前的处境，我从另一角度理智地劝解自己："不错，你现在孤独寂寞，这是事实。但请不要忘记，和你同船的那些人都上哪儿去了？你们不是11个人一同上船的吗？那10个人呢？为什么他们没有获救，而你却除外呢？为什么单单你一个人逃出来了呢？在这里或是葬身大海，哪个好呢？"

我对着海面说："所有坏事中都包含有好的一面，但也应想到更坏的情况。"

我又想到，充裕的物质足以让我维持生活。如果那只大船不从它首次触礁的地方漂近海面，如果我没有时间把船上的东西都取出来，我的处境又该怎样呢？如果我现在还像初次上岸时那样，没有生活必需品，没有必需品的来源途径，我又该怎样呢？

"特别是，"我大声对自己说，"如果没有枪，没有弹药，没有制造东西的工具，没有衣服、床具、帐篷，或任何遮盖的东西，我又能做什么呢？"

可是现在，我拥有大量的物品，即使弹药耗尽，没有枪，我同样可以很好地养活自己，有生之日，不需要为生存而发愁。因为从一上岸我就考虑到怎样应付意外事故，考虑到了将来的日子，不只考虑到我的弹药用完后的日子，甚至考虑到我的健康和精力衰退以后的日子。

我承认，弹药会被雷电所击毁，会由于闪电而爆炸这一危险，不在我当时考虑之列。所以当雷电齐鸣时，我意识到这一疏漏而惊骇万分。

如今，我所过的恐怕是一种世界上绝无仅有的，最郁郁寡欢、孤独寂寞的生活了，我要从开始依序记下去。按我的计算，登上这个可怕岛屿的时间是9月30日，当时，初入秋分线的太阳，几乎已照在我的头顶。通过观察，我计算出我是在北纬9° 22′ 附近。

在上岸十一二天后，我突然想起，由于缺乏书纸、笔、墨，我都要忘记计算日期了，甚至连星期日和工作日也会忘记。为了不至于使这种情况发生，我便在一个大柱子上用刀子刻上几个字——“我于1659年9月30日在此登岸”，并把它做成一个大十字架，立在我首次登岸的地方，在这个方柱的两边，我每天用刀子刻一个凹痕，每七天刻一个大一倍的凹痕，每个月的头一天刻一个更大一倍的凹痕。这样，我就有了日历可以计算年月日了。

另外，值得一提的是，在我从船上带回来的许多东西中，有许多以前被我忽略的东西，现在发现尽管它们价值不大，却很有用处。尤其是那些笔、墨水、纸张，船主、大副、炮手和木匠保存的几包东西，三四个罗盘、一些数学仪器、日晷、望远镜、地图、航海书籍等，不管有没有用，我把它们通通收到一起。同时，我又找到三本完好无缺的《圣经》。这是随我的英国货中带来的，放在我的行李中。还有几本葡萄牙书，其中有两三本祈祷书和几本别的书，我都小心地保存起来。同时还有不该忘记船上的一只狗和两只猫。关于它们的显要历史，我会在适当的时候讲到。我把两只猫都带到岸上，至于那条狗，我第一次上船取东西的第二天，它就跳出船跟随我游到了岸上，并成为我多年忠实的朋友。我无意于它替我取些什么东西，也不想让它同我做伴，我只想让它和我谈话，但它却办不到。

对于找到了的笔、墨、纸，我用得非常节省。我知道只要有墨水，我就可以把事情记得很详细清楚，但如果用完了，我就不能记了。迄今为止我仍想不出任何制造墨水的办法。

这时我意识到，尽管我收集了许多东西，但我缺少的东西仍很多。墨水就是其中之一，还有用来挖土运土的铁锹、铁镐、铁铲，以及针线等。至于内衣之类，我倒觉得不用也能凑合。

由于工具的缺乏，使我工作起来非常吃力，用了将近一年的时间，才把我的木栏或者称之为围墙做好。那些木桩都很重，我刚刚能够搬动。我在树林里把它们砍下来削好，还要再用很长的时间才能运到家里。我一般需要两天的时间把一根木桩砍下来，搬回家里，第三天才能将它打入泥土里。我起初用一块很重的木头做这些活，以后才想到用一根起货用的铁棍，尽管如此，打木桩仍是件非常辛苦而又乏味的工作。

我有的是时间，做些麻烦的工作我何须介意呢？因为干完这些活后，我除了每天多多少少地在岛上溜达，找些食物以外，没有其他的事情可做。

我现在开始认真地考虑我所处的环境和条件了，并把每天的事都用笔记录下来，这样做并不是想留给后来的人看。我相信以后没几个人来这荒岛上，反复研读这些记述，不过是想排解心中的苦闷罢了。现在我的理智已经控制了我的心情，我开始尽量地安慰自己，把好处同坏处区别开来，并像公正地借贷记账那样把我的幸运与不幸排列如下：坏的方面好的方面我被抛弃在一个可怕的孤岛上，逃出无望。但我活着，没有像我的同伴那样葬身大海。我现在与世隔绝，悲苦万分。上帝既已把我从死神手中夺回来，也同样能帮我脱离困境。我与世隔绝，成了一个隐居者，一个人类社会的流放者。但我却不会因为没有食物而饿死在这个荒芜的小岛上。我没有衣服穿。可是我身处热带，有衣服也穿不着。我没有任何防御能力和办法去对付那些野人或野兽的袭击。然而在我流落到的这个岛上，没有我在非洲海岸看到的那种野兽来伤害我。如果船翻在那里，我又该怎么办呢？没有人同我交流，也没有谁能解除我的痛苦。不过，上帝奇迹般地把船送到近海岸，我不仅获得了许多必需品，而且只要我活着，这些东西就可以满足我的需要。

总之，尽管我这样的悲惨处境世所罕见，但仍有消极的或是积极的方面值得我们去感叹，这是不容置疑的。人们可以从我的这种不幸的环境中体会到一些教训，那就是要从最不幸的环境中发现值得宽慰的事情，把好坏两个方面加以比较，多想其中好的方面，就似在账目上多增加贷方一样。

现在我已开始稍稍喜欢我的环境了，不再整天对着大海望眼欲穿，妄想看到有船经过。我已放弃了这些事情，完全投入到安排自己的生活、改善生活条件中去了。

前面我已描述过我的住所，一个搭在小山下的帐篷，周围用木桩和锚链做成的坚固的木栅环绕着。现在我可以把木栅叫作围墙了，因为我在它外边用草皮堆成了一堵两尺厚的墙。大约一年半后，我又在它和岩壁之间搭上了椽子，并盖了些树枝及其他可以弄到的东西，借以挡住雨水。因为我知道，每年都有雨季，且雨水特别大。

我之前对怎样把我的东西搬进栅栏，搬进我在后面的山洞已做了叙述。我现在要谈的是，这些堆放得杂乱无章，毫无次序的东西，占了我全部的地方，我连转身的地方都没有。这使我下定决心进一步加大和扩深我的山洞。洞壁松散的沙质土，省了我很多力气。当我觉得我已经很安全，足以应付野兽时，我便向岩石那边挖去，然后又一次向右转弯，一直到了围墙外边，在墙外做了一个小门。

这个出入口不仅是我的帐篷和贮藏室的退路，也为我贮藏东西提供了空间。

下一步我决定做一些我认为最急需的东西，尤其是椅子、桌子。没有这些东西，我就不能享受在世界上剩下不多的乐趣了。没有一张桌子，我写字、吃东西或做一些事时，都没有乐趣可言。

我开始动手。这里我必须指出，理性不只是数学的本质和基础。对一切事物都加以理性地分析、比较、判断，每个人迟早都会掌握一门手艺。我生平未用过任何工具，但久而久之，通过努力劳动和发明，我终于发现，如果有工具，我能做出我想要的任何东西。但即使没有工具的条件下，我也做出了许多东西，恐怕没有人会像我这样只用一把手斧和小斧，并且付出了极大的劳动。比如，如果我需要块木板，我别无办法，只好砍倒一棵树，把它横放在面前，用斧头把两面削平，削成板子那么厚，再用手斧把它刮光。用这种办法一棵树只能出一块板子，除了耐心去做，我别无他法。我付出了许多的时间和体力，而我的时间和体力又不值一文，无论干什么都是一样的。

尽管这样，我还是像上面讲的那样，用从大船上带回来的短木板做材料，先给自己做了一张桌子、一把椅子。我又用上面提到的方法，做了几块木板，搭了一个一英尺半宽的大架子，一层连一层摆在我的山洞里，分开存放我的全部工具，便于取用。我又在墙上钉上许多小木块挂我的枪支和其他可挂的东西。

布置好的山洞，看起来像个大军火库，必需品应有尽有，样样东西摆放整齐，取用方便。看到各种东西布置得整齐有序，而且储量都很大，我心中非常高兴。

现在我每天的工作之一便是写日记，实际上，开始我是因为太忙，不但忙于劳作，而且情绪也不稳定。假如写成日记，一定索然无味乏善可陈。例如，我肯定会这样记：

> 1659年9月30日，我从溺水中逃出上岸，把胃中的海水吐出来后，苏醒了些，不感谢上帝把我解脱出来，反而在岸上跑来跑去，扭自己的手，打自己的头和脸，大叫我的不幸，并嚷着“我完了，我完了”。直到筋疲力尽，才不得不躺在地上休息。但又不敢睡着，怕被什么东西给吃掉了。
>
> 在从船上把所有能搬的东西都取回来后的几天里，仍然难以控制自己，每天都爬到山顶上，望着大海，渴

望看到船只。有时远远地望去，幻觉中好像发现了一片帆，便满心欢喜，充满希望。而后便呆呆远眺，望眼欲穿，而帆影却消失得无影无踪，于是我就坐到地上像个小孩似地哭起来。这种愚蠢的举动无疑只增加了我的悲苦。

现在我已在一定程度上克服了这种情绪，安排好我的家用物品和住处，做了一张桌子、一把椅子。尽可能地把一切安排妥当后，我就开始写日记了。我将把它们抄在下面，也许有些事情要重复。我写日记并没有持续太长，便被迫停下，因为我没有更多的墨水了。

第八章　漂流日记

1659年9月30日，我，可怜不幸的鲁滨孙·克罗索，在一场可怕的海上风暴中，船只失事。海浪把我冲到了这个荒凉、不幸的岛屿上，我称它为“绝望岛”。船上的同伴都葬身大海，我也差点命丧黄泉。

凄惨的境地使我整日忧愁烦闷，尤其是我没有食物和房子，没有衣服也没有武器，更没有别的地方可去。除了眼睁睁地等死，没有任何脱离绝境的希望。我要么被野兽吞食，要么被野人所杀，或是因缺少食物而活活饿死。当夜幕降临，为躲避野兽的袭击我睡到一棵树上，尽管整夜下雨，我却酣睡不醒。

10月1日早晨，我极其吃惊地发现，船随着涨潮浮起后，被冲得离海岸更近了。一方面，这对我是一种安慰，我看到船仍直立在那里，没有被打成碎片。我希望，风力减弱后可以上船找些食物和必需品；另一方面，它又让我陷入失去同伴的悲痛之中。我想，如果我们当时都在船上，或许可以挽救大船，至少，他们不至于被淹死。若是他们也能获救，我们就可以用船的残骸造一艘小船，把我们带到其他地方。这一整天的时间里，我沉湎困扰于这些想法之中。但最后看见船几乎是干燥的，我奔向近处的沙滩，游向大船。这天雨淅沥沥地下着，没有一丝风。

从10月1日到10月24日，我尽可能从大船上多取些东西，每当涨潮时用木排将东西载到岸上。这几天雨水依然很多，间或有几天晴朗的天气。显然，这里仍处在雨季。

10月25日，风雨交加，持续了一天。后来风势渐大渐猛，大船被风雨打成了碎片，它的一些残骸在退潮时被冲向岸边。我用了一整天的时间来遮盖保护我所救出的物资，以免被雨水淋坏。

10月26日，在岸上徘徊了整整一天后，我打算找个地方居住，最关心的便是保护我夜间不受野兽或野人的袭击。傍晚，我在一个小山下找到了合适的地方，并圈了个半圆形的营地，然后做了双层的木栏，用绳索把它们绑紧，外边覆上草皮，构成了坚固的工事、围墙或说是堡垒。

10月26日至30日，有一段时间雨下得格外大，可我干得很起劲儿，把所有的东西都搬到了新居。

10月31日早晨，我带着枪在岛上寻找食物，查看地势。我打死了一只母羊，它的小羊跟我走回了家。小羊不肯吃东西，不得已我把它也杀了。

11月1日，我在山下支起帐篷，尽力把它支大，里面钉上了木桩用来挂上吊床。这是我第一晚能在床上睡觉。

11月2日，我把所有的箱子、木板及制作木排的材料堆放在我的周围，做成一个临时的围墙。

11月3日，我带枪出去，打死了两只像野鸭子的飞禽，味道鲜美。下午，我开始为自己赶制一张桌子。

11月4日，今天早晨我开始制定我的工作时间，包括狩猎、睡眠、消遣娱乐。具体如下：每天上午如果不下雨，便带枪出去两三个小时，接着一直工作到11点，然后吃点东西，从12点到下午两点午休。如果天气炎热晚上我再开始工作，我用今天和第二天所有工作时间来制作我的桌子。此时我仍是一个非常拙笨的工人，然而时间和需求很快就把我变成一个完全熟练的工人。这不难相信，任何人都可以做到。

11月5日，今天我带着枪和狗出去，打死一只野猫。它的皮很柔美，但肉却不能吃。被我打死的任何野兽，我都剥下它的皮保存下来。沿海边回来时，我看见许多种我不认识的海鸟，但有两只海豹几乎吓了我一跳。我刚认出它们还没看清楚，它们就跳到海里逃走了。

11月6日，早晨散完步后，我又继续做我的桌子，并于今日完工，但做得不满意，不久我又把它修整了一番。

11月7日天气转晴，7日、8日、9日、10日及12日的大部时间（因为11日是星期天），我都在做一把椅子。这把很费力做成的椅子，样子还过得去，虽然在制作过程中我拆了好多次，但还是不能让我满意。

附记：我不久就把星期日忽略了，因为我忘了往柱子上标星期天，也分不清到底星期天是哪天了。

11月13日下雨了，我精神格外振奋。地面凉气习习，但下雨时伴着雷鸣闪电，担心火药被炸掉的危险又使我惊恐万分。雨一停，我便决定把我的火药尽可能地分成许多小包，免得有危险。

11月14日、15日、16日，我花了三天时间做了许多小方盒，可以盛一磅到两磅的火药。我把火药装到里面，并且尽可能稳妥安全地分开放置。这三天中的一天我打到一只飞鸟，肉鲜味美，但我却不知道是什么鸟。

11月17日，我开始挖掘我帐篷后面的山岩，以便使空间扩大，使用方便。

附：做这项工作，我尤其缺少三样东西——丁字镐、铁锹、一辆独轮手推车或一只篮子。我暂时停工，并考虑先弄些工具来满足这些需要。至于丁字镐，我可以用起货钩子，除了有点重外，用起来倒很合适。其次我还需要一把铁锹，这对我来说是必需的东西，没有它，我什么也干不成。但怎样去做，我却无从知道。

11月18日，全天在树林里找树，发现了巴西人所称的“铁树”，木质非常坚硬。我费了很大劲儿，几乎把我的斧子都砍坏了，才砍了一块下来。我费了很大劲儿才把它运回家，它实在太重了。

由于木质坚硬，我又别无他法，在这件家什上着实花费了我大量的时间。渐渐地，我把它削制成了一个铁锹的样子，把柄正像我们英国人使用的那样，只是把头底端没有铁柄。这恐怕用不太长，但可做应急之用。我相信，世上没有一把铁锹是这样做出来的，也不会花这么长的时间。

我现在仍缺工具，我还需要一只筐子和一辆独轮手推车。我是无论如何也无法做出筐子的，我没有做筐子用的软枝条，至少现在还没找到。至于那手推车，我想除了轮子外我都可以对付。对于轮子，我却毫无主意，不知道该怎样做。除此之外，我也没有办法在轮轴上做出一个铁轴心，使轮子转动。于是，我就放弃了。为了把从地洞中挖出的土运出去，我做了一个运灰斗，就是小工替砌砖工人运灰用的那种。

做灰斗并不像做铁锹那般困难。然而做灰斗，做铁锹，以及做手推车的努力尝试，花费了我不下四天的时间。这当然除去我早晨带枪散步的时间，因为我很少不去，也很少不带些能吃的东西回来。

11月23日，因为做这些工具，我的其他工作都停了下来。待这些工具完成后，只要体力和时间允许，我便天天继续工作。我花了18天的时间来扩宽和加深岩洞，以便它能宽绰地放下我的东西。

附：在这段时间里，我的工作是扩大我的房屋或地洞，能供我做仓库或军火库、厨房、餐厅和地窖使用。

至于我，仍居住在帐篷里。湿季里的雨水特别大，经常弄得我全身湿淋淋的。后来我把围墙内的地方用长木条搭成屋檐的样子，并架到岩石上，如同一个茅屋一样，并在上面铺上富蒲草和大树叶。

12月10日，正当我以为我的地洞（地下室）已经完工时，突然洞顶上掉下了大量泥土（也许是我挖得太大了）。一下子掉了那么多，真把我吓坏了。我的害怕不是没有理由的，因为如果当时我正在下面，那我根本就不用为自己找掘墓人了。这突如其来的灾祸，使我又有许多工作要做了。我得把松土运出去，最重要的是要把洞顶加固一下，免得再有土塌下来。

12月11日，今天我按原计划动手工作，用两根柱子直撑着洞顶，并在每根柱子上都交叉着两块木板。第二天我才把这些做完，接着又支了更多的柱子、木板。之后用了一个多星期修固了我的洞顶。那些柱子，一行行地竖着，把我的屋子分成了好几个部分。

12月17日，从这天到20日，我放置了一些木架子，又在柱子上钉了许多钉子，把能挂的东西都挂上去。现在我的屋子变得有点秩序了。

12月20日，我把一切东西都搬到洞里，并开始布置我的屋子，把一些木板搭起来，做成一个碗柜，摆放食物。但我的木板明显地少了。与此同时，我又做了一张桌子。

12月24日，大雨下了一天一夜，我没有出门。

12月25日，整日下雨。

12月26日，无雨，地面上比以前凉爽了许多。

12月27日，打死了一只小山羊，打瘸了另一只，捉住它后，用绳子牵回了家，到家后，我把它的瘸腿绑上，并上了夹板。

附：在我细心地照料下，它竟活了下来，伤也好了，变得同以前一样健壮了。在我的长期喂养下，它变得很驯服，整日在我门前的草地上吃草，不愿离开。我第一次产生了驯养些动物的设想。这样，在我的弹药用完后仍有食物。

12月29日到30日，天气炎热无风。我除了晚上出去寻食外，整天待在家中，把东西摆弄整齐。

1月1日，天气仍然炎热。我在早晨、傍晚时各带枪出去一次，中午则安静地躺在家里睡觉。傍晚，我走进位于小岛中心的山谷里，发现那里有许多山羊。它们极易受惊，难于捕捉。我决定把猎狗带来捕捉它们，试试运气。

1月2日，按照计划，第二天我就把猎狗带了出来，把它放向羊群。但我失策了，因为羊群回身和狗对抗，狗也知道自己处境危

险，迟迟不敢靠近羊群。

1月3日，我动手修建篱笆围墙，由于害怕受到袭击，我把围墙筑得很结实。

附：在前面我已对这墙做过描述，我把已说过的东西在日记里就略去了。从1月3日到4月14日我一直努力，尽力把围墙修筑得完美些，围墙以洞口为中心，形成一个半圆形。全长约24码，从半圆处的岩石上端到另一头距离大约8码左右。

这段时间我尽力工作，下雨使我耽搁了许多天，有时是一连几个星期。我想，如果不把围墙修好，我永远不会有真正的安全。每项工作付出的劳动都无法形容，令人难以置信，尤其是得把木桩从树林里运出来，并把它打入地里。实际上我做的这些木桩没必要这么大。

把围墙筑好以后，我又在围墙外修了一层草皮泥夹墙。我想，假如有人来到这里，也不会看出这里是人居住的地方。以后发生的事证明了我的做法正确。

这期间，只要天不下雨，我就到树林里转转逛逛。散步的时候，我经常发现一些对我有利的东西。尤其是我见到一种野鸽，它们不像林鸽在树上筑巢，却像家鸽一样在石洞里作巢，我逮了几只小野鸽，从小就驯养它们。但是，长大以后，它们却都飞掉了，也许是我不经常却也确实没东西喂它们的缘故。我常常找到它们的巢穴，捉些小鸽子。它们的肉好吃极了。

现在，我整理了一下我的家，才发现自己缺少很多东西。事实上，我也无法制作这些东西。例如，我永远没法做一只有箍的木桶。我前面说过，我有一两只小桶，但是，尽管我花了好几个星期的工夫，我仍无法做一只同样的新桶。我不会安桶底，更不会把那些薄木板严密地合在一起，使它不漏水。因此，我就放弃了这项工作。

另一方面，我非常缺乏蜡烛。所以只要天一黑，大约7点钟左右，我就得上床睡觉。我记得我在非洲冒险的时候使用蜜蜡做过蜡烛，但是现在我却一点蜜蜡也没有。唯一的补救办法就是，每次杀山羊的时候，把羊脂省下来，放到我用阳光晒成的小泥盘里，用补船的麻作灯芯，做成一盏油灯。虽然不及蜡烛那样稳定明亮，但至少带给我一点光明。在劳动过程中，我偶尔翻到了一个小布袋。我以前提到过，它所装的谷物用来喂大船上的那些家禽，并不是为这次航海使用。我想，这可能是以前从里斯本出发时带的。口袋里的谷物早被老鼠吃光了，除了尘土以外没有任何东西。后来我想把口袋作别的用处（我想用它装火药），就把那些谷物抖到了不远的围墙里。

正是在刚刚提到的那场大雨之前，我把这些东西扔掉了，也没太留意自己往哪里扔了些东西。过了约有一个月左右，忽然发现地上冒出了几根绿色的叶茎，我以为是些没注意到的植物。但令我非常震惊的是，过了一段时间后，叶茎上抽出10到12个穗子，不仅同欧洲的大麦甚至同我们英国的大麦也非常相似。

对于这件事，内心的震惊和慌乱难以言表。迄今为止，我的行动向来不受宗教的限制。实际上，我头脑中很少有宗教观念。如果遇到什么事时，我只认为是偶然的，或简单地认为是上帝的旨意，并不深究上帝对这些事的用意以及上帝处理世事的原则。但当我看到大麦长在这片根本不适合谷物生长之地时，我大感吃惊。我料定这是上帝的奇迹，没有播种就长出了这种谷物，使我在这荒芜悲凉的地方得以生存。

我不仅认为这是上天给我维持生命的唯一东西，还确信岛上一定还有许多。我仔细搜索了所到过的每个地方，找遍每一个角落，每一块岩石，希望找到更多的青苗，但再也没有找到一根。最后，我才突然想起曾在这个地方抖落过那个盛鸡食的袋子，便不再感到惊异了。可以说，当我发现这只不过是一件很平常的事时，我对上苍的那种感激之情也便开始低落了。实际上我仍然应该感谢上苍给我带来这件意外而离奇的事的。这样的安排完全是上天的杰作。当时那十几粒老鼠吃剩的谷种没有被毁掉，仿佛从天而降，而我又恰好把它扔在一个特殊的地方，正是高高的岩石下的阴影里，它立刻便长了出来。而如果我那时把它扔在别处，恐怕早被太阳晒死了。

在收获的季节，即6月底的时候，我把麦种十分谨慎地保存起来。我把每一粒麦都收好，决心再种一次，希望能收获足够的麦子，让我做面包用。但是，一直到了第四年时，我才吃到了点粮食，所以很节省，我将在以后再谈这件事。由于没有选好时间，我第一季种的麦子全损失掉了。我是在旱季前播的种，它根本就不会长出来。我不应该不择时机，而应适时播种。

除了这些大麦外，前面说过，我同样小心保存的还有二三十棵稻谷。它的用途和目的相同。这时，我已把稻谷煮着吃，不必非得烧烤了，仅偶尔为之。现在，还是回到我的日记上吧。

这三四个月的时间，我工作非常努力，想把墙修筑完成。到了4月14日，我把墙全封起来了，因为打算不通过门出入，而是用一只梯子爬墙，这样从外边看就没有住人的迹象了。

4月16日，我做完了梯子，并用梯子爬上了墙头，随后把它收起来，放在里边。现在这里可以说是一个封闭的围墙了，在里面我有足够的空间使用，除非爬上墙头，否则谁也不能走到里边来。

在这围墙完工的第二天，我的全部劳动差点被毁于一旦，我自己也几乎送了命。事情是这样的：正当我在帐篷后面，也就是地洞的入口处干活时，我被突然发生的可怕事件吓坏了。土块从洞顶崩塌下来，竖在洞里的两根柱子已被压断。尽管我并不认为这是什么大事，心里却害怕极了，生怕像以前那样，有东西从洞顶掉下来，更怕自己会被埋进去。我迅速跑到梯子那边，后来觉得那里也并不十分安全，便又翻越围墙，唯恐那些从小山上滚下来的石头砸住我。直到走下梯子，我踏上坚实的土地，才明白这是一场可怕的地震。我所站的地面在八分钟时间里共震了三次。这三次震动，足可以把地面上最坚固的建筑物震倒。只见离我半英里靠海处，一块巨石从山顶滚落下来，发出生平我所听过的最可怕的巨响。海面上也波涛滚滚，我确信海里的震动比岛上还要强烈。

这种感觉我生平从未经历过，也没有同有这种阅历的人谈过此类事情，我简直快被地震吓昏了。地震搅得我胃里上下翻腾，十分难受，但岩石滑落的巨响把我从昏迷状态下唤醒。我心中充满了恐惧，一想到山上岩石会滑落到我的帐篷里，会把我的全部家什埋掉，心情立刻异常沉重。

当第三次震动之后，又过了一段时间再也不震了，我才恢复了勇气。但我还是不敢到墙里边去，生怕被活埋到那里。于是我呆呆地坐在地上，悲观丧气，郁闷忧伤，不知如何是好。这时候，我心里一点宗教的观念也没有了，只是机械地想着“上帝可怜可怜我吧！”当地震过去后，这种想法又被抛到了脑后。

我呆呆地坐着时，忽然发现天空阴暗下来，乌云密布，马上要下雨了。不久，渐渐刮起风，不到半小时的时间，竟变成了可怕的飓风。顷刻间，海面上波涛汹涌，海岸上浪花飞溅，大树被连根拔起，这实在是一场令人惧怕的风暴。狂风一直持续了三个小时，才开始减弱，又过了两个多小时，才完全平息了，接着又下起了大雨。

在此期间，我就那么坐在地上，既害怕又沮丧。后来我突然想到，这风和雨该是地震的产物，看来地震已经结束了，我可以冒险再回到洞里去了。想到这里，我的精神为之一振，加上大雨的驱使，我爬过围墙，坐到我的帐篷里。外面大雨滂沱，几乎要把我的帐篷掀掉，我只好躲进山洞。我害怕山洞从上面塌下来，心里恐惧不安。

这场大雨迫使我进行一项新的工作，即在我的防御工事下凿一个小洞，如同一条水道，用来排水，以免把我的地洞淹没。我在洞里待了一段时间，发现再没有地震以后，心神稍定。现在，我为了给自己壮胆，确实也需要这样做，我便走到我的小贮藏室里，取了一小杯蔗汁做的甜酒喝。我对酒一向很节省，因为知道喝完之后就再也没有了。

大雨下了整整一夜，第二天又下了大半天。我虽然不能到外面去，但心里踏实多了，我开始为今后打算。考虑到小岛受制于地震，我在地洞里是不能生存的，我必须考虑在一块开阔地上建一个小屋；再把小屋用墙围起来，正像这里一样，可以避免野人或野兽的袭击。如果我仍待在洞里，迟早要被埋掉。

想到这些，我打算把我的帐篷从原来的地方移走，因为它正好处于小山的悬崖下，如果再发生地震，悬崖塌下来准会砸到我的帐篷上。从4月19日到4月20日，我花了两天的时间来计划往哪里搬以及怎么搬家。

害怕被埋掉的恐惧感，使我总也睡不踏实，但想到露宿在没任何遮挡的旷野，心里更不能安宁。然而，我又看了看周围，一切都安排得井井有条。我隐蔽得这么好，又那么安全，这使我极不情愿搬家。

同时，我还提醒自己，要做这项工作必得花费大量时间，直到我为自己建立个新宿营地之前，还不得不冒险待在这里，一切安置妥当后再搬家。做了这些决定后，我的心暂时平静了一段时间。并决心以最快的速度，用先木桩绳索等东西建一道围墙，像从前一样围成圆形，建成后便把帐篷移到那里。但在围墙完成和搬进前，我必须冒险住在这里。这是21号。

4月22日早晨，我开始考虑把计划付诸行动，工具的缺乏却使我一筹莫展。我有三把大斧子和足够多的小斧子（因为我们打算拿小斧和印第安人交换货物），那些多节的硬质树木的砍伐，使它们都有了缺口，变得很钝了。虽然我有一个砂轮，但我却无法转动它们来磨利工具，这件事正像一个政治家运筹一个重大的政治观点，法官判决人的生死一样，让我煞费脑子。最后，我想出办法：即用一根绳子带动轮子，用脚使它转动，腾出双手来磨东西。

附：在英国我从未见过这类东西，至少不曾注意到它是怎样做成的，尽管它是极普通的东西。此外，砂轮又大又重，我用了足足一个星期的时间，机器才正常运转。

4月28日、29日，这两天我都忙于磨利工具，砂轮机转动正常。

4月30日，很早我就发现面粉已经不多了，现在我又检查了一遍，把甜点减为每天一块。这种情况令我更加担忧。

5月1日早晨，我向大海望去，潮水很低，只见海边有个比较大的东西，样子像个木桶。走近一看，原来是一只小木桶和两三片被飓风吹来的船的残片，再看那只破船，发现它比平时又高出水面许多。我检查了一下那只木桶，原来里边盛的是火药，被海水打湿后，凝结成一块如同石头一般坚硬。虽然如此，我仍然把它晾到岸上。我沿着沙滩，尽可能靠近那破船，希望能找到点对我有用的东西。

当我走近破船时，发现它的位置已大大移动了。船头本来是埋在沙滩里的，现在抬高了足有6英尺。在我最后一次上船来找东西以后不久，那船尾就被海浪打碎了，并与船身分离，现在被海水冲到一旁。船尾旁边，过去是一片水，我只有游过这四分之一英里宽的水面才能到船跟前。现在，那一片水被高高的泥沙代替，只要潮退了，我就能一直走到船前。开始，我对此大为吃惊。经过这次猛烈的地震，船比以前更加破烂不堪，每天总有许多东西被海浪打下来，冲到岸上。

这件事动摇了我搬家的计划，一整天我都忙着寻求登船的途径。但我很快发现这件事是没有任何希望的，因为船里已塞满了沙泥。但我现在已变得对任何事情都不灰心，我决定把船上一切能拆下来的东西都拆下来，我相信这些东西将来总会用得着。

5月3日，我着手锯断一根船的龙骨，它好像支撑着船的甲板。锯断以后，我尽量清除那些堆得高高的泥沙，可是不久潮水涌来，我只好暂时放弃此项工作。

5月4日，我去钓鱼，但却没有钓到一条能让我吃的鱼。我感到十分厌烦。就在我打算离开的时候，钓到一条小海豚。我没有钓钩，我用的钓丝也是用细绳搓成的。这种方法使我常常钓到足够的鱼，晒干了来吃。

5月5日，在破船上工作，我锯断了另一根船龙骨，又从甲板上拆下三块大杉木板，然后将它们捆到一起，打算当潮水上涨的时候让它们漂到岸上去。

5月6日，在破船上工作，找到几根铁螺栓和一些铁器。我工作得非常卖力，回去时非常疲惫，几乎想放弃。

5月7日，我又到破船上去，但无心工作。由于船龙骨被我锯断，再也支持不了船的重量，船身已经裂开。有几块木板松散下来，船身露出了个大洞，里边填满了水和泥沙。

5月8日，我到破船上去，捎带了一个起货的铁钩。撬开甲板，甲板上很干净没有水，也没有泥沙。我从上面起下两块木板，同样随着潮水把它们送到岸上。我将铁钩留下，以备第二天使用。

5月9日，到破船上去，用铁钩探入船身。探到几只木桶，用铁钩把它们撬松了，但却无法把它们打开。我探到了那卷英国铅皮，也拨动了它，可是它太重，实在搬不动。

5月10日、11日、12日、13日、14日，每天都到破船上去，拿到许多木料和木板，还有二三百磅铁。

5月15日，我带了两把小斧，把一只小斧的刃放在铅皮上，用另一只去砍，想试试能否砍下一块铅皮。但由于它是在1.5英尺深的水里，我无法砍掉它。

5月16日，刮了一夜的大风，受到海浪的冲击，破船更显得破旧不堪。我用了很长时间待在树林里逮鸽子吃，后来潮水上涨，我就没有到破船上去。

5月17日，我看到船上的几块碎片漂到岸上，离我大约有2英里远的距离。我决心去看看是什么东西，发现原来是块船头上的木头。但太重了，我搬不动。

5月24日，这几天来我每天都在破船上工作，非常努力，用铁钩把许多东西都弄松了。潮水一来，几只木桶和两只水手的箱子便漂了出来。但由于风是从岸上刮来的，待几块木料和一大桶巴西猪肉漂到岸上时，咸水和沙子早已将猪肉浸毁了。

直到6月15日，我每天都在继续这项工作。我要指出的是，每当潮水涨起，我便出去找食物，而当潮水退后，我便准备好工作。几天下来，弄到许多木料和铁器，如果我知道怎样造船，一定可以造一艘上好的船。同时，我又分几次弄到了几块铅皮，差不多有一百磅重。

6月16日，走到海边，我看见了一只大鳖。这是上岛后我第一次见到此类动物。看来只是我运气不好，并不是岛上荒凉，因为我如果碰巧在岛的另一端，我每天可以捉到上百只，但也要付出不少代价。

6月17日，我花了些时间来煮那只大鳖。发现它肚里有60只蛋。那时我觉得它的肉是我生平所尝到的最香最好的肉。自从我到了这个可怕的地方后，除了山羊和飞禽外，我还没吃过别的肉呢。

6月18日，一整天都在下雨，我待在家里。那时的雨有些凉了，我感到有些寒意。在那个纬度来说，这是不常有的事。

6月19日，我病得很厉害，浑身发抖。仿佛天气很冷似的。

6月20日，一宿没睡，头疼得厉害，发高烧。

6月21日，病得很重，想到自己生病后无人照料的悲凉处境，极度恐惧。自从在赫尔城那场风暴后，我第一次祈求上帝。由于内心混乱，也不知道说了些什么，为什么说。

6月22日，好了一点，但仍怕大病来临。

6月23日，病又厉害了，发冷、发抖，然后是剧烈的头痛。

6月24日，好多了。

6月25日，很厉害的疟疾，持续了7个小时，时冷时热，然后出了些虚汗。

6月26日，好多了。没有东西吃，我扛上枪出去，但觉得全身乏力，最终还是打死了一只母山羊。费了很大的劲儿才把它拖回来，烤了些肉吃了。很想煮些汤喝，但没有锅。

6月27日，疟疾再次发作，来势凶猛。我躺在床上，一天不吃不喝，再次想到祈求上帝，但头昏得很。当头昏过去后，我又不知道该说些什么，只是躺在床上喊着："上帝保佑我吧！上帝怜惜我吧！上帝救救我吧！"我就这样喊了两三个小时，高烧渐渐退去，我开始睡着了，一直睡到了半夜。我醒后，觉得自己舒服了不少，但仍很虚弱，口渴得厉害。可是我住的地方没有水，我只好又躺下，等到天亮，我又睡了。这次睡着后，我做了一个噩梦：

我想我是在墙头外的地上坐着，当时正是地震后狂风大作之时。我看见一个人从一片乌云中降下，带着火光降落到地面。他周身像火焰一样闪亮，我只有硬撑着才能看他一下。他的面容狰狞可怕，无法描述。当他的脚落到地上时，大地开始震颤了，就像先前地震时一样。我觉得空中都充满了可怕的烈焰。

他落地后便走向我，手中拿了一个长矛武器，要杀死我。当他走到一个高地离我还有一段距离时，我听到了他那可怕的声音。那种声音令我毛骨悚然。我所能听懂的只有一句话："如果所有这些事情还不能使你忏悔，那你就死吧。"他一边说着，一边举起手中的长矛，仿佛要杀死我。

任何读到这段记载的人，都想象不到当我面对那种可怕情景时，心中的惧怕程度。虽然那只是一场梦。当我醒来后，也明明知道它只是一场梦，但是梦中的可怕情景给我的印象却是无法形容的。

唉！我已没有一点涵养，从父亲那里得到的良好教育已消失殆尽。这是由于八年来，连续不断的海上罪恶生活以及我经常同那些与我一样世俗而有罪的人待在一起的缘故。在这期间，我没有一次认真地祈求过上帝或是反省自己的一贯作为。我已善恶不分，心灵被愚昧所吞没。我成了一个顽固不化、没有思想、万恶不赦的水手。在危险时，对上帝毫无敬畏之意；获救后，对上帝也没有感谢之心。

在我对我的经历的叙述中，不难相信我补充的这句话：到那天为止我虽经受到了各种苦难，却从未想过这是上帝的旨意。这是对我的罪行、我对父亲的背叛和我现行的重大罪行的一种公正惩罚，也是对我所过的邪恶生活的惩罚。当我到荒凉的非洲海岸铤而走险之时，我从未想到过后来我会怎样，也没有期望过上帝会指给我一条出路，使我脱离危险的境地，脱离凶残的野兽和野人。我全没想到过世上有个上帝、造物主，我行动起来就像个受本能支配的野兽，只受本能意识的驱使，甚至有时连这也谈不上。

我被葡萄牙船主从海上救起时，享受着他公平的、优越的、仁慈的待遇，对此我没有一点感激之情。当船再一次失事毁灭，差点被淹死在这里时，我也全无悔恨之意。没想到这是一种公平报应，只想到我自己是个倒霉蛋，生来注定会受苦受累。

没错，当初我上岸之时，发现全船的伙伴除我以外，全都淹死了，我着实惊喜若狂。若当时听从了上帝的指引，这种精神很可能就会变成真正的感激。我这种惊喜，一会儿便过去了。只是庆幸我还活着，而没有从我留下命来这种好的方面认真想想，为什么上帝这样怜悯我，别人都淹死了，唯独我逃了出来。我的高兴只是像普通水手那样，当船只失事后逃命上岸来，喝几杯酒高兴高兴，过去后也便忘记了。我本性如此。

甚至到了后来，经过认真的思考，我对自己所处的环境有了切实的认识。我究竟是被抛在怎样一个可怕的地方啊！这里远离人类，没有任何希望获救。即使这样，但一想到我还能勉强生活，不致因饥饿而死，我的所有痛苦感觉都消失了。我又开始怀着怡然轻松的心情，投入到各种维持生存的工作中。我不再因为自己的环境而痛苦不堪，把自己想象成处在天堂一般，不再把这当作上帝对我的惩罚。我的脑子里从来没有这种感觉。

正像我前面日记中提到的那样，在谷物刚刚生长的时候，我曾一度欣喜若狂，深受感动，以为是上帝的奇迹。但我发现它并不是什么奇迹时，因此事所生的感想也便随之消失了，我在前面已经提到了。

大自然中没有比地震更可怕的事情了，这与指导万物的不可见的神力有直接关系。但当最初的那种惧怕过去之后，我对地震的印象也随之消失了。我并不觉得存在有什么上帝或上帝的裁决，也不觉得我目前所处的环境是上帝的安排，反而觉得自己的生活仿佛还不错似的。

但是现在，疾病缠身，死亡的悲惨摆到了我面前，在疟疾的打击下，我的精神开始消沉，体质也损耗很大。久已沉睡的良知开始苏醒，我开始自责我过去的生活。由于我犯下的罪行，激怒了公正的上帝，上帝给了我非凡的打击，用这种报复性的方式来惩罚我。

在我生病的第三天，这些观念困扰着我。在强烈的高烧和自责下，我的良心硬逼我喊出了几句祈求上帝的话，但这几句话也不是充满希望的至诚祈祷，只不过是由于害怕和受难而发出的声音。我的内心混乱，心中充满了罪恶感。单单想到我要在这种悲惨的状况下死去，恐怖便如迷雾一般充满了我的脑海。我内心的慌乱无以言表，只是喊叫着："我的上帝！我是多么不幸啊！我病了一定会因为无人照料而死去。这叫我怎么办啊？"我的眼泪夺眶而出，哽噎得再也说不出话来。

这期间，我想起了我父亲的忠告，还有他的预言（我在本故事开始时就已提到过）。他说如果我非走这愚蠢的一步，上帝也不会保佑我。当我叫天天不应时，我会追悔莫及。

"现在，"我大声说道，"我亲爱的父亲的话应验了，上帝开始惩罚我，没有人帮我，听我忏悔。我拒绝了上帝的好意，我本可以过一种幸福舒适的生活。我蠢得看不出这一点，又不遵从我父母的安排。不但我的愚蠢行为使他们痛苦，现在我自己也为此而痛苦了。他们本可以帮我进入社会，使我事事如意的。如今我要克服重重困难，这些困难是自然的，难以避免的。没有人照应我，帮助我，安慰我，指点我。"

我大叫道："上帝，帮帮我吧，我在大苦大难之中啊！"

如果把这些称之为祈祷的话，这便是我多年来的第一次祈祷。

还是回到日记上去吧。

6月28日，睡了觉后我觉得精神好了不少，高烧已完全退了，我能起床了。尽管对噩梦的恐惧还很大，但想到明天疟疾又将复发，便打起精神准备些我发病时需吃的东西。我首先把一个大四方瓶子装满水，把它放在床边的桌子旁。为了驱掉水里的寒性和消毒，我又往水里放了四分之一品脱的甜酒。然后拿出一块羊肉，把它放在火上烧烤，但吃得很少。我四处走了走，觉得全身无力。想到自己目前的悲惨处境，更害怕明天高烧又会发作，我既悲哀又苦闷。晚上我拿了三个鳖蛋在炭灰里烤熟，剥了皮吃掉，算作晚饭。在我一生的记忆里，这是我第一次吃饭时祈求上帝的祝福。

吃完以后，我试着四处走走，但身体虚弱，几乎连枪都拿不动。于是我走了几步，便坐到地上，眺望大海。在我面前的大海，这时平静如镜。我坐在这里，浮想联翩：

我经常看到的大地和大海是什么？从什么地方来的？我和其他动物，包括野蛮的和驯服的，人性的和兽性的，是什么？又是从什么地方来的？

我们肯定是被一股神秘的力量创造出来的，同样是这股力量创造出了陆地和海洋，空气和天空。这股力量到底是什么呢？

很显然，是上帝创造了所有这一切。上帝创造了这些事物，并指导和支配着一切及其相关的事物。因为上帝既有力量创造这一切，当然也就有力量支配这一切。

如果是这样，在他的统辖下，没有一件事的发生是他不知道的，或不是他安排的。

既然任何事情的发生他都知道，那么他自然也知道我在这里，知道我处在这种可怕的环境中。既然任何事情的发生都是他安排的，那么当然也包括我现在所遭遇的一切。

我想不出任何理由推翻这些结论。基于此，我更相信上帝早已安排好让我遭遇这一切。他的这种特权不只对我，对他所创造的万物都是如此。但我马上又想到：为什么上帝这样对待我，我究竟做了什么事，使他如此对我呢？

我的良心立刻阻止我的这种询问，仿佛我亵渎了上帝，我仿佛听到一种声音对我说："卑鄙小人！不问问你自己都干了些什么？想想你以前的罪恶生活，什么坏事你没做过？试问：为什么这么长时间你还没有被消灭？为什么在亚莫斯你没有被淹死？在同撒列人的战斗中你为什么没有被杀死？为什么在非洲沿岸没有被野兽吞吃？为什么在这里全船人都被淹死了，而你除外呢？为什么还要问：'我做了什么坏事呢？'"

这些话让我惊愕得哑口无言，完全不能回答。我闷闷不乐地站起来，走向我的住所，昏昏沉沉地翻过墙头，内心的忧愁烦乱使我无法入睡。我索性在椅子上坐下来，点上灯（这时天已黑下来了）。现在，我想到即将旧病复发不由得害怕起来。这时，我突然想起巴西人无论得了什么病，他们都不吃药，而只吃烟叶。而我还有一卷烟放在箱子里，大部分是烤烟叶，也有一部分没经烤制的青烟叶。

神指鬼使，我径直跑到箱子那边，不仅找到了医治身体的药，也找到了医治灵魂的药。我打开箱子，发现了我要的烤烟，还有我保存在箱子里的几本书，我取出其中的一本《圣经》。这本《圣经》我在前面已提到过，可直到现在我一直没工夫也没心思去看。我便把《圣经》和烟叶都放到桌上。

我不知道如何用烟草治我的病，也不知道烟草对治病是否有好处。我开始拿它做实验，并下定决心，一定要找到办法。我先拿了一片烟叶，在嘴里咀嚼，开始确实使我脑袋发麻，因为烟叶味儿很冲，我很不习惯。然后，我又拿了些烟叶，放到甘蔗酒里浸泡了一两个小时，决定睡觉时喝上一剂。最后，我又在炭盆里烧了一些，并把鼻子凑上去，尽量忍受着烟熏及简直令人窒息的热气。

在这样治疗期间，我拿出《圣经》开始阅读，但烟草已经把我弄得晕头晕脑，至少在那时那刻，我读不下去。我随意地把书翻开，首先映入眼帘的便是这句话：在危难之日求告我，我将搭救你，你也要使我荣耀。

这句话正适合我的处境，读到它时便给我留下了一定的印象，虽不及后来那样深刻。关于获救的话，当时并不能打动我。在我的理解中，这件事太渺茫，太不可想象了，就像犹太人在回答上帝允许他们吃肉时说："上帝能在旷野里摆宴席吗？"我这时也对自己说："上帝能把我从这个地方救出去吗？"过了好多年后这种希望才出现的，所以我常常充满疑问。不管怎样，那句话还是给了我很深的印象，我经常对此冥思苦想。夜已很深了，我那已被烟草弄得昏昏沉沉的脑袋，很想睡觉。我让灯在石洞里亮着，方便我在夜里取东西，便睡觉了。但临睡前，我做了件我一生中从未做过的事：我跪下来，祈求上帝，一定要履行诺言，即如果有一天我在危难中向他求救他一定要解救我。当我做完这蹩脚的祷告后，我便喝下浸过烟叶的甘蔗酒。酒性很烈，烟味刺鼻，简直难以下咽，喝完后我便立刻上床睡觉。我立刻觉得酒力发作了，我沉入梦乡，醒来后已是第二天下午3点多了。我甚至觉得第二天又睡了一天一夜，一直睡了三天。否则，不知怎样解释我把日子少算了一天，这是几年后才知道的。如果是由于我重复画了一天的记号，我绝不至于只丢掉一天的，但我确实漏掉了一天，而且不知道是怎样漏的。

但是，不管怎样，我醒来后觉得身体轻松精神愉快。我起床后，觉得比头一天有劲儿了，胃口大开，开始觉得饿了。总之，我第二天没有发病，并很快康复了。这是29日。

30日这天当然更好了，我带枪出去了一次，但没打算走太远。我打中了一两只像企鹅一样的海鸟，带回家中后，却不想吃它们。我吃了几个鳖蛋，味道很好。晚上，我又吃了些昨天的药，即浸过烟草的甘蔗酒，不过没像前次吃那么多，也没有嚼烟或用烟熏头。但是到了第二天，即7月1日，我并不像预料中的那样好，因为我发了一阵冷，但并不严重。

7月2日，我用这种方法重吃一次药，而且喝的剂量大了一倍，也像头一次那样，脑袋被弄得昏昏沉沉。

7月3日，我彻底痊愈了，虽然几个星期后我才恢复了体力。在此期间，我常常想到《圣经》上的话："我将拯救你。"但我深知获救是不可能的，这只是奢望而已。当我被这种念头弄得垂头丧气之时，我突然想到：我只考虑上帝拯救我于困难之中，而忽视了我已经获得的拯救。于是我问了自己这些问题：我没有从疾病中获得奇迹般的拯救吗？我没有从最苦难最可怕的境地中得到拯救吗？我又注意到了什么呢？我又尽了应尽的本分了吗？上帝已拯救了我，但我却没有赞美他。这就是说，我没有把这些当作一次拯救并心生感激，我又怎能希望获得更大的拯救呢？

我内心的触动很大，立即跪下来，并大声地感谢上帝让我从疾病中得以康复。

7月4日早晨，我拿起《圣经》，翻开《新约》，开始认真地阅读，并逼着自己每天早晚都要读，只要精神集中就读下去，没有限定章数。我这样认真地读下去，不久后，觉悟到以前的生活罪恶深重，内心深感触动，梦中的印象重现。我反复思考着这句话："这些事情没能让你悔改。"

有一天，当我正恳切地祈求上帝给我忏悔的机会时，神佑般地读到《新约》上的这句话："他是令人赞美的君王和救世主，让你忏悔，赦免你的罪。"我把书放下，双手举向苍天，狂喜地大声喊道："耶稣，大卫的儿子！耶稣，人人赞颂的君王和救世主，给我忏悔的机会吧。"

严格意义上讲，这是我有生以来的第一次祈祷，因为我现在是在感受我的处境的情况下祷告的，而且带有《新约》上上帝鼓励的话语。可以说，从这时起，我才开始希望上帝能听到我的祈祷。

现在，我开始用异于以前的看法对上面提到的那句话"到我这里来，我将拯救你"做出解释。因为，我以前对"拯救"的理解只限于摆脱困境，虽然这里空间广阔，但我却把它当作监狱，而且是全世界最坏的监狱。现在，我已经怀着感恩的心情去看待它们，对自己过去的生活我深感憎恶。以前我罪恶深重，只求上帝把我的灵魂从不可停息的忏悔重负下解脱出来。至于孤苦的生活，反而算不上什么，我不祈求上帝把我从这里解救出来。同摆脱罪孽相比，这不值得考虑。我在此加进这一段话，是想告诫那些读到我日记的人，在他明白事理以后，就会发现，从罪恶中得以解救的幸福感远

超过患难中得以解救的幸福感。

现在，从这段话重新回到日记上吧。

我现在的情况是：虽然生活仍然很困难，精神上却轻松了许多，经常读《 圣经 》和向上帝祈祷，使我的思想有了指导，对事物的理解达到了较高的境界。我有了更多的安慰，这些是以前从没有过的。随着健康和体力的恢复，我鼓励自己安排好一切所需的物品，并使我的生活尽可能地步入正轨。

从7月4日至14日，我主要是带枪四处走动，像一个大病初愈的人恢复体力一样，走走歇歇。我仍然体力不支，身体虚弱得令人难以想象。我采用的治病方法是全新的，也许世上从没有人用这种方法治愈过疟疾，但我却不敢把这种方法介绍给别人使用，虽然治好了我的病，但却使我身体虚弱。有很长一段时间，我的神经和四肢不停地抽搐。

这场大病使我清楚地认识到，在雨季里特别是暴雨和飓风交加之时出门，对我的体力伤害最大。在旱季里，雨总是夹着风暴而至，所以我觉得旱季里的雨比九月或十月份的雨更危险。

在这个不幸的岛上我已待了十个多月了，从这里获救的可能性几乎等于零，我坚信以前人类的足迹从未到过这里。在完全按自己意愿建好了住所之后，我萌生了一个强烈的愿望，想对这个岛做一次更全面的调查，看看能否发现其他我不知道的物产。

7月15日，对小岛更详尽的勘察开始了。我首先走到那条小河旁，正如以前所说，在我的木排离岸的地方，我发现，当我向上走了两英里后，潮水并不能到达，再往高处只不过是条小溪，溪水清澈透明。因为是在旱季，小溪有的地方几乎没有水，即使有，也令人难以看出。

在小溪边，我发现多片草地，平坦如茵。一块高地紧邻草地，潮水所不及，长着枝繁叶壮绿油油的烟草，里面还长有许多我不知道名字的植物，各自有着我所不知道的价值。

寻找木薯根费了我半天时间。这是热带气候中印第安人用来做面包的东西，但我一点也没有找到。只看到了几株很大的芦荟，但当时并不知道它的用处。我又看到一些甘蔗，当然都是野生的，都不大好。我对这次勘查很满意，回来的路上便开始思考该用什么方法才能知道这些果实或植物的用处。但毫无办法，因为我在巴西时对于野生植物观察甚少，因此，困境时帮不上我的忙。

第二天，即16日，我又顺原路走了一遍。当我比昨天走得稍远些时，发现小溪和草地消失了，而树木更加茂密。在这里，我发现各种果实，地上长有瓜果，树上结了许多葡萄。成串的葡萄挂满了枝头，又熟又大。这意外的发现，使我非常高兴，但经验警告我不能滥吃。我记得在帕尔伯里海岸时，几个在那里当奴隶的英国人，由于吃葡萄，得了痢疾热病发烧死去了。但我却发现了一个极好的办法来利用这些葡萄，即在阳光下把它们晒干，制成葡萄干来保存。这些东西我相信，事实也是如此，当没有葡萄的时候，吃起来很是营养可口。

那一夜我留在了那里，没有回去。顺便说一句，我这是第一次离家在外过夜。用最初的方法，在树上美美地睡了一夜。第二大起来以后继续进行勘察，根据山谷长度判断，我走了大约有四英里远了。我继续往北走，在南北两侧，是延绵不断的山脊。

走到尽头时，豁然开朗，一股山泉从我旁边的小山中奔流而出，往西倾斜着，向东奔去。这块田地看上去就像个人工种植的花园，郁郁葱葱，生机盎然，一切都显得清新碧绿，似春天里一样繁荣。

我沿着这秀色可餐的山坡往下走了一段路，内心充满喜悦，也夹杂着一点淡淡的悲哀。极目远眺，心想这一切都是属于我的，我是这块土地绝对的国王和领主，拥有所有权。如果允许的话，我可以让它有继承权，与英国领地上的君主完全一样。在这里我看到数不清的可可树、橘子树、柠檬树、冬木绿树、橙子树，都是野生的，结的果子很少，至少这时候是这样。但我所采到的绿橙子却是既好吃又滋补，我把它们的汁兑上点水，这样既滋养，又爽口好吃。

我知道我应该把这些果子收集起来并送回家去，我决心把它们像葡萄那样贮存起来，把酸橙和柠檬都收集起来，供我在雨季享用。我知道，雨季即将到来。

为此，我采集了一大堆葡萄放在一个地方，一小堆放在另外一个地方，还把采集到的一大堆橙子和柠檬堆到一个地方。我每样带了几个，踏上了回家的路。决定再来时带些口袋一类的东西，把留下的这些带回家。

经过了三天的旅行，我才回到家，即我的帐篷和山洞。只是路上没走多远，带的葡萄就坏了。它们太饱满了，水分又多，一碰撞就坏掉了。至于橙子，倒是挺好的，但我没带几个。

第二天，即19日，我又回到那里，准备用两个小口袋把我的果实带走。但当我走到葡萄堆前时，不禁大吃一惊。采集它们时，是那样饱满完好，但现在已被践踏得满地都是，东一片，西一片，而且好多已被吃掉了。看这种情况，我推断是附近的野兽干的，至于是什么野兽，我不得而知。

我发现，不能把它们堆成堆放在一处，否则，它们将被毁掉。也不能用口袋带回家，在运送途中会由于自身的重量被挤坏。我想出另外一个办法。我采集了大量的葡萄，把它们挂在树枝的外侧，阳光会把它们晒干。至于橙子和柠檬，我尽可能多带一些回家。

这次返家后，一想起那丰饶的山谷便心情愉快，那里地势宜人，不受暴雨侵袭，而且靠近河流和森林。我认定我现在居住之地，真是全岛最糟的地方。于是，我开始考虑迁移住所。打算在岛上物产丰饶气候宜人的地方，找一个同我现在住所一样安全的地方。

这种思想长时间盘桓在我脑海里，有一段时间我对此极感兴趣。那个地方宜人之处对我太有诱惑力了。但我认真考虑之后，认为现在居住的海边，说不定会发生对我有利的事情，厄运把我带到了这里，说不定也能把其他可怜虫带到这里。尽管这种事情发生的概率很小，但如果把自己封闭在岛中心，就如同先把自己封闭起来，简直就是没有希望了。因此，我无论如何不能搬迁。

但我对那个地方还是非常迷恋的，7月份剩下的大部分时间我都是在那里度过的。仔细考虑之后，我便决定不再搬家，但在那边给自己搭了一个小屋，并用双层结实的篱笆把它围起来。这篱笆与我一般高，木桩打得很结实，中间填满了灌木枝。这里给我的感觉非常安全，有时在这里连着住上两三天，同以往一样，用梯子出入。这时，我觉得我已经拥有一个乡间别墅和一个海滨住宅。直到8月初，我才完成了这项工作。

新篱笆刚刚完工，我正要开始享受自己的劳动成果时，天下起了雨，把我困在住所中。尽管在新住所也给自己做了一个帐篷，用帆布四处遮好，但那里却没有小山遮风挡雨，也没有山洞可以躲避较大的雨势。

正如我所说的，8月初的时候，我的新茅屋竣工。当我准备好好享受一下时，8月3日，我发现我挂在树上的葡萄已经干透了，是极好的葡萄干，我动手把它们从树上取下来。我对这样的成果感到高兴。否则，继之而来的大雨会把它们全部毁掉，使我失去冬季里最好的食物。我足足挂了二百挂，把这些葡萄取下来带回家后不久，天便开始下雨。从这时，即8月14日起，直到10月中旬，几乎每天都下雨。雨势较大时则一连几天都无法走出山洞。

在这个季节里，家庭成员的增加却使我大为惊异。我过去说过，我曾为丢失一只猫而担忧。从我这里跑走后，它或许已经死了，因为我再也没有听到它的叫声。但到8月底的一天，它带着三只小猫回来了。这使我大吃一惊，更使我吃惊的是，我以前打死过一只野猫，它全不同于欧洲品种，但这三只小猫与大猫完全一样，全是家猫，其中两只是母猫。这确实非常奇怪。来了这三只猫后，我就被猫所烦扰着，后来我不得不加以捕杀，像杀死害虫或野兽那样，我尽所能把它们赶出我的住处。

从8月14日至26日，阴雨连绵，我出不了门，并且小心应付着，使自己不会淋雨。在这雨水连绵的日子里，食物日渐匮乏。我冒险出去了两次。第一天杀死了一只山羊，最后一天，即26日，发现了一只大鳖，这使我喜出望外。我的三餐是这样安排的：早餐吃一串葡萄干，中午吃一块烤羊肉或鳖肉（因为我不幸，没有器皿来煮东西），晚餐吃两三个鳖蛋。

下雨被困家中的日子里，我每天工作两三个小时，扩大山洞。逐渐把它扩展到山外，并做了一个出口，这样就可以从这里出入，而不通过篱笆或墙了，但睡在那样的地方我很不放心。在密不透风的地方睡习惯了，现在总觉得敞着门睡觉，生怕会有东西进来袭击我。尽管实际上并没有什么可怕的东西，在岛上我所见的最大的动物是一只山羊。

9月30日，是我上岸的周年纪念日，真是个不幸的日子。我算了算刻在那柱子上的印痕，发现这是我上岸的第365天了。我把这一天作为庄严的斋戒日，并举行了仪式，我跪伏在地上，内心极其虔诚，向上帝忏悔我的罪行，承认他对我公正的处罚，请他看在耶稣基督的面上饶恕我。我连续12个小时没有进食，一直到太阳落下时，才吃了一块饼干和一串葡萄干，按我开始的安排结束了这一天，便上床睡觉了。

长时间以来我忽略了星期天，起初因为头脑中没有宗教观念，后来是忽略了把休息日印痕刻长一些和其他日子分开，所以我也不知道具体是哪天了。现在算来，像上天所说，我来到此岛已有一年了。我又把它分成许多星期，并把每个星期的第七天分出来作为休息日。但是，我发现我所刻印痕数还是少了一两天。

这之后不久，我的墨水快要用完了，我提醒自己更节省地使用。除了记录生活中最突出的事，其他的一切日常事务便忽略不计。

第九章　种植谷物

我现在已经掌握了旱季和雨季的规律，并学会把它们加以划分，吸取所有经验是我掌握规律的前提。这里，我将叙述一下所有试验中最失败的一个。我之前提到我收了几棵稻米穗，当时以为是它自生自长的，差不多有30棵稻种，20棵大麦种。因为太阳南移，雨季已过，我觉得现在是播种季节。

我就用木锨开辟了一块地，把它分成两部分，播下种子。播种之时，一个念头闪过我的脑海：我开始时不要全部种下去吧，因为还不清楚何时下种最合适。于是我种了其中的三分之二，其他的留下来以备不测。

我能那样做真是幸运极了。这次播的种子没有长出来。因为播种之后，旱季来临，没有雨水，土壤里没有供它生长的水分。直到雨季再次来临，它才像新播的种子似的长出来。

由于干旱，第一次播的种子没有长出来，我便想找一块潮湿的地方再次播种。在二月份，春分前几天，我在新茅舍附近开出一块地，把剩下的种子全种上了。到了三四月份水分充足，种子茁壮地成长，收成很好。但因为播下的只是剩下的、我开始不敢种的那点种子，数量有限，我的全部收获每样种子也只有大约半品脱的样子。

有了这次经验，我掌握了播种规律，清楚了播种季节，并知道每年收播两季。

作物生长过程中，我有了一个后来对我极有用处的小小发现。那时八月份雨季刚刚过去，天气不再变化无常。我到茅屋那里做了一次视察。尽管我数月未去，但一切如初，俨然我刚离开之时。那双层的篱笆还是既坚固又完整，而我从附近树上砍下来的木桩居然发了芽，长长的枝条仿佛被修剪树帽的柳树。我说不清这些木桩是从什么树上砍下来的，但看到这些成活的小树时，心里又惊又喜。我把它们修剪了一番，尽量使它们长得一般整齐。三年以后，令人难以相信，尽管我那篱笆墙直径可达二十五码，但这些树木很快地把它们遮盖起来。旱季住在里面，绿树成荫，舒适宜人。

因此，我决定再砍些木桩，照这里的样子在我的旧住所处打了半圆形的篱笆，把墙围起来，计划很快完工。那些树或树桩排成两行，离我的旧墙约有八码距离。它们很快便成长起来，不但很好地遮蔽了我的住所，后来又成了我的防御工事。这些将在以后谈到。

现在，我已可把这个岛上的季节大致划分出来。但并不像欧洲那样分成夏季和冬季，而是分成雨季和旱季。大致如下：

二月后半月、三月、四月前半月多雨，太阳直射赤道，或在赤道附近。

四月后半月、五月、六月、七月、八月前半月干旱，太阳在赤道北面。

八月后半月、九月、十月前半月多雨，太阳又回到赤道。

十月后半月、十一月、十二月、一月、二月前半月干旱，太阳直射赤道南面。

风向直接决定雨季的长短。但这也只是我做的大致观察。根据过去的经验，我已经知道了在雨季里出门的害处，便事先把食物准备好，雨季里我就尽可能地待在家里。

每到这种时候，我都找出许多适合这个时间来做的工作。因为我知道，做这些东西煞费苦心和苦力，这种时候做实在是个好机会。

尤其是，我曾想了许多办法做个筐，但我所找来的枝条都很脆，毫无用处。对我有利的条件是，当我还是个小孩时，我喜欢站在编筐匠的门口，看他们编织藤器。我也像其他小孩一样，喜欢动手参与，有时还真能帮忙做上一两手。由于仔细观察过他们的编织方法，所以制筐的全部办法技术都学到了，只要有材料，我就可以制筐。这时，我突然想起，我砍下来当作木桩仍能生长的那种树的枝条，其坚韧度或许不亚于英国的柳树枝条，我决定用它试一试。

第二天，我便在小山谷里的住所砍下一些细软枝条，正如我期望的一样，这些枝条正好可以派上用场。我准备了一把小斧，打算第二次去时多砍些回来。不一会儿，我就砍下了许多，因为那里枝条实在很多。我把这些枝条放在我的篱笆中间晒干。等到适合我用时，我便把它们带回我的山洞。到了第二季时，我努力编了许多筐子，有的用来运土，也有用来装东西的，可以随心使用。尽管我编得还不够完美，但可以凑合着用了。以后，我就没有停止编筐子，只要筐子用坏了，我就编新的。尤其是，我还编了些又深又结实的筐子，用来盛谷物。当我的谷物太多时，我就不用袋子盛了。

我花了很多时间，解决编筐的难题后，便继续激励自己，看是否有可能满足另外两种需求。首先，我没有盛液体的器皿，仅有两只装满了甘蔗酒的水桶，也有一些玻璃瓶子，有的形状一样，也有些是方形的，但都用来盛水和烈酒等等。我没有煮东西用的锅，只有一只从船上取出来的大壶，比我想要的大出许多，不能用它来做汤和煮肉用。其次，我想要一只烟斗，尽管我认为自己做不出来，但还是积极地想出了一个办法。

整个夏季或旱季，我都忙于栽种我的第二道篱笆墙和编制筐子。让我始料不及的是又有另外一件事情占去我很多时间。

第十章　一次跨岛旅行

之前我曾提过，我很想勘察全岛。我曾经走到小溪旁，并在那里建造了我的茅屋，并能从那里眺望大海。现在，我决定穿过小岛，到海岸的另一边去。

我带上枪、斧头、小狗，又比平常多带了许多弹药、两块饼干和一包葡萄干，便踏上了旅程。当我穿过茅舍所在的山谷后，从高处望向西面的大海。因为天气晴朗，海那边的陆地清晰可见，但辨不清是小岛还是大陆。只见那里地势很高，从西一直向西南方向延伸远去。依我判断，大约在十五到二十里格之间。我不知道这究竟是什么地方，或许是美洲的一部分，离西班牙领地不远。也许那里全住着野人。如果我在那里上岸，处境肯定比现在惨多了。想到这些更对上帝的安排感到心服口服，并开始相信这一切的安排都是如此完美。这样一想，我就不再自寻烦恼，放弃了到那边去这种毫无意义的想法。

此事过后不久，我考虑后认为，如果这海岸属于西班牙领地，那么我迟早会看到过往的船只；如果不是，那就是位于西班牙和巴西之间野人居住的荒野海岸。上面居住着最坏的野人，全是食人族。落入他们手中，等不到被杀死，就会被他们“分而食之”了。

我一边想一边慢悠悠地朝前走，忽然发现小岛这一边比我原来所住的那一边要好得多。开阔的山野清新怡人，还有鲜花遍地、绿草繁茂的树林。我看到数不清的鹦鹉，很想捉住一只，驯养起来，教它说话。我费了很大的劲儿才逮了一只小鹦鹉。我用棍子把它击下来，等它苏醒过来后，带它回了家。至于它能够说话，是几年以后的事了。但是，最终我教会了它亲热地喊我的名字。尽管发生了点麻烦事，不过确实是很有趣的。

这次的旅行极为开心。在地势低洼之处我发现了不少像野兔、狐狸似的动物，与我以前见过的野兔截然不同。虽然打死了几只，但我却不想吃它们的肉。我没必要冒这样的险，因为食物充裕，我的食物都是上好的。尤其是山羊、鸽子、乌龟这三样，再加上葡萄，按食品人数比例而言，即使是伦敦利登哈尔莱市场，也配不出这样一桌佳肴。虽然我处境悲惨，但不缺乏食物，而且食物充裕，且都是珍馐美味。这让我感到了极大的欣慰。

我希望在这次旅行中能有所发现，所以总是走走转转，从没有一口气走出两英里。当我走得很累时，便停下来找个地方过夜。我或是在一棵树上休息，或是在地面休憩之所竖上一圈木桩，或是把木桩从一棵树连到另一棵。这样野兽走近我时，就会先把我惊醒。

当我走到海边时，我惊奇地发现，全岛最坏的一边就是我所住之处。因为这里有无数的乌龟，而在那边我在一年半的时间里也仅找到三只。这里的飞禽种类繁多，有些是我以前见过的，也有一些我以前从没有看见过。许多飞禽的肉都很好吃，但我除了知道的那些之外，其他飞禽的名字我都叫不上来。

只要我愿意我可以打到更多的飞禽，但我想节约弹药。这时我很想打只大山羊，美美地吃上一顿。这里的山羊数量远多于原来的那边，但我要想走近它们，却更加困难。这里地势平坦宽阔，它们比在山上时更容易看到我。

我承认岛这边要比我原来的那边令人喜欢得多，但我却没有一点要搬家的念头。因为我在那里定居，已习惯了那边的生活。在这里总觉得有一种旅行的感觉，不觉得是在家里。

我沿着海岸向东走，大约有十二英里，便在岸边立了一根柱子作为记号，决定暂时回家。下次出发时，将从我住的地方一直向东走，绕海岸一圈直走到我立柱子的地方。我将在后边谈到这些。

回家时，我没有按原路返回，而走了另外一条路。我想，既然已看见了小岛的全貌，只要认清地势，决不会找不到我的老住所的。但我却大错特错了，走了约有二三英里时，我发现自己进入了一个大山谷中，四面环山，山上长满了树木。我不知道该往哪里走，要想辨别方向，唯有依靠太阳，但我哪里还记得太阳在当天当时应处的位置。

更为不幸的是，我被困在山谷里的三四天里竟是阴霾的天气，看不见太阳，我只好气恼地乱走一气。最后，我被迫回到海边，找到那根柱子，按原路返回。回家的路上，我经常歇脚，因为天气炎热，而我所带的枪支、火药、斧头及其他的东西都很重。

返家途中，我的狗突然袭击了一只小山羊，紧紧地咬住了它。我赶忙跑过去，抱住小羊，把它从狗嘴里救了下来。我非常想把它带回家。之前经常想弄到一两只小羊，然后繁殖出一群驯服的山羊，待火药耗尽之后，用来当我的食物。

我用随身携带的绳线，给小羊做了个颈圈。牵着它往回走，费尽周折才把它牵引到我的茅舍处，把它圈起来后，才往家走。因为我离家已经有一个多月了，归心似箭。

回到家里，躺在我的吊床上，心中无比惬意。这次小小的旅行，居无定所，心里非常别扭。相比之下，我的家可以称作是一个尽善尽美的住所了。家里的一切都使我生活得十分舒服满意。我下定决心，如果命中注定要待在这个岛上，以后再也不离家外出了。

我在家里休息了一个星期，为的是长期旅行之后使自己放松一下。一件重要的事情占据了这期间的大部分时间，即为我的鹦鹉波儿做一只笼子。它现在已经变得非常驯服，并同我熟悉起来。这时，我才想起了那只可怜的小羊，它还被关在栏里。我决定把它牵回来，并给它吃些东西。

我去了那边，发现它还留在那里，事实上它无法跑出去。由于缺少食物，它几乎快被饿死了。我出去砍了些树枝和灌木细枝，扔给它，等它吃完后，我便像上次那样拴上它往家里走。其实已没拴它的必要，因为它已经饿得很驯服了，像只狗乖乖地跟在我后头。以后我常喂它，小羊变得既温和又驯服，很是讨人喜欢。从那时起它也成了我家畜中的一员，再也没有离开过我。

秋分过后，雨季来临。我像以前那样庄严地度过了9月30日——我的登陆周年纪念日。岛上度过的这两年中，并没有比上岸的第一天有更大的被救希望。一整天的时间里，我怀着谦卑而感激之心，思忆在这个荒岛上上帝给我的种种特殊恩惠。如果没有这些恩惠，我生活得肯定更为悲惨。我恭敬而衷心地感谢上帝，是他让我认识到，身处荒凉的小岛上，比我在自由的世界里享受尘世欢乐更为幸福。他的神力充分填补了我生活上的种种缺陷并远离人类社会的痛苦，使我的灵魂得以和他沟通。他支持我，安慰我，鼓励我，使我相信他在这里，神力永无终止。

我开始清楚地认识到，尽管现在的处境非常困苦，但与过去那种罪恶的、可憎的、可咒的生活相比，我现在的生活要幸福得多。我的愿望以及对于悲哀和快乐的看法已完全改变，我的性情发生了彻底改变。同刚来时比，我的爱好已经转移到了新的方面。

以前，当我外出打猎或是查看地形时，每当想到我的处境，精神上的苦恼就会突然爆发出来。处在这森林、高山、荒漠之中，像个犯人似的被囚禁在这毫无希望逃脱的大洋之中，永远不能解放。每每想到这些，我都心如死灰。有时，这些想法就像风暴一样疯狂袭来，打破了我表面的镇定，弄得我搓着两手，放声痛哭。如果这些想法在我工作时突然出现，便会使我立刻坐下来，叹息着，一两个小时地盯着地发呆。这样做对我非常有害。因为我只有放声大哭一次，或是用语言来发泄一场，这种痛苦才可以释放。当我的忧伤排遣完后，将减轻我内心的痛苦。

现在，我开始用一些新的思想来锻炼自己。我每天都阅读《圣经》，从中得到心灵的启示。

一天早晨，处于悲恸中的我，翻开《圣经》，看到了这些话：“我将永不离开你，也不遗弃你。”我立刻觉得这些话是对我说的。若非如此，为什么用这种方式，在我正为自己的处境悲伤，觉得自己已被上帝和世人遗弃的时候看到呢?

“好吧，那么，”我说道，“只要上帝不抛弃我，即使是全世界都抛弃了我，又能怎样呢，又有什么关系呢。从另一方面来讲，如果我获得了整个世界却失去上帝的偏爱和保佑，又有什么损失比这更大呢？”

从这时候，我由衷地认识到：被抛弃在荒凉的处境里生活，要比我在世界上其他环境里生活更为幸福。这样一想，我就更加感谢上帝把我带到了这个地方。

可是，不知为何，这样想的时候，心里突然一震，再也不敢说出这些话。

“你怎么可以是这样一个伪君子呢？”我大声对自己说，“你既然对你从不满意的环境表示感激，又为什么满心希望从这里得以解救呢？”

于是，我便停止了说话。尽管我说不出感谢上帝把我带到了这里的话，但我还是诚心地感谢上帝。他为了使我睁开眼睛认清我的生活方式，给了我种种命运的磨难，让我为我的罪恶悲痛和忏悔。我感激上帝让我的英国朋友，没有经过我的嘱咐，便把《圣经》放在我的货物中；感激上帝后来帮助我又把《圣经》从破船上取回来。

第十一章　为生存忙碌

在上面那种矛盾的心情下，第三年的生活开始了。虽然我没有像第一年那样，把这年的工作全都列出来具体地汇报给读者，但总的来说这一年很少偷闲。我根据每天所要做的日常工作，把时间有规则地加以划分。比如，第一，一天三次读《新约》，祈拜上帝；第二，如果不下雨的话，带枪外出觅食，这项工作往往花上我每天早晨三个小时的时间；第三，把我杀死或逮获的东西加以整理、晾晒、保存或是烹煮，作为补给。这项工作要占用一天的大部分时间。还有一件应当考虑的事就是每天正午，太阳当头，天气炎热，使得我无法出门。于是只有晚上的四个小时，可以用来工作。这样，有时我就把外出打猎和工作的时间换一下，早晨工作，下午带枪出去。

我用来工作的时间很短，因为工作起来非常艰苦，缺乏工具，无人帮助，缺乏熟练的技术，所以我所做的每件事情都会花上我很多时间。例如，为了山洞里搭架子用的木板，我用了42天的时间，而工具齐全的两个锯工在不到半天的时间就可以从同一棵树上锯出六块木板来。

我是这样做的：因为我需要的木板很宽，所以砍伐的对象必是一棵大树，砍倒这棵树通常需要用三天的时间，然后再用两天的时间把树枝砍光，只剩下一棵圆木。经过无数次的劈砍，把木头两边一点点地削平，直削到木头可以移动。然后从头至尾把其中一面削得又滑又平，像板子一样。削完后，把它翻过来，再削另一面，直到两面都被削平，剩下三寸多厚为止。不难想象用双手做这样工作所付出的劳动。但耐心使我坚持下去，并完成了许多其他工作。我之所以把这件事单列出来讲，就是要说明做这样一件小事我为什么花费这么多时间。对于有了工具和别人的帮助所做起来的小事情，靠单个人徒手去做，却要花费大量的劳动和时间。

尽管如此，凭借耐心和劳动我完成了许多事情。每件事情都物尽其用，以后这类情况我还有叙述。

在11月和12月期间，我期待着收获大麦和稻子。耕地并不很大，我观察，每样种子都不超过半品脱，由于我曾在旱季播种，失去了一次收获的机会。但这次的收获肯定不错。但是，我忽然发现我陷入丧失全部收获的危险之中。有几种野兽简直驱赶不尽，首先是那些山羊和野兔，我称之为野兔的动物，喜爱青草叶子的甜味，稻子一长出来，就日夜守伏在那里，频繁啃噬稻叶，使庄稼难以抽茎生长。

除了用篱笆把它围起来，我别无他法补救。于是我很快把它建起来了，尽管我的耕地面积很小，庄稼不多，仍然付出了很大的辛劳，用了近三个星期才完成这项工作。白天，我用枪打死那些野兽，晚上，我把狗拴在门口的一根木桩上去警戒，整个晚上它都狂吠不止。不久以后，那些敌人就离开了这块土地。庄稼长势良好，很快就成熟了。

但是，就像之前那些野兽在庄稼刚出叶的时候骚扰我一样，庄稼抽穗时那些鸟类又来了。一次我去地里看我的庄稼长势如何，一大群飞禽围着我那点可怜的庄稼。我不知道它们有多少种，它们都站在那里，看着我，仿佛等我离开。我马上朝它们放了一枪（我总是随身带枪）。枪一响，又从庄稼地里惊起一大群，是我刚才没发现的。

这使我感触颇深，我可以预见，过不了几天，这些飞禽就可吞吃掉我全部的希望。眼看就要挨饿了，无法收获一粒庄稼。我不知该怎么办，但决心绝不放弃我的庄稼。如果有可能，我可以日夜守卫在那里。首先，先去庄稼地里看看损失的情况。我发现它们已经糟蹋了不少。但是，由于庄稼依然发青，损失不算太大，如果将剩下的那些保护下来收成仍会不错。

我站在那里装好枪，然后走开，看见那些“小偷”都停在树上，好像在等我离开，事实上正是如此。我假装离开地走开几步，刚走出它们的视线，它们就又一个接一个落在庄稼上，我简直气愤极了，我知道它们现在吃的每一粒庄稼，将来都是我整个的大面包。不等它们落下更多，我走近篱笆，开了一枪，打死了三只，这正是我希望的。我对待它们就像在英国对付那些臭名昭著的盗贼一样，用绳子把它们吊起来，借以恐吓别的鸟。下面的结果，出乎我的意料，飞禽不但不到我的庄稼地里来了，而且，连岛的这一边也不来了。在我把那些鸟挂在那里期间，我再没看到一只鸟。

可以想见我是多么高兴，大约到了12月底，这年的第二个收获季节，我收割了我的庄稼。

然而，很不幸，我没有镰刀来收割庄稼，只好用一把长剑改做成镰刀。那把长剑是我从旧船上取回的武器中保留下来的。因为庄稼很少，我没费多大劲儿很快就收割完了。我说一下具体做法：我只是割下穗子，用特制的篓运回，然后用双手把粒搓下来。收割完毕后，我发现那半品脱种子使我收获了将近两蒲式耳粮食。这只是我的猜测，因为我根本没有量器。

显然，这对我是个巨大的鼓舞。我可以预见，上帝迟早要给我面包吃。然而，使我为难的是不知怎样把谷物碾成粉粒，事实上也不知道怎样把它晒干去皮。而即使碾成粉，也不知道怎样制成面包。即使制成了面包，也不知怎样去烘烤。这些事情使我产生了强烈的愿望，要使粮食源源不断地供应，就必须有大量的储存。我决定暂不动用这次的粮食，而把它们统统用作下季的种子。同时，把我的全部知识和时间都投入到为收割粮食和制作面包的工作中去。

可以这样说，我现在是为了面包而工作。我相信，很少会有人想到：面包这小小的东西，制成一块要经过生产、制作、烘烤这么多烦琐的工序。

我又重新回到那种毫无一物的境况。每天都为这件事焦心，自从第一次出乎意料地得到这种子后，我就无时无刻不为这件事犯愁。

首先，我没有犁来耕地，没有铁锹来掘地，勉强用木锹来克服这些困难。可这样使我工作起来非常笨拙，做这个木锹花了我好多天的时间，因为它不是铁器，所以坏得很快，增加了工作的难度，工作进展得更慢。

但我还是坚持着，耐着性子用它把地耕完。但当播种时，我因为没有耙，只好拖着一个粗重的大树枝来耙地，这样，与其说是耙地，倒不如说是在地上来回磨蹭。

当庄稼生长成熟时，我就想到了要做的许多事情：给庄稼做篱笆，保护它，收割、晾晒、往家里运，然后是打谷、去皮、储存等。缺少一个碾谷子的磨子，一个筛谷子的筛子，缺少酵母和盐把它制成面包，缺少炉子来烘制面包，所有这些东西我都没有。但有了粮食，对我来说就是莫大的安慰和鼓励。尽管我以上提到的每样事情都很艰辛和烦闷，但却没有办法。而时间也没有浪费太多。因为我已经把我的时间分成几个部分，每天用一定的时间去从事这些工作。既然已下定决心等到下季粮食足够多时再做面包，我就可以把后来这六个月的时间投入到制造加工粮食所需的各种器皿中。

我首先要准备更多的土地，有足够的种子播种一英亩多地。在此之前，我工作了至少一个星期做了一把铲子。样子很是蹩脚，非常笨重，用它工作需要双倍的劳力。但是，我总算过了这一关，把种子播到了两块平地上。这两块平地是按我的意愿在房子周围找到的。并用一道很好的篱笆把地圈起来，篱笆的木桩来自于之前所栽的树木，我知道它们会长起来，而且不出一年我将会又有一个厚实而生机勃勃的篱笆，这根本用不着我去过多修理。这项工作花了我三个多月的时间。

正值雨季，很多时间出不了门。我待在家里，也就是当天下雨我不能出去时，我就做些下面的事情：一面工作，一面同鹦鹉闲扯，教它说话，作为消遣。我很快教它知道了自己的名字，到后来它居然能很响亮地叫出“波儿”。这是我来到这个孤岛上后听到的除自己话语以外的第一句话。这并不是我的工作，而是我工作中的一种辅助物。

正像之前所说，我现在正着手一件非常重要的工作。长期以来，我都在琢磨能用什么方法做出一些陶制的器皿，实际上我非常需要这类东西，却不知道怎样下手去做。不过，这里的气候这么炎热，我毫不怀疑，如果能找到烤制陶器的类似黏土，我会做出一些类似罐子的东西，并在太阳地里晒干，使它们结实耐用，可以盛一些需要保存的东西，如面粉等。尤其是我目前正在加工的这类东西是很有必要的。我决意尽可能把它们制造得越大越好，像一个大盆一样摆放物品。

说起来，读者也许会可怜甚至嘲笑我，为了调和好这种陶泥黏土，我不知用了多少笨拙的方法，制出了多少奇形怪状的丑家伙，有多少因为黏土软而支撑不了本身的重量而凸出或凹陷，有多少由于晒得太早，受不了太阳的热而崩裂，又有多少在晒成之前由于搬动而成碎片。总之，为了找适合的黏土我费了九牛二虎之力，挖出它来，不断地调和，带回家中，烧制陶器。大约两个月的时间，我才制成仅有的两个丑陋的东西，连我都不想称它为瓮。

然而，反复的烘烤下，这两个东西变得干燥、坚硬、结实。我极小心地把它们搬起来，放到两只预先准备好的大柳筐里，以防它们破裂，用稻草麦秸把瓮和筐子之间的空隙塞满。两个大瓮保干效果良好，我想用它盛我晾干的粮食，盛些磨完的面粉了。

尽管做大瓮的计划彻底失败了，但我却成功地做出了一些小东西，例如小圆缸、平盘、大水罐、小瓦锅以及其他手工制品，经过太阳的烘烤，它们都变得极其坚硬。

但我的目的仍然没有达到，我想弄一个盛液体的泥缸，可以在火上烧，而这些东西却都不符合这种条件。过了一段时间，我偶然用旺火烧肉时，发现火堆中有一块破碎的陶器片，已烧得同石头一样硬，同瓦片一样红了。看到这种情况，我喜出望外，心中暗想：既然破的能烧成陶片，那么完整的当然也能烧成陶器了。

我着手研究如何利用火，烧出几只罐子。我不了解陶器工烧陶器用的那种窑，也不知道怎样用铅去上釉，尽管有些铅可以利用。我把三只大泥锅和两三个泥罐接连搭在一起，四面用木柴围起来，木柴底下放了一大堆木炭，把四面和顶上的木柴点燃烘烤，直到里面的罐子烧得红透为止，而且注意不让罐子炸裂。

当罐子红透以后，让这种热度继续保持了五六个小时，直到其中有一只，虽然没有炸裂，却快要被熔化了。因为掺在黏土中的沙子，经过这种强大的热力，已经熔化了，如果再继续下去，恐怕要烧成玻璃了。于是，我慢慢地撤了火，直到罐子的红色逐渐消去。我整夜地守着它，不让火退得太快。到了早晨，我便有了三只瓦锅和两个陶锅，质地很好，虽谈不上太漂亮，但非常坚硬。而且其中一只由于沙土被烧化了，看上去似涂了一层很好的釉。

此次试验后，不必说，我已不缺什么需用的器皿了。但我必须说，讲到器皿的形态，却很不像样，这一点任何人都可以理解。我对此毫无办法，这就像一个小孩子做泥饼，或是像一个从来不曾和过面的女人做馅饼一样。

当我发现自己已拥有一只耐火的陶器时，我的惊喜是无法比拟的。我几乎等不到它们完全冷却，便把其中一只又放到火上，倒水煮肉。这样做确实好极了。我用一块小羊肉，做出了一碗鲜美的肉汤。由于缺少燕麦片和其他配料，没能做得同以前一样好。

我所关心的第二件事情，就是做一个碾粮食用的石臼。因为仅凭一双手，是无法做一个合格的石磨的。对此，我毫无办法，因为在世界上所有的行业中，我最不适合做石匠了。此外，我也没有干活的工具。我用了几天的时间，想找块合适的大石头，把中间挖空，做个石臼。但除了那些非常坚硬我无法打凿的岩石外，根本没有别的石头。而且这岛上的石头都不够坚硬，全是些易碎的沙石，禁不住重杵的重量，不但捣不碎粮食，反而会把沙子掺进去。

很长时间我都找不到石料，便放弃了这个办法，决定找一块硬木头代替，这个办法要容易多了。我找到了一块大的我刚能搬动的木头，用大小斧子把它砍成圆饼状，使它初具外形，又费老大劲儿在木头上凿成了一个小槽，就像巴西的印第安人做独木舟那样。这之后，又用铁树木头做了一个很重的杵。我把这些东西准备好，放到一边。等到下次收粮食后，就可以把粮食磨成粉，做些面包。

第二个难题就是做一个筛面粉的筛子，把面粉同糠皮分开。没有筛子，要做面包是不大可能的。毋庸置疑，这是件最困难的事情，因为我既没有做筛子的必需原料，又没有又好又细的纱布使面粉正好从中筛下。这使我被迫停了好几个月，一筹莫展。我的亚麻布一点也没有剩下，只有些破布片，虽有些山羊毛，却不知如何去纺织；即使知道如何纺织，却也没有纺织用的工具。所能找到的唯一的补救办法，就是从船上取出的水手衣服中，有几条用印花布或细布做的方围巾，用其中的几条，我做成了三个很小的筛子，总算还能凑合着用。这样一直用了好几年。至于如何使用，我将在以后适合的地方再说。

下一步考虑的问题便是当我有了粮食做面包时的烘烤问题。

首先我没有发酵粉，也无法弄到，于是我也就再也不去想它。可是炉子的问题，却使我大费辛苦。最后，我也找到了一个试验办法，即：先做几个浅而宽的陶器，直径大约2英尺，高不过9英寸。像制作其他的陶器那样，先把它们在火中烧炼，然后放到一边。当烘制面包时，先在炉边生起火来。炉子是用自己制作并烧制的四方砖砌成的，尽管砖不太方正。

当木柴烧成炭火后，把它们取出放进炉膛，把炉子盖满，一直到把炉子烧得非常热，再把木炭扫去，把面包放进去，用陶盆把炉子扣住，再往陶盆外面围一层炭火，这样既可以保热，又可以加热。这样烘烤出来的面包，可以和世界上最好的炉子烘烤出来的面包相媲美。渐渐地我把自己训练成了一名面包师，还用稻米做了些甜饼。但我却无法做馅饼，因为我除了禽肉和羊肉外，没有别的作料。

毫无疑问，做这些事情花去了我留在这里第三年的大部分时间。与此同时，还抽时间收割庄稼，料理农事。在收获时节收割庄稼，并尽快运回家，把麦穗放在大筐里，有了时间再搓出来。因为我既没有打谷的场地，也没有打麦的工具。

现在我的粮食确实在逐渐增加，我想我的仓房应该扩大一些，找个地方储存粮食。现在大约有二十蒲式耳大麦、稻米了。我决定随意地使用这些粮食，距离我的面包吃完已有很长一段时间了。我想看看一年我到底需要多少粮食，并打算一年只播种一次。

我发现四十蒲式耳大麦和大米，足够我一年的消费了，我决定每年播种的数量都和最后一次播种的数量相同，希望这个数量足够我做面包等食品用。

可以肯定，当我做这些事情时，心里多次想到岛的另一端的陆地景色。我确实希望我是在那边登岸，妄想从那里找到大陆和人迹。我可以通过这样或那样的办法使自己走得更远些，也许最后能找到逃脱的办法。

这个想法，全然没有考虑到这种举动的危险性，没有想到我有可能落入野人手中，这比落入非洲的狮子和老虎口中更为悲惨。因为一旦落入他们手中，就会有生命危险，不是被杀死，就是被他们吃掉。

我曾听说，加勒比海沿岸全是食人部落，而且从纬度上看，我离加勒比海并不算远。即使不是食人部落，他们也仍然会把我杀死，正如对待那些落入他们手中的许多欧洲人那样。即使是10到20个人在一起，也无济于事。而我却孤身一人，毫无抵抗能力。所有这些事情，我是应该好好考虑一下的，而且后来确实也想到了，但却没有一点恐惧感，只是极力地想到对面海岸去。

现在我非常想念我的仆人索利及那只帮我在非洲海岸航行了一千多里的挂三角帆的长艇了，但想念于事无补。后来我想应该去看一下大船上的那只小艇。这小艇，前面我已经说过，是最初我们遇难时被风暴冲到海岸上的。它还在原来的地方，只是位置稍稍有变动，被风浪的强大力量推翻，底朝天搁在一处很高的坚硬岩石上，但四面并没有水。

如果我有帮手修缮一下小艇，把它推到海里，这小艇还是很有用的，驾着它可以很容易地回到巴西去。但据我所见，我绝难翻动它，让船底朝下，这好比我搬不动这座小岛一样。尽管如此，我还是到树林里，砍了些树干圆木之类的东西，带到船上，决心尽最大努力尝试一下。心里盘算着，如果我能把小艇翻过身来，就可以将

小艇所受的创伤修好，使它成为一只很好的船，自如地驾着它去航海了。

我不辞劳苦地去干这件毫无结果的事情，差不多花了有三四个星期的时间。最后，我终于意识到靠我个人的微小力量把小艇抬起是不可能的。我便从小艇下面的沙石着手，想把它下面挖空，使它落下来，同时放了些木头支着，让它往下落时翻过来。

这样做的结果是小艇再也不能移动一下或是插到船底去，更不用说把它推到水里了，我只好放弃了这个计划。但是，尽管我放弃了对小艇的希望，但要到大陆去冒险的愿望，不仅没有因为无法实现而减退，反而更强烈了。

第十二章　造船

最后，我想到，既没有工具，又没有人手，是否可以像热带气候中的土著人那样，用一个大树干给自己做一个独木舟。我认为这不仅是可能的，而且很容易做到。想到这一点我心里非常高兴。相比黑人或印第安人，我有许多便利的条件。但是，我全然没有考虑到，比起印第安人来，我也有许多极为不利的条件。当我把船做好后，由于缺少人手帮忙，无法把它推到水里。这种困难，比起印第安人的缺乏工具，更加难以克服。因为即使在树林挑选好一棵大树，费力地把它砍倒、削平，使它具备小船外形，烧成或凿砍出一个小槽，把它做成一个小艇。所有这些都做完之后，我也只能将它留在最初的地方，不能把它推到水里。这一切对我又有什么用呢?

我早应该想到我所处的环境。开始做小船时，就应该想到让它下水的问题。但是，我的思想全集中在海上航行的事，忽略了如何使它离开陆地。对我来说，驾着它在海上航行45英里，比起把它从陆地上移动45英尺，让它漂到水里去容易多了。

我就像一个没有清醒思维的傻瓜，开始了造船工作。我对自己的这个计划非常满意，忽视了这项工作的可行性。我脑子里也并不是没有想过把船推下水的困难，但我总是用愚蠢的回答敷衍我采取这一步的疑问："先这样干吧，等做完之后，我敢保证能找到什么办法解决它。"

这方法真是荒谬透顶。疯狂的热情使我开始了工作。我砍倒了一棵雪松树。我甚至怀疑：当初所罗门造耶路撒冷神殿时，是否用过这样的树。树杈底部直径为5英尺10英寸，靠近树根22英尺处，直径为4英尺11英寸，从此往上，开始变细，分成许多树枝。我花费了极大的气力，才把这棵大树砍倒。又花了20天的时间砍它的根部，用了14天时间付出了难以想象的劳动，大小斧头轮番上阵才砍下了它的树枝和它那伸向四方的巨大树冠。之后，我又用了一个月的时间，按比例地刮削，使它初具船形，看起来像一个小船的底部，可以在水上行驶。又用了三个多月的时间把里边挖空，使它完全像一只小船。这样做时，并没有用火，而只是用槌子和凿子一点点地辛苦地往下凿，直到把它凿成一个很像样的独木舟，大得可以盛下26个人，足足可以把我和所有的货物都装进去。

工程完工之后，我高兴极了，这只小船比我平生所见过的任何独木舟都大，当然，这得花费无限心血。剩下的工作就是如何使它下水了。如果能把它放进海中，毫无疑问，我就可以开始世界上最疯狂的、前所未有的最不寻常的航行。

但是，所有的使船下水的设想都使我失望，尽管这些设想费了我许多劳动。船离水面大约有100码之遥，并不算远，可是，首要的障碍是从这里到河边的一个上坡，为了除掉这个障碍，我决心把地面铲平，使之成为一个下坡，我马上着手开始这项工作，吃了无数苦头。但当看到解脱的曙光时，谁还会吝惜辛苦呢？不想完成这项工作，克服这项困难之后，情形却也好不到哪里。因为我根本无法移动这只独木舟，正如我无法移动那小艇一样。

既然无法将小舟推到水里，我估量了一下地面上的距离，决定挖掘一个船坞或者一条运河，把水引到小船下边。马上我就开始了这项工作，当我着手进行这项工作时，我估算了一下应该挖掘多深、多宽以及怎样把挖出的泥沙运出。结果发现，靠我现有的工具，以我个人的力量，要完成这项工作至少得用上10年到20年。而且河岸地势很高，从顶上算起至少有20英尺深。到最后，尽管心里非常不情愿，我还是放弃了这次尝试。

这件事使我非常伤心。现在才明白，虽已为时太晚。那就是如果事先不估算出要完成一项工作所需的代价，不准确估算出自己的力量，就开始一项工作，是非常愚蠢的。

在此工作期间，我度过了来岛后的第四年，怀着和以前相同的虔诚和欣慰度过了我的周年纪念日。由于经常研究并认真运用《圣经》，加上上帝的恩典，我获得了和以前大不相同的认识。我对事物的看法也改变了。我把世间看作一个很遥远的事物，我同它没有任何关系，没有任何期望，与世无求。总之，我与它之间确实没有任何关联，而且恐怕永远也不会有关系了。所以，我对它的看法，就像我们来世对它的看法一样：我们曾在那里住过，但已经离开了那里。我也可以用亚伯拉罕对财主们说的那句话："在你我之间是一道鸿谷深渊。"

首先，我已远离世界上所有的罪恶，没有肉欲，没有满目的情欲，没有生活中的虚荣，没有任何需求。我现在所有的一切，足够我享用一世。我是这块领地的主人，只要愿意，就可以在我所拥有的这块土地上为君称王。没有竞争者，没有人同我竞争主权或统治权。我可以种植满岛的谷物，但我用不着，所以我只要种得够用就行了。我有很多乌龟，但我只是偶尔吃一两个。我有建造一个船队的充足木料，有足够的葡萄，可以制酒，也可以制成葡萄干，可以等船队建成后，把它们都装满。

我所能利用的，都是些有价值的东西。有足够的东西供我吃和用，别的对我又有何用呢？如果被我杀死的野物太多，自己吃不了，就得让狗或害虫吃去。如果种的粮食太多吃不了，就得让它腐烂。砍下来的树木都躺在地上腐烂了，而我除了用它们烧柴或煮食物之外，根本没有机会用它们。

总之，事理和经验，使我明白：世界上一切好的东西，除了供我们使用外，再没有其他好处。不论什么东西，我们积累得很多，还是要给别人，我们所享用的只不过是我们所需要的那些，再多也没用。即使是世界上最吝啬的守财奴、小气鬼，处在我这种境地，也会把吝啬病治好。因为我现在拥有无穷的财富，正不知如何处理。我不再有贪求的欲望，除了些我所缺的东西，尽管这些东西对我很有用，但都是一些小东西。我前面已经说过，我有一包钱，有金币、银币，大约有36镑。唉！这些讨厌的、无用的东西还扔在那里。它们对我毫无用处。我常想，我宁愿用一大把钱去换一个烟斗或者是一个磨粮食的石臼。而且，我宁愿用我这些金币去换价值六个便士的英国萝卜、红萝卜种子，或是换一把豆子或一瓶墨水。事实上，我从这些钱币中得不到一点便利或好处。由于雨季，地洞里很潮湿，那些钱币放在抽屉里，已经发霉了。即使抽屉里盛满了钻石，情形也会如此，它们对我也会毫无用处、毫无价值。

我的努力使生活日益舒适，并且精神安逸，身体健康。我经常心怀感激地坐下来用餐，对上帝的仁义之举充满钦佩，他竟在这荒野中赐给我富足的饮食。我学会了多观看自己处境中光明的一面，少注意其中黑暗的一面；多想想自己所享受的，少考虑自己所匮乏的。这种办法使我内心得到由衷的安慰，难以言表。我在这里提到这些，就是要使那些不知足的人们想想：他们之所以不能舒舒服服地享受上帝赐给他们的一切，是因为他们有贪欲，贪求上帝没有给他们更多的东西。而我们对自己所需要的东西不满足，是源于我们对自己所得到的东西缺乏感激之心。

还有一种想法也非常有用，毫无疑问，对那些同我一样陷入这种灾难中的人一样实用。那就是拿我现在的情况同我当初所预料的情况相比。或者说是跟我必然要遇到的情况相比，如果不是上帝的指使，将船冲到更近的海边，使我不仅能靠近它，而且把许多我需要的东西搬上岸，使我得到解救和安慰。若非如此，我就会没有工作的工具，缺乏自卫的武器和寻找食物所需要的枪支火药。

有时，我连续几个小时，甚至好几天都沉浸在遐想之中：如果没有从船上取下任何东西，我又将怎样呢？如果除了鱼、乌龟以外找不到更多的食物，而鱼和乌龟又是过了很久才找到的，我恐怕早就饿死了。就算活着，没有被饿死，也只会成为一个野人，即使有办法打死一只羊或一只飞禽，也没有办法把它们开膛破肚，去皮切肉，只能像野兽一样，用牙去咬，用爪子去撕了。

这些想法使我更加感激上天对我的仁慈，尽管当前充满苦难和不幸。我写这段话也是想提醒一下，那些自受苦难，常说“谁像我这样苦啊”这句话的人们，让他们想想，还有许多人的状况，比他们坏得多。如果上天愿意的话，他们的状况也许更糟。

还有另外一种想法，也使我精神上充满希望以得到些慰藉。那就是，我把我目前的状况和有理由希望从上帝手中得到的报应比较了一下，我曾经过着一种可怕的生活，缺乏对上帝的认识和恭敬。我曾被父母很好地教育过，他们最初并不是没有通过种种努力把信奉上帝的宗教观念灌输给我，使我明白自己的责任和生活道理。但是，唉，由于我过早地介入了海上生活，水手们是最不崇拜上帝的人，尽管各种恐惧时常出现在眼前。水手们对各种危险习以为常，把生死看作平常的事情。我长久缺乏同那些对我有益的人交往，没有朝着有益的方向努力，从小接受的那点宗教观念早已从我的脑海里消失殆尽了。

我对好的事情缺乏认识，认识不清自己所处的位置和应该怎样去做。即使是在我遇到最大的佑护时，比如从撒列逃出，被葡萄牙船主救起，在巴西被安置得很好，收到从英国采购的货物等等时，我从心里或嘴里从没说过一句“感谢上帝”的话，而即使是在最危险的时刻，我也没有向上帝祈祷过，也没有说一句“主啊，发发慈悲吧”这样的话。事实上，我从未提到过上帝的名字，除了用它来诅咒骂人。

正如我前面所说，几个月以来，由于以前罪恶可怕的生活，我心里进行着激烈的思想斗争。认真地考虑当前的处境，想到自从我来到这个地方以后，上帝给予我的诸多关照，他不但没有按我应受的报应来惩罚我，反而给了我诸多的照顾。这给了我莫大的希望，认为我的忏悔已被上帝所接受，也许上帝会进一步慈悲怜悯我。

经过这样一反思，我坚定了自己的信念。我不但心安理得地接受了上帝对我所处的环境的安排，甚至对自己的处境感到由衷的欣慰。对于我，仍然保有性命，就不该去抱怨诉苦，因为我并没有受到应有的惩罚。在各种情况下我得到了许多我无法期望的赐福。当然，绝不能不满足我的处境，我应该欣喜，为每天有面包果腹而感恩，由于没有别的，能吃到面包，简直是奇迹。我应该感到我是靠奇迹才活着，如同以利亚被乌鸦养活一样伟大。实际上，我真是靠一系列奇迹生活着，在地球上最荒芜的地区我再也找不出一个比这里再好的地方。这里一方面远离人世，令我很烦恼，但是另一方面，这里没有凶猛的虎狼危害我的性命，没有带毒的植物，在我吃下去时受到伤害，更没有野人吃我杀我。

总之，一方面我的生活是悲惨的，另一方面却又充满幸运。我可不期盼什么使生活变得安适，只要自己能够体会上帝的恩典及对我的关怀，则是我内心的安慰。只要从这种事情当中能有所改变，我就会心满意足，不再伤感。

我来这里已很久了，当初带到岛上的许多有用东西，不是已经用完了，就是差不多快用完了。

我的墨水，前面已提到，已经用完有一段时间了，只剩下一点点时，我就开始往里面加点水，直至后来墨色变得越来越淡，几乎在纸上留不下黑色的印迹了。但只要它还能凑合使用，我就用它把每个月中发生的特殊事情记下来。首先，我把过去的事情回忆了一下，得出在我所遭遇的各种事情中，有几个特殊的巧合的日子。如果把这迷信地认为是天意的话，还真是件奇怪的事情。

第一，我首先注意到，我从父亲和亲友中逃出来，到赫尔去航海的那一天，同我后来在撒列的战斗中沦为奴隶那天是同一天。

第二，我从亚莫斯的沉船中逃出来的那天同我从撒列逃出的那天是同一天。

第三，我出生的那天，9月30日，同26年后，我奇迹般地获救，被冲上岸来到这个孤岛，正是同一天。因此，可以说，我罪恶的生活和孤寂的生活同是从这一天开始的。

墨水用完后，我的面包（我指的是我从船上取下来的饼干）也吃完了。尽管我最大限度地节省着，许多日子里只让自己每天吃一片，但我在有自己粮食之前一年便断了面包。只要有面包，我就感激不尽，正像以前提到的。如今能得到面包应归功于上帝的奇迹。

我的衣服也变得破旧不堪。至于内衣，除了几件从船上水手们的箱子里找到，小心保存下来的几件花格衬衣外，已没有一件完整的了。因为大部分时间，我除了穿件衬衣外，穿不住别的衣服。我在船上找了差不多有三打衬衣，这帮了我很大的忙。当然，还有几件水手留下来的厚大衣，但都因热不能穿。事实上，这里气候酷热，不需要穿什么衣服，但总不能赤身裸体。哪怕岛上只有我一个人，我也不会有这种想法，不会这样做。

我不能全身赤裸的理由是，赤裸的身体经受不住太阳的热晒。那种热晒可以把我的皮肤晒得起泡。而穿上衣服后，空气本身就可以在衣服下面流动，比不穿衣服凉快两倍。不戴帽子我也绝不出门，因为太阳的热度，在那个地方照射得非常强烈。如果让阳光直接照在头上，不一会儿我就会头疼起来，难以忍受。而如果戴上帽子，头疼就消失了。

基于这些想法，我决定把我姑且称为衣服的旧布整理一下。几乎所有的背心都被我穿破了。我现在的事情就是，看看自己能否用几件旧大衣，加上一些材料，做几件上衣。于是，我开始了裁缝的工作，与其说是裁缝不如说是瞎忙一气。不管怎样，我还是做出了两三件新背心，我希望可以穿一段时间。至于短裤，直至后来，我才勉强做出来了。

我提到过，我曾把杀死的四足动物的毛皮保存下来。我把它们用棍子吊起来，在阳光下晾晒，这样做，有的晒得又干又硬无法使用，而有的却很好用。我首先用这些皮给自己做了一顶不错的帽子，毛皮朝外，用来挡雨。后来，我又用皮给自己做了一套衣服，包括一件背心、一条短裤，都很宽松，因为我是用它们遮热，而不是挡寒。不得不承认，这些都做得很糟糕。如果说我是个糟糕的木匠，那么我的裁缝手艺更为蹩脚，但它们却都能对付着使用。当我出门在外，又碰巧下雨时，背心和帽子上的皮毛朝外，我就不致被淋湿。

这之后，我花了大量的时间，费了很大劲儿，给自己做了一把伞。我确实很需要一把伞，很早就想做一把。在巴西，我曾见过有人制伞，在那里酷热的气候下，这些伞非常有用。我觉得这里的热度丝毫不比那边逊色，甚至还要炎热，因为这里更靠近赤道。当我不得不待在户外时，伞对我实在太有用了，既可以用来避雨，又可遮阳。

一番努力之后，又花了很长时间，我才做出一把。在我自信找到了窍门之后，仍然做坏了两三把，直到最后才做出了一把像样的勉强能用的伞。我发现，主要的困难是把它放下来，我可以把它撑开，但如果不能把它放下收起来，根本无法携带，而只能顶在头上。对我来说，这是不实用的。到最后，正如我前面所说，终于勉强做出了一把，用兽皮盖住，毛皮朝上。这样它就像一个茅舍一样可以挡雨，也能够有效地遮阳，使我能够在最炎热的天气里出门，比在最寒冷的天气里出门更便利。而当我不需要它时，还可以把它收起来，夹在胳膊底下随身携带。

这样惬意的生活，使我的内心完全安宁下来。我听凭上帝的安排，把自己完全交给了上天。这样，我比世人的生活过得更好。因为当我后悔没有谈话的机会时，我便问自己："我同自己的思想相互交流，有时甚至同上帝交流，不是比世界上人类社会中最有效的交流更好吗？"

可以说，这之后五年的时间，没有发生任何特殊的事情，我一直以那样的方式和状态生活着。我所从事的主要事情，就是照例种植大麦和稻谷，以及晾晒葡萄干。这两项工作我都做得非常好，把每年的粮食储备得足足的。除了做这两项工作和每天扛枪外出打猎外，我还做了一项事情，即给自己做了一只独木舟。最后，我还为此挖凿了一条6英尺宽、4英尺深的运河并把它引到半英里以外的小河里。而原先的那只，因为太大，加之事先没有考虑好如何使船下水，始终没法把船送下水，或是把水引到船下，只好让它待在原地，就像个备忘录，提醒我下次要聪明些。而这一次，尽管我不能找到一棵合适的大树，并且还得从半英里外引水到造船的地方，但我看到了成功的希望，便不愿放弃。尽管我在这上面花了近两年的时间，但我却从不惜力，希望最终能够乘船出海。

尽管我的小木船已经做好了，可是它的尺码却达不到第一次建造木船的设想，用它不能越过三四十里格宽的海面到大陆上去。

由于我的船很小，已不能实现我的最初设想，我便不再多想。但我既然已有了一只小船，下一步设想便是绕岛环游一周。正像我所讲过的，我已从陆路到过岛的另一端。在那次小小的旅行中，一些发现令我急于想勘查沿岸的其他部分。现在我已有了一只小船，所以想环岛一周。

为了这次航行，为了把一切事情做得慎重而周到，我在船上安了一个小小的桅杆，又用贮藏的帆布做了一面帆。

把桅杆和帆装好后，便试航一番，觉得它走得挺好。之后，我又在船的两头做了些小抽屉和盆子，好放些诸如粮食、弹药之类的东西，保持干燥，以免被雨水或浪花打湿。我在小船的内侧挖了一个狭长的小槽用来放枪，并在小槽上做了一个盖，防止枪支受潮。

我把伞固定在船尾的木台上，好像一根桅杆顶在我的头上，伞像个凉篷挡住了太阳的热气。这样，我时常到海面上航行，但从不走远，就在那条小溪附近。但到后来，我急于想视察小王国的边界，便决定周游小岛，就用这小船做一次航行。

我往船上装了两打大麦面包（其实我应称之为麦饼），一满罐炒米（这是我吃得最多的东西），一小瓶甘蔗酒，半只山羊肉，还有为打山羊用的火药、子弹，从水手的箱子里找出的两件大衣，一件铺到船底，另一件在夜里用来盖。

在11月6日，即我当“俘虏”的第六年，开始了这次航行。我发现，这次航行比我预料的要长得多。因为，尽管小岛本身不大，可当我行至小岛东头，却看到一大堆岩石伸到海里，大约有两海里，有的露出水面，有的则没在水中。岩石外，有一片干沙滩约半里长。于是，我只好把船开出很远，绕过这片地方。

当我发现这种情况后，本来打算放弃航行顺原路返回，因为我不知要在海上走多远，重要的是我拿不准自己能否回来。于是，我抛下一只锚。这只锚是用我从轮船上取下来的一只铁钩子做的。

停好船后，拿起枪上了岸，爬上一座可以俯瞰地岬的小山，从山上我看清了地岬的全貌，决定继续冒险航行。

从我所站的小山上瞭望大海，发现有一股强劲迅猛的海浪向东流去，几乎流向地岬附近。我注意到这股海流，如果我驶进去将会被它强有力地带向大海，别想再靠近海岛。说真的，如果不是先爬上这个小山我相信这种情况一定发生了。因为在岛的另一边同样有一股海流，不过它离海岸稍远一些，海岸下还有一股强劲的涡流，所以即使侥幸从第一股急流中脱开，也同样会陷入另一股涡流之中。

我已在这里停留了两天，由于强风从东南方向吹来，正好戗着我前边说过的那股海流，使地岬附近巨浪汹涌。因此，如果我紧靠海岸航行就会遇到巨浪，而远离海岸就会陷入海流之中，两者皆不安全。

第三天早晨，因夜里风力减弱，海面上已是风平浪静。我又冒险航行，这使我成为那些轻率鲁莽而愚昧无知的航海人的前车之鉴。不久，我驶到地岬，距离海岸不到一船远，便进入一片很深的水域，里边水流汹涌澎湃，与磨坊里的水流相比毫不逊色。这股急流推着我的船向前冲去，尽管我竭尽全力想使船沿急流边上行驶却怎么也做不到。不久，我被冲得离左边那股涡流越来越远，也没有风使我可以借上光，我只能奋力摇着双桨，但仍然无济于事，我觉得自己快要彻底完蛋了。因为我知道，处于岛两边的急流，行不了几海里就会汇合到一处，那时，我将无可挽救，我逃出的可能性几乎等于零。所以，我已不抱任何希望，只有听天由命了。这种灭亡倒不是死在海里，因为海面非常平静，而是由于饥饿而死。我曾经在岸上逮到了一只大得我刚拿得动的乌龟，并把它扔进船里，并且还放了一大罐子淡水。但是，如果被冲到没有岛屿，没有大陆的大海里去，这点东西又顶什么用呢?

这时，我才明白，对于上帝来说，把世间最悲惨的环境变得更加恶劣，是件多么容易的事情。现在，想起我那孤寂荒凉的小岛，简直是世界上最可爱的地方，我内心所渴望的最大幸福，就是重新回到那里。我充满深情地向它伸出双手，说:“我幸福的沙漠啊，我将再也看不到你了。不知道我这个可怜虫，究竟要被冲到哪里呢?”

我开始责备起自己那有福不享的禀性，责备自己不该埋怨我那孤独的生活，现在我愿意付出一切！只要让我重新上岸。由此可见，永远无法明白原有生活的真正好处，除非生活向我们展示其恶劣的一面。不到无法生存的地方，就永远不懂自身享有生活的价值。

离开了我那可爱的小岛（我现在确实觉得它非常可爱）被冲进茫茫大海已有两里格远了。返回小岛已没有任何希望，这时我内心的忧恐程度，简直无法形容。可我还是尽量努力，甚至累得精疲力竭，我尽可能地让小船往北驶，朝着涡流和水流的地方航行。到了下午，太阳过了子午线时，我感到一股微风拂过脸庞。这风来自东南，我的内心为之一振，尤其是过了大约半小时后，它居然变成一股小小的强风。我离开小岛已相当远了，如果这时出现一点阴云或薄雾，我也别无他法了。因为我的船上没有罗盘，如果看不见小岛，我也不知道如何驶向它。幸运的是天气却始终晴朗。我立即撑起桅杆，扯起帆，尽可能地向北驶去，避开那股急流。

刚刚整理好桅杆和帆，我的小船便开始向前驶去。这时，我发现海水清澈，显然是急流在附近有了改变，因为在水流强劲的地方，水总是很浑浊。现在我观察到水面很清，知道急流已经减退了。果不其然，在我东边半英里处，海水打在岩石上，把急流分成两股，主要的一股流向南方。另外的则被岩石撞回，形成一个强大的旋涡，变成一股急流，向西北方流回来。

那些要上绞刑架时得到赦免，或是要被强盗杀害时又得到解救，或是经历类似绝处逢生事情的人们，不难体会我内心的那无与伦比的喜悦，也不难想象我怀着欣喜若狂的心情把小船撑进了这股涡流，以及我怎样满怀喜悦地把帆扯起，乘风破浪向前行驶。

这股涡流把我往小岛的方向带回了一里格，回来的方向却比先前那股急流把我冲走的方向向北偏了两里格。因此，当驶到小岛时，我发现自己到了小岛北岸，即小岛的另一端，与我出发的那边正好相反。

这股涡流带着我走了大约有一里格的样子时，我发觉它已消耗殆尽，再也帮不上我什么忙了。但我已经处于两大股急流中间，一股是曾把我卷走的靠南的那股，另一股在北方，两者相距一里格，我在两者中间又靠近小岛。此时水面平静，海水没有什么流动，刚好还有一阵顺风吹来，我便径直向岛上驶去，但不似先前的速度快。

到了下午4点左右，在靠近小岛不到一里格的地方，我看见了引起这次祸端的那堆礁石，它使急流向更南的地方流去，同时，也向北分出一股急流。不过并没有挡住我的航线，我是向西行驶，而急流则向北涌去。由于风大，穿过这股急流后，向西北斜插过去，半小时内，我离岸大约仅有1英里了，不久便上岸了。

上岸后，我便双膝跪下，感谢上帝对我的解救，并下决心放弃一切想乘小船解脱的想法。我吃了些随身携带的东西，把小船拉到岸边的一个小湾里，倒头便睡，因为我已被航行的辛劳搞得精疲力竭了。

我现在不知道走哪条路回家，遇到了那样多的危险，经历太多这类事情，我再也不敢继续海上航行了。岛的另一边情况怎样我不知道，但我无意继续海上冒险。所以，我决定在第二天早晨沿着海岸向西走，看能否找到一条大湾停船，以确保小船平安无事。这样一旦我急需，就可以随时用它。走了大约3英里，找到了一个小港湾，这倒是小船进出的好港口，就如同专门为我的小船造的船坞。我驾着船驶进小湾，停放妥当后，便上了岸，环顾四周，以确定我在什么地方。

很快我发现自己离上次徒步在海岸旅行的地方不远。我从船上拿了枪和伞，别的什么也不带（因为天气十分炎热），登上了征程。经历这样一次危险的航行后，这段路走得那样惬意。傍晚，我回到了小茅舍。一切如我离开前一样，井井有条。我总是保持这样。我说过，它是我的别墅。

我越过篱笆，躺到树荫下歇歇脚，我实在疲倦极了，不久便沉入梦乡。但是，我却从睡梦中惊醒，我听到有人在喊我的名字：“鲁滨孙！鲁滨孙，鲁滨孙·克罗索，可怜的鲁滨孙·克罗索，你在哪里，鲁滨孙·克罗索？你在哪里？你到什么地方去啦？”读者读到这里，不难想象，听到这种声音的我多么吃惊。

如我之前所述，上半天的时间在划船，下半天又一直走路。由于疲劳，我起初睡得很死，完全没有清醒过来。这时，迷迷糊糊正处于半梦半醒状态，仿佛梦见有人同我说话。但那声音不断重复着“鲁滨孙·克罗索，鲁滨孙·克罗索”。最后我终于完全醒过来了。起初我真害怕，恐惧极了，但当我睁开眼睛，就看见我的波儿正站在篱笆墙上，我立刻便知道原来是它在同我说话。因为我过去常向它说这些悲哀的话，它学得惟妙惟肖。有时它就站在我的手指上，嘴贴近我的脸，听我喊着：“可怜的鲁滨孙！你从哪儿来？你到哪儿去呀？你怎么到这儿来的呀？”以及诸如此类我教它的话。

尽管我已知道说话的是那只鹦鹉，并不是其他的什么人，但我还是过了好长的一段时间才使自己平静下来。首先，我奇怪这只鹦鹉怎么到这里的，它又是为何只留在这里而不去其他地方。但令我非常高兴的还是并没有其他人，而只是我诚实的波儿，我放下心来，伸出手，叫着它的名字：“波儿。”那能言的小东西立刻飞过来了，像以往那样落到我的大拇指上，继续对我说：“可怜的鲁滨孙！你怎么到这儿来的？你到哪里去了？”仿佛它再见到我非常高兴似的。于是，我便带着它回家了。

第十三章　我的发明设计

这些天，我尝够了海上漂泊之苦，也没能静下心来好好休息几天，回味一下所经历的危险。我确实想把我的小船弄到岛的这一边，但却想不出切实可行的办法。我已去过小岛的东部，再也不愿在那条路上冒险了。一想到那些危险，我就心惊肉跳，浑身发冷。而岛的西部，我对那里一无所知。假如那里的急流也像东边那样，激流汹涌，冲击海岸，我就可能遇到同样的危险，像上次那样被卷进急流，冲离小岛。想到这些，我便决心放弃那只小船，尽管制造它花费了几个月的辛劳，又花了几个月的时间把它运到海里。

将近一年的时间，我耐着性子，过着安适悠闲的生活。对自己的处境始终是泰然自若。我已把自己的一切看作是上帝的安排，以为自己除了无法与人交往之外，一切都已心满意足了。

这段时间，为了生存需要，我投入到各种技术练习中，努力提高和完善自己。我坚信，尽管特别缺乏工具，但总有一日，我会成为一名出色的工匠。

除此以外，我的陶器制作得相当完美。我发明了一个用轮子制作陶器的好办法，做起来又好又方便。同以前制出的那些可恶的东西相比，我现在制的陶器又结实又有形。但是，我认为，在所完成的各项作品中，最让我感到没有枉费力气，也最令我高兴的，是我做出来的那只大烟斗。虽然这只烟斗既笨又丑，烧成的颜色和别的陶器一样红，但却坚硬结实，满可以用来抽烟。我对此极为满意，因为我已习惯了抽烟。虽然船上有烟斗，但当初我忘记带了，因为我不知道岛上有烟草。后来，当我又到船上寻找时，却一只也找不到了。

编制藤器方面，我也进步很快。经过精心设计，我编出了许多需要的筐。虽算不上漂亮，但却方便实用，不仅可用来盛放东西，还可运东西回家。比如，若是我在外边杀死了一只山羊，就把它吊到一棵树上，剥了皮，洗净开膛，切成肉块，然后放到筐子里带回去。同样，捉到一只乌龟时，我也把它切开，取出龟蛋，再取一两块肉（一两块对我已足够了）。然后，用同样的方法把它们装到筐子里带回家，把剩下的部分丢弃。同时，我还编了些既大又深的筐，用来存放粮食。我总是当谷物一干后，就把它们搓好，晒干，放进这些筐子里。

我开始觉察到火药在大幅度减少，这对我来说是一个难以弥补的欠缺。我开始认真考虑等我的火药用完以后该怎么办。就是说，我怎样才能猎杀山羊。之前提过，来这里第三年时，我曾逮到过一只小山羊，并把它驯养起来。我满心希望能逮到一只公羊，可是，直到我的小羊变成了老羊，我也没办法再抓到一只。我从未想到过要杀了它，最终它老死了。

现在，已是我来此居住的第十一年。我已说过，弹药正在减少，我决心试用一些夹子或制造陷阱来捕捉山羊，看看能否逮到几只活的，尤其是我非常想要一只怀孕的母山羊。

为此，我制作了几只夹子来捕捉它们。我确信它们曾不止一次地落到里边，但由于没有金属丝，装备做得不好，最后它们总是弄坏夹子，吃光诱饵。

最后，我决定使用陷阱来试一试。于是，我在羊群经常吃草的地方，挖了几个大陷阱，并盖上几块我自己做的篱笆，再压上一些重东西。我放了好几次大麦穗和干稻穗，并很容易地觉察出，那些山羊已来过并吃光了稻麦。因为我看到了它们留下的痕迹。有一天晚上，我放了六只夹子，第二天早晨，发现三只夹子好好的，而诱饵早已被吃光了，这很让我丧气。因此，我改进了夹子，在此我就不再详说了。一天早晨，我跑去看我的陷阱时，发现有个陷阱里有一只老公羊，另一个陷阱里有三只小羊，一只公的，两只母的。

至于那只老公羊，我真不知道该拿它怎么办，它非常凶狠，我不敢跳到坑里去捉它。也就是，我无法按照我的设想，跳下去把它活捉上来。我本可以把它杀死，但我不想这么做，这不是我的最终目的。因此，我便把它放走了。它好像已吓破了胆，一溜烟儿地逃跑了。我那时还不知道，饥饿连狮子也可以驯服，这是后来我才懂得的道理。如果我让它在那里饿上三四天，然后给它水喝。再给它些谷物，它肯定会和这些小山羊一样驯服。它们是非常伶俐的动物，只要饲养得法，很容易驯服。

但是，目前，我想不出更好的办法，只好放它走了。然后，我又去捉那三只小羊。我一只只地把它们捉住，然后用绳子把它们绑在一起，费了不少劲儿才把它们弄回家。

有很长一段时间，它们都不吃东西。于是，我扔给它们一些新鲜谷物，对于它们来说，这是极大的诱惑，慢慢地我驯服了它们。现在，我发现，当我没有了火药和子弹后，要想有羊肉吃，驯养山羊便是唯一的办法。或许，我家里以后会有一大群羊呢。

但不久我便意识到，我必须把驯养的羊同野羊分开，否则，当它们长大以后就会跑掉。隔离它们唯一的方法便是把一块地方围起来，用树枝或柳条圈上栅栏，把它们圈在里边。这样，里边的冲不出去，外边的也不能冲进来。

仅凭双手，这无疑是一项艰苦的工作。但我觉得这样做完全有必要。我的第一步工作便是找一块合适的空地，那里必须有青草供它们吃，有水供它们饮用，还要有荫凉的地方供它们遮阳。

我挑选了一块合适的地方，那是一片开阔的草原，或称是无树平原（正像在西部殖民地我们的人民所称的那样）。有两三眼清澈的小泉，尽头有很多树木。不过，任何对圈地有经验的人，都会认为我缺乏计划。要用篱笆把这块地圈起来，我敢说别人一定会嘲笑我，选用的树枝或木头栅栏至少要有2英里长。栅栏的长短不说，最愚蠢的是要圈很大的范围。即使有10英里长，我也有足够的时间来完成。但我没有考虑到，羊在这么大的地方到处乱跑，如同在整个岛上一样，在这么大的地方追捕它们，永远别想逮到。

我开始动手修筑栅栏，大约完成50码的时候，我才意识到了这一点。因此，我立刻停下来，决定开始先圈一块长150码、宽100码的地方。这在相当长一段时期内，足以容纳我的羊群，而当我的羊群增加时，我可以扩建栅栏。

这种办法切实可行，我鼓足干劲儿，忙碌起来，用了大约三个月的时间围好了第一块地。这栅栏完成之前，我一直把三只小羊拴在最好的地方，使它们尽可能地在我身边吃东西，同我混熟。我时不时地拿一把大麦穗或是一把稻谷，放在手中让它们吃掉。栅栏完成后，即使把它们放开，它们也会跟着我跳来跳去，在身后叫着讨点粮食吃。

我的目的总算达到了。在一年半的时间里，我连大带小有了12只羊。又过了两年多的时间，除了被我宰杀吃掉的几只外，我有了43只山羊。这之后，我圈了五块地喂山羊。用小栅栏把它们围在里面，需要时再逮。每块栅栏之间都有门互通。

这并不算什么。因为，现在我不仅可以随心所欲地吃羊肉，还有羊奶喝。这真是我始料不及的事情。每当我想到这些，都会欣喜惬意。

现在，我已建立了自己的奶房，每天可以挤一两加仑羊奶。大自然，不仅供给每个动物食物，而且很自然地教会它们如何使用。所以，我虽从没有挤过牛奶，更没有挤过羊奶，也从没有看见过奶油或奶酪的制作过程，但经过一系列的尝试和失败后，我不仅做出了奶油和奶酪，而且以后再没有缺少过。

伟大的上帝对他的生灵多么仁慈啊。即使身处绝境，他可以把苦难变成幸福，使我们即使身处地狱监牢也有理由去赞美歌颂他。当初，我以为只有坐以待毙，却不料到现在我的桌上竟有这么多丰盛的佳肴。

看到我和我的小家庭成员坐在一起用餐，定会使禁欲者微笑的。这里是我的领地，我是全岛的国王和领主。对全岛上的生命有绝对的生杀大权。我可以把它们吊起来，剖腹开膛；也可以给予它们自由，把它们放跑。它们中绝对没有任何一个会背叛我。

然后，看看我是怎样像一个国王般用餐的吧。一个人高高在上，被我的仆从们侍候着。波儿，俨然是我的宠臣，是唯一许可同我谈话的一位。我的狗儿，现在已是又老又昏，已不能再侍奉它的国王了，照例坐在我的右端。那两只猫，各坐一边，希望时不时地能从我手中讨点东西吃，作为一种奖赏。

这两只猫并不是我最初带到岸上的那两只，它们都早已死掉了，而且是我亲手葬在住所附近的。其中一只不知同什么动物交配，繁殖了不少的小猫，现在的这两只是我从中留下并驯养起来的。而其他的都跑到树林中成了野猫，给我添了不少的麻烦。因为，它们经常跑到我屋子里打劫。我被迫开枪，杀死很多。最后，它们才离开了。我生活富足，就像我所说的，除了缺少与人交往外，什么都不缺。而这之后，我觉得与社会交往也不太需要了。

我曾经说过，有时急于想用船，尽管我不愿再去冒风险。但我仍想方设法把小船弄到岛的这边来，有时自己又倾向于放弃它。可是，想去海岛那个角上看一看的欲望却越来越强烈。那一角正是我前一次漫游时，站在山顶眺望海岸走势及激流流向的地方。我想到那里看看有没有什么办法。这种欲望迫使我下定决心，由陆路沿海岸去那边。如果有英国人看到我现在的样子，一定要被吓一大跳，或是要大笑一番。我有时站下来，静静地打量一下自己，想想如果自己穿着这种行装，以这样的装扮在约克镇旅行，不禁哑然失笑。就让我对自己的形象做如下一个素描吧。

我头戴一顶又高又大的帽子，很不像样，是由山羊皮制的，后边还拖着一块长长的帽边，既可以遮阳，又能挡住雨水，以免雨水流进脖子。在这种气候中，雨水流到衣服和皮肉之间，是最恼人的事。

我上身穿一件由山羊皮做的短外衣，衣摆垂到大腿上；下穿一条开膝的裤子，也是用一只老公羊皮做的，上边有很长的毛，一直垂到小腿上，如同一条马裤。没有鞋和袜子，我给自己做了一双我也难以叫出名字的玩意儿，类似短靴，能护住小腿，我用绳子如同护腿一样把它两边系好。它同我身上的衣服一样，看起来非常粗糙丑陋。

我束了一条宽腰带，是用晒干的羊皮做的，没有带扣，只用两根皮条系着，两边各系一种吊环，一边挂了把斧头，另一边挂一把小锯。我有一条不很宽的皮带，斜挂在肩上，同样用皮条系着。在皮条的一端，我的左胳膊下，挂着两个羊皮做的袋子，一个装火药，另一个盛子弹。我背着一个筐子，扛着枪，头顶着一把丑陋笨重的大羊皮伞。除了枪外，这把伞也是我最需要的。至于我的脸，颜色倒不像一个不加修饰、住在北纬十九度左右的黑人那么黑。我的胡子曾长到四分之一码长，但我有剪子和剃刀，便修剪了，只留着嘴唇上的，修成一副大胡子模样，就像我在撒列见到的土耳其人。因为摩尔人不留这样的胡子，倒是土耳其人才这样留。我不敢说这副胡子长得足可挂住我的帽子，但它又浓又密，若是在英国，一定会让路人惊骇不已。

然而，只是随便谈谈而已。对于我本人来说外表如何已无关紧要，反正也没人会看到，我也不必多说了。我带着这副尊容，登上新的征途，出走了五六天。我首先沿海岸向我舶船登山的一带走去。由于不必照顾小船，所以我由陆地抄近路登上那个山冈。当我向上次驾船绕行布满岩石的地岬望去时，海上风平浪静，没有波纹，没有流动，更没有急流。一切同其他地方一样，大大出乎我的意料。

对这种情况，我简直有点困惑不解。决定花些时间把它弄明白，看是不是由于潮水运动的方向引起的。很快，我就明白它是怎样形成的了。它是由西边的退潮与沿岸几条大河的水流汇合而成。而且，这股急流离岸的远近，取决于西方和北方的风力大小。

傍晚时分，我重新登上山冈。正值退潮，我清楚地看到了以前那股急流，只是这回它离岸差不多有半里格远了。而我上次遇到的急流离岸很近，所以把我连人带船一同卷走了。而在别的时候，或许不会有这种情况。

这一观察使我确信，只要观察清楚潮水的涨落，就可以很容易地把我的小船弄到岛的这边来。但当我想把这种设想付诸实际时，就又想起了上次的经历，心中十分恐惧，以至于不敢再想下去了。相反，我的另外一个决定，虽然比较费力，但却安全得多，就是再做一只独木舟。这样，我就可以在岛的这一边和那边各有一只船了。

你已明白，可以说，到现在为止，我在这个岛上已有两个庄园。一个是我那小小的城堡或帐篷，坐落在山岩下边，四周是墙，后边是山洞。这段时间，我已经把洞扩建成几个，一个连一个。其中有一间最大最干燥的，并有一个门通到围墙外边。也就是说，通到墙和山石相连的地方。这里面放满了前面我提过的那些大瓦罐，还有十四五只大筐子，每个筐子容积都在五六蒲式耳之间，主要装的是谷物。其中，一部分是从庄稼长着时便割下来的穗子，另一部分则是我用手搓出来的谷粒。

至于围墙，当时都是用长长的木桩做成的，现在那些木桩都已长得像树一样，又高又密，任何人都看不出这后边还有人。

靠近住所，向里稍稍走一点，在一片地势较低的地方，是我的两块庄稼地。我适时耕种，它们按季供粮。若我需要更多的粮食，那里有更多的土地适宜开辟。

除此以外，我的别墅那边，也有一座很不错的庄园。我有一个小茅舍（我这么称呼它），我经常修缮着茅舍的墙，使它高度相当，梯子总是放在墙里边。那些树，起初只不过是一些木桩子，现在长得又高大又结实。我不断地修整它们，以使它们向四周伸展，枝繁叶茂，绿荫重重，这些树真是长得合乎我的心意。篱墙中央，支着我的帐篷。它是用一块帆布做成的，用柱子支着，从来不需要修理或重搭。帐篷里边，放着一只睡床，这是我用杀死的野兽的皮和其他柔软的东西做成的，上面铺着我保存下来的一条毯子，它原是船上的卧具，另外还有一件海员值班时用的大衣可以裹身。每当有事离开府第时，我就到别墅来。

与此地相连的，是我的家畜即山羊的圈地。我付出了无限的辛劳圈这里的围墙，并决意把它做得完整严密，以免山羊冲出去。我费尽了辛苦且从未停止，直到把树篱外面全插满了小树桩，与其说它是一道栅栏，倒不如说是一道树篱。木桩之间，几乎连插手的空间都没有。后来，这些木桩在第二个雨季都长大了，使围栏更结实，像一堵墙，甚至比任何墙都结实坚固。

这足以证明我并不懒惰。为了生存得更舒适，只要有必要，不管什么事情，我都不辞辛苦地去完成。因为，我考虑到，手头上有一批驯养的山羊，就等于是给自己建立了一座羊肉、羊奶、奶油和乳酪的活仓库。无论在这里生活多久，40年哪怕更长，围栏里一定数量的山羊，足以让我赖以为生。这种办法我有效地执行着。那些小木桩开始生长，由于当初种植得太密，我不得不拔掉一些。

在这个地方，我还种植了一些葡萄树，主要用来为冬天贮藏葡萄干。我从来都是极细心地保存它们，作为我食物中最好、最美味可口的食品。实际上，它们不仅味美可口，而且滋补养神。

由于这里正是住宅与停船路途的中点，所以我总是在这里停留落脚。我常常去看小船，整理一下上边的东西。有时，驾船出去消遣，但再也不敢冒险航行，很少离岸，恐怕遇上急流、暴风或其他意外事故把我带走。然而，我的生活中又出现了新的一幕。

第十四章　脚印

一天下午，我正走向小船，忽然我在岸边惊奇地发现了一个人的赤脚脚印，这脚印在沙滩上印得清清楚楚。我像是遭雷击又像是见了鬼似的呆在了那里。我侧耳倾听，又环顾四周，但什么也听不到，什么也看不到。我走上一个高地，向远处瞭望。又在海边上下跑了几趟，但就那一个脚印，除了这一个以外，再也看不到其他任何迹象。我又跑到脚印附近看看有没有别的脚印，看看它是不是我个人的幻觉。但毋庸置疑，因为那正是一个脚印。脚趾头，脚后跟，样样都有。它是怎么留到这里的，我无法得知，也想象不出。我极度紧张，反复琢磨，像一个彻底糊涂忘却自我的人，脚不沾地地往家里的工事跑去。由于害怕之至，每走两三步就要回头看一看，每一丛灌木，每一棵树，或远处的每个树桩都会把它误看成一个人。一路上，由于害怕而想象出了多少奇形怪状的东西，每一刻涌现出多少荒诞的想法，以及内心闪现出的怪念头，简直无法描述。

一跑进我的城堡，我以后就这样称呼它好了，就立刻钻了进去，仿佛有人追赶似的。至于是像当初设计的那样，通过梯子爬进去，还是通过被我称为小门的山岩上的洞口爬进去的，到了第二天早晨仍记不起来。我逃跑时的样子，就是兔子往窝里逃、狐狸往洞里逃也不至于恐惧成我这样。

我一夜未眠。离那次事件的时间越长，我心里的害怕程度就越大。这种情况颇为反常，尤其是不合乎一般动物处于恐惧状态下的常情。但各种恐怖的想法困扰着我，离事件越远，我就越往坏处想。有时候，我幻想着，这一定是魔鬼在作祟。于是，我的理智便随声附和。其他的人类怎么能跑到这个地方呢？把他们带到这里的船又在什么地方呢？除了脚印外还有其他什么记号呢？一个人怎么可能跑到这里来呢？转念一想，如果魔鬼在这个地方变成人的样子，他为什么不用其他办法吓唬我，而单单留下一个脚印，这么做毫无意义，因为他不能肯定我一定会看到它。这是另一个让人困惑的原因。因为我是完全生活在岛的另一端，他绝不会这样简单，把一个脚印留在我万一看不到的地方，而且还在沙滩上，只要遇到大风海浪就会把它完全冲掉。所有这一切看起来都难以自圆其说，这和我们平时对魔鬼阴险狡猾的看法相矛盾。

所有对这一类事情的种种推测，使我排除了是魔鬼所为的疑虑。但我马上又得出结论，认为定是更危险的动物，或许就是住对面大陆上的野人，乘着独木舟出来闲逛，由于急流和逆风，来到这个岛上。上岸后，因为不愿留在这个孤岛上，又回海上去了。

当这些想法萦绕在我头脑中时，我很庆幸自己当时正好不在岛的那边，也许他们根本没有看到我的船，否则他们肯定会认为这岛上一定有人居住，说不定会来搜寻我呢。但转而一想，一种可怕的想法又折磨起我来，因为他们也可能发现了我的船，知道了这岛上有人居住。如果真是这样，我敢断定他们肯定会有更多的人再来，找到我把我吞掉。即使找不到我，也会发现我的围墙，毁掉我全部的谷物，劫走我驯养的所有的山羊。最后，我只好活活饿死。

害怕使我头脑中的宗教希望都消失了。曾受过上帝的恩赐而产生的对上帝的信任，也全消失了。就好像他以前通过创造奇迹使我生存下来，现在却无力保护他赐予我的粮食一样。我开始责备起自己贪图安逸，每年没有多种些粮食，而只求够下季吃就算了，仿佛不会发生什么意外事情，安心享用地上长出的庄稼就行了。我觉得这种自责很公平，于是下定决心，今后一定要预先准备下两三年的粮食，以后无论发生什么事，都不会因为缺少面包而饿死。

在造物主手中，人类的生活是何等的难以捉摸！由于所处的环境不同，人们由此而产生的感情迥异。今天我们所爱的，也许是明天我们所恨的；今天我们所追求的，也许是明天我们所摒弃的；今天我们所祈盼的，也许是明天我们所恐惧的，甚至是心惊胆战的。而这时的我，就是一个生动的例子。因为，以前我那么痛苦，就是觉得自己被人类社会遗弃了，孤零零一个人，被无边无际的海洋包围着，与世隔绝，被宣判只能过一种寂寞的生活，被上天认为是一个不足与人类为伍，不能出现在其他生灵面前的人。如果能让我看到一个人，就仿佛使我弃死复生，升入天堂。如今我敢断言如果让我看到除我之外的另一个人的话，我就会害怕得发抖。在岛上发现一个人的脚印的迹象，我就怕得恨不得钻到地底下去。

人类的生活就是这样变幻无常。我惊魂稍定之后，又产生了种种稀奇古怪的想法。最后得出结论，这正是那无限智慧而仁慈的上帝给我安排的生活。我既然无法预知神明的最终目的，也就无法抗拒他的旨意。我既是他的生灵，他便有绝对的权力完全按照他的意愿统治我、支配我。作为一个曾经触犯过他的生灵，他当然同样也有权按他的意愿惩罚我。对他的震怒应该接受和服从，因为在他面前我是有罪的。

我转而又想到，既然上帝不仅是公正而且是万能的，他认为应当这样来惩罚和折磨我，他当然也能拯救我。即使他认为不应当拯救我，绝对地、完全地服从他的意志也是我责无旁贷的责任。另一个责任是我对他充满希望，祈祷，静静地服从他每天的吩咐和指示。

这些想法占去我许多时间，许多天，甚至可以说，几个星期，几个月。对这件事的思考，产生了一个不可忽略的特殊结果，那就是：一天早晨，我正躺在床上，满脑子都是有关野人出现的可怕想法，这使我非常不安。这时，《圣经》上的这段话忽然跃入我的脑海：“在陷入困境的日子，求告我，我将拯救你，你也将使我荣耀。”

我高高兴兴地从床上爬起来，心里不仅得到了安慰，而且由于热切地向上帝祈求获救，仿佛也受到了指导和鼓励。做完祈祷，把《圣经》翻开，映入眼帘的第一句话便是：“侍候着主吧，高兴起来吧，他将使你心里充满力量，侍候着主吧。”这句话给我的安慰是无法形容的。我满怀感激地放下书，不再悲哀，至少在当时是这样。

正在我整日深思熟虑、苦思冥想的时候，我忽然想到，这可能仅是我个人的幻觉而已。这个脚印也许正是我从船上上岸时自己的脚印。这使我的精神稍稍为之一振。我开始劝说自己这也许只不过是一种错觉，是自己的脚印而已。我既然能从船上走下来，为何不能走到船上呢？而且，我也绝不会确切地记起我曾到过哪个地方，没到过哪个地方。也许将来有一天发现这只不过是我自己的脚印，而我却像个傻瓜似的，编织出那么多鬼怪幽灵的故事，然后比任何人更害怕。

现在我又有了勇气，想到外面去看看。我已经有三天三夜没有出过城堡了，我已开始因为缺粮而挨饿了。因为，家里除了一些大麦饼和水以外，没有多少东西。我也知道，那些山羊也该挤奶了。这通常是我傍晚的消遣。我想这些山羊一定因为没有挤奶而备受痛苦。而实际上，这差点毁掉几只羊，使它们没了奶。

因此，我暗暗叫自己相信，那不过只是自己的一只脚印而已（我只不过是被笼罩在自己的阴影里罢了）。我又开始到外面去了，开始到我的别墅去挤奶。当我向前走时总是害怕地张望，不断地回头看看身后，时刻准备着丢下筐子逃命。我的样子使人想到我曾做过什么坏事，或是最近受到过极大的惊吓，而实际上也正是如此。

于是，这样连着过了两三天后，什么也看不到，我胆子稍大了点，认为这实际上确实也没什么，只不过是自己的想象而已。但我又不能完全说服自己，除非再去海岸一次，看一下那个脚印，并用自己的脚量一下，看是不是大小一致，这样我才能确信那是我的脚印。但是，当我到了那里时才发现，首先，显而易见的是，当我停放小船时，我绝不可能在那一带上岸；其次，当我用自己的脚测量那个脚印时，我发现自己的脚要小出许多。这两件事情又使我胡思乱想起来，使我重新又进了浓雾之中。我像个得了疟疾的人，冷得浑身发抖。于是，我又重新回到家里，认为有人或一些人已经在那里上了岸，总之，岛上已有了人。意识到这一点后，我大为吃惊，简直不知道该采取什么措施来保护自己。

唉！当人们被恐惧心理支配时，他们所做出的决定是何等的荒诞。我打算做的第一件事情就是把围墙拆掉，把驯养的山羊放到树林里变成野羊，免得敌人发现之后，为找到更多的战利品而经常光顾这里。其次，我打算索性挖掉我那块谷田，以免他们在那里找到谷物，更经常到岛上来。最后，我甚至想把茅屋和帐篷都拆掉，免得让他们看出有人居住的痕迹后，从而再进一步搜寻，找出在此居住的人来。

这些都是我再次从发现脚印的海边回到家后，在晚上所想到的问题。此时，各种忧虑萦绕在我的脑海里，种种想法充满我的大脑，使我火往上冒。所以，对危险的恐惧，比危险本身更能千万倍地让人胆战心惊。更糟的是，我平时总是听天由命，现在灾祸来了，却再也无法从中得到一些抚慰。我就像《圣经》里的索尔，既埋怨菲利斯人攻击他，又抱怨上帝抛弃了他。因为我现在没有合适的办法用来安定我的心情，没有在危险中向上帝哭诉，没有同以前那样，把对自己的保护和援救完全交付给上帝。如果我那样做了，至少，我会乐观些来对待这意外，也许会以更加勇敢的态度来渡过难关。

这些杂乱的想法使我整夜翻来覆去，直到第二天早晨，我才沉沉入睡。我因为过度用脑，精神疲倦，所以睡得很香。醒来之后，我觉得心里安定多了。现在，我可以安静地思考目前的处境。经过我的分析，我断定，这个岛景色宜人，物产丰富，且离我能见到的陆地不算很远，所以不会像我想象的那样完全没有人迹。这里虽然没有固定的居民，但对面大陆上的船只有时会来靠岸，他们有一定的目的，或许只是被逆风吹到这里来的。

我在岛上生活了15年，从没见过一个人影。即使有人一时被逆风吹到这里来，他们也会尽快设法离开，因为直到现在，他们仍认定这是个不适合久居的地方。

我最大的危险来自那些从陆地上偶然来此登岸的人们。他们被逆风吹来，也是迫不得已。所以，他们绝不会在这里逗留，一定会想法尽快离开，极少在岸上过夜，不然，潮水一退，天色黑了，他们要离开就困难了。因此，目前我只需找一个安全的地方，万一遇到野人登岸，就躲起来，别的就不用考虑了。

现在我开始后悔自己把山洞挖得这么大，而且在岩石与围墙之间还留了个门。经过再三考虑，我决定，在头一道围墙的前边，在我12年前种的两行树之间再修一道半圆的新围墙。那些树由于以前种得很密，现在只需在树与树之间打上几只木桩，就可以使树干间的距离十分紧密。我的围墙就这样做成了。

现在我有了双层墙，我在外墙上加上了碎木料、旧绳索等诸如此类我以为能使墙坚固的东西，并在上边开了七个小洞，大小能够伸出我的胳膊。在墙里面，我不断地从洞中挖来许多泥土，填充在墙脚上，把土踩实，把墙加到有10英尺厚。那七个小洞，是我打算安放我的滑膛枪的。我有七只滑膛枪，都是过去从船上拿下来的。我把它们看作我的大炮，做了一些架子当作炮架安装好。这样，在两分钟之内我就可以连攻七枪。为做好这道墙，我辛苦了好几个月才完成。在此之前，我总认为自己是不安全的。

这一切做好之后，我在墙外的空地上，插上了我认为长得快的

柳枝和树桩，足有200棵。在墙与树之间，我留了很宽的空地，这样我有足够的空间可以观察到敌人，即使他们企图到我的外墙附近，也无法藏身。

经过两年的时间，我有了一片浓密的树林。五六年时间里，我的住处前面就长起了一大片森林。它们长得粗壮高大，郁郁葱葱，难以通过。没有人会想到林子后边是什么样子，更不会有人想到这是一个住所。我没有在林中给自己留下路，至于我进出的通道，只靠两只梯子，一只放在岩石较低的地方，另一只放在岩石的断面上。这样，两只梯子被拿走后，任何人靠近我的住所都要受到监控，即使他能下到我这里，但仍处在我的内墙之外。

我可以说是用尽了人类的智慧来保护自己。以后可以看出，这样做是不无道理的，尽管那时我没有撞见什么危险，徒有恐惧而已。

做着这些工作，同时我并没有忽略其他的事情。我极为关心我的羊群。它们不但供我随时所需，不用我费火药和子弹，也省得我费力追杀那些野山羊。我不愿意放弃它们带给我的便利条件，想以后再去重新驯养。

基于这一点，经过长时间考虑，我觉得有两个办法可以保全羊群，一是另找一个合适的地方挖一个地洞，每天晚上把它们赶进去；另一种方法是再圈起两三块小地方，彼此相隔，足以隐蔽，每个地方驯养六七只羊。一旦一个地方遭遇不幸，我仍可以有精力和时间把其他的再驯养起来。尽管后一种方法要花费大量的时间和劳动，但我仍觉得这是最合理的设想。

因此，我花了些时间在岛上找出我认为最隐蔽的地方。我终于选定了一个非常合乎我心意的地方。这是山谷中一片小小的湿地，处于茂密的树林中间。这里也正是我曾提到过的，先前从岛的东部回来时几乎迷路的地方。这里有一片空地，差不多有三英亩，周围被树木包围着，简直就是一道天然的屏障，至少不像我圈其他地方时费那么大的力气了。

我立刻开始在这里忙活起来。用了不到一个月的时间，我把它全围上了篱墙，这样我的羊群在这里就彻底安全了。我的羊群，现在已不像当初那般疯野了。我不再耽搁时间，立刻把十只小母羊和两只公羊转移过来。我继续加固篱笆，直至它同别的围墙一样坚固。只是我做别的围墙时更从容，所用的时间也更长。我所做的这些劳动完全是由于我看到的那只脚印后产生的种种想法而引起的。然而，到现在为止，我却从未见到有任何人类光临这里，但是我已在这种不愉快中生活两年了，这使我的生活远不如以前惬意。这一点，任何人，只要他知道整日里生活在别人的陷阱里是什么滋味，就不难想象得出。同时，我也悲哀地感到，我思想上的烦躁不安，对我的宗教观念也有着极大的影响。由于害怕落入野人或食人族手中，我很少能专心地向上帝祈祷，至少不会有过去那种肃静安宁的心情了。尤其是我在向上帝祈祷时，心里痛苦，精神压力极大，觉得危机四伏，每夜都提心吊胆，担心等不到天亮就会被野人吞掉。我可以从自身的体验中得出证明，平和、感激、热诚、友爱的心情比害怕不安的心情更适于祈祷。一个人在灾祸来临的恐惧下祈祷，无异于在病床上忏悔祈祷，心情同样不安。因为这种不安影响着一个人的精神，正如疾病影响着一个人的身体。这种精神上的不安是一种缺陷，比起肉体上的疾病毫不逊色，甚至更为严重。因为祈祷是精神上的行为，并不是肉体上的行为。

第十五章　海边发现

当我安顿好我的家畜后，到岛上四处走了走，想再找一个幽静的地方，再建一个仓库。当我转到以前从未到过的岛的西边地角时，我向大海望了望，远远地看去海上像有只小船。我本来有两只望远镜，是从破船上的一只箱子里找出来的，但现在却没有带在身边。而那白影离我又非常远，我的眼睛望直了，仍看不出它是什么东西。到底是不是船，我无法知道。当我从山上下来时，再也看不到了，只好随它去了。只是我拿定主意，以后出门时一定要在口袋里装个望远镜。

我走下小山，便来到了岛的尽头，这里我以前从未来过。我马上明白，在岛上看到一只脚印，并不是我想象的那般稀奇。如果不是特殊的天意，我恰巧到了野人从未到过的岛的另一边，我就会很容易地知道，那些从大陆上来的独木舟，在海里走得太远时，就会到岛的这一边来停船，这是再平常不过的事了。而且，这些独木舟经常相遇，并发生战斗，胜者就把他们的战俘带到岸边，按照他们那可怕的吃人习俗，把俘虏杀死并吃掉。

当我从小山上下来，来到岛的西南角时，我完全惊惶失措了。我心中的那份恐惧简直难以形容。只见岸边到处是头骨、手骨、脚骨和人体上其他的骨头。尤其，有个地方还曾经生过火，地上挖有一个斗鸡场大的圆坑。不难猜测，那些野蛮人曾坐在这里，用与他们同类的肉体举行过残忍的宴会。

看到这些东西，我异常惊愕，好一段时间，连自身的危险都忘掉了。我的全部心思都集中在这种不人道的、地狱般残忍的行为上，凝注在这种毫无人性的可怕景象上。吃人的事情，我以前经常听人说到过，但却从未亲眼看见过。很快，我转过脸去，不想再看这种可怕的景象。我的胃一阵难受，人几乎快要晕倒了，终于把胃里的东西全吐出来了。经过一阵剧烈的呕吐，我才稍稍舒服，但却一会儿也不想在此停留。于是，我又飞速返回小山上，朝我的住所奔去。

当我离开那个地方稍远一点时，我还是惊魂不定，呆呆地站了一阵，然后才安定下来，怀着极大的感激之情仰望天空，眼里噙满了泪花。感谢上帝把我降生到世界的另一部分，使我同这些可怕的野蛮人分开。尽管我认为我现在的处境还很不幸，但我却从上帝那里得到过许多安慰，所以我对上帝应该衷心感谢，而不是指责抱怨。最为重要的是，在这种不幸的处境中，上帝指引我认识他，乞求他的祝福，这给了我莫大的慰藉。这种慰藉，足以弥补我曾经遭受或可能要遭受的种种不幸。

怀着这种感激的心情，我回到了我的城堡。我现在开始变得愉快多了，比以往任何时候都觉得我的住所更为安全。因为，我注意到这些野蛮人来岛上从不是为了搜索东西，他们不是为了寻求什么，或需求什么，或指望从这里得到什么。毫无疑问，他们经常在那边森林覆盖的地方登岸，但从未发现过他们所需的东西。我想我在这里差不多有18年了，还从未见过任何人类的足迹。只要我像现在这样把自己完全隐蔽起来，我大可以再住上18年。我当然绝不会把自己暴露给他们，我唯一要做的便是把自己隐藏起来。除非我发现了比食人族更文明的人类，我才会让他们知道我。

我对这些野蛮人，对他们那种残忍的、灭绝人性的相互吞吃的风俗深恶痛绝。这之后有两年的时间，我都一直郁郁寡欢，乖乖地待在我的领地里。至于我的领地，指的是我的三处田庄，我的城堡，我的别墅——我称之为茅舍，还有我在树林中的圈地。那圈地，除了用它圈我的羊群外，很少用它。因为，我对那些魔鬼般的野蛮人有一种天然的反感，我害怕看见他们，就像害怕见到魔鬼。在这段时间里，我甚至不敢去看我的小船，只想着再另造一只。因为我不再想把它弄到岛的这边来了，生怕在海上碰到这些野蛮人。如果我落入他们手中，我知道等待我的会是什么。

但是，时间长了，我不再担心被野人发觉了，我对这件事情的烦恼逐渐消失。我又过上了同以前一样的安静生活。所不同的是，我更加小心谨慎，比以前更注意我周围的事物，免得被他们中的一个恰巧看见。尤其是我放枪更加小心，怕他们中有人到岛上后，凑巧听到。真是上帝的好意，我已给自己驯养了一群山羊，不需要到树林中去追捕，用枪射杀它们了。而这之后，如果我确实想逮只山羊，我也像以前那样用陷阱和圈套。此后的两年时间里，我确信我从未放过一枪，虽然我出门时总是带枪。而且，我从船上取下来的三支手枪，我也总是随身携带至少两支，别在山羊皮腰带上。此外，我又把从船上弄下来的大腰刀磨快，系了带子带在身上。所以现在我外出时，样子极为可怕，除前面曾描述的装束外，又添了两把手枪和一把没有带刀鞘的大腰刀。

日子就这样过去了，就像我说过的，除了多加小心外，我又恢复了以前那种平静安宁的生活。这些经历使我更加体会到，我的境况与他人相比，实在算不上不幸，更何况上帝完全可以使我的命运更加悲惨。这又使我认识到，如果大家能把自己的处境与处境更糟的人相比，而不是和处境较好的人相比，就会对上帝感恩戴德，而不是牢骚满腹，叫苦不迭了。

就我目前的情况来说，我并不缺少什么东西。但是，我由于受到那些野人的惊吓，时刻都在关心自己的藏身之地，为了方便自己而创造发明的气势已经受挫。我本来做出了一个很好的计划，而且费尽了心思去琢磨，尝试把我的一些大麦制成麦芽，酿些啤酒。这当然是个异想天开的想法，我也时常责备自己这种愚笨的念头，因为我不久就知道我缺少几样制造啤酒的必需物品，并且无法弄到。首先，是放置啤酒用的大桶，我早已看出，我永远无法做出，虽然我花费了许多天、许多个星期、许多个月去尝试，但始终没有做出。第二，我没有办法使酒保鲜，没有酵母用来发酵，没有铜锅、铜壶来煮制它。尽管我相信，要不是一些事情打扰，我指的是受到那些野蛮人的惊吓，说不定我已经着手这件事了，而且也许已经做成了。因为我一旦下定决心要做某件事，不达目的是绝不罢休的。

可现在，我的发明创造能力转变方向了。因为我整天整夜想地都是如何在那帮野蛮人进行他们那血腥残酷的宴会时把他们杀掉，如果有可能，把他们准备杀害的受害者救出来。如果把我的各种设想都记下来，恐怕比这本书还要厚了。我想着能把这些坏蛋消灭，至少吓吓他们，使他们不敢再到岛上来。但除非我自己亲自去做以外，一切都是空想，没有一种想法能实施，而我只身一人又怎样对付他们呢？如果他们二三十人成群结队带着弓箭而来，而又射击得和我一般准确，我又该怎样呢？

有时我又设想着在他们生火的地方挖个坑，放上五六磅的火药，当他们点火时，就会引爆火药，把附近的一切炸掉。但是，首先在他们身上我不愿浪费这么多火药，我的火药存量现在只有一桶了。而且我也无法控制火药会在某个特定的时间爆炸，可能最多只不过是火星吓他们一跳，但绝不会使他们放弃这个地方。于是，我把这个计划放在一边，准备把自己先埋伏起来，躲在一个有利的地方，把我的三支枪都装足火药，当他们举行那血腥的宴会时，向他们射击。我确信每一次射击都会打死或打伤两三个人。然后带上我的手枪和长刀杀向他们，我确信如果只有二十来个人，我会把他们全部杀光。这种幻想使我兴奋了好几个星期，我整天想着它，做梦也经常梦见它。

我对自己的幻想简直入了迷，几天下来我都投身于寻找一个合适的地方把自己隐蔽起来，像我说的那样，守候着他们。我经常到那个地方去，对那里已越来越熟悉了。特别是我脑子里充满了报复的想法，幻想我一刀就可以杀死他们二三十个。但看到那地方的恐怖景象时，我的恶意又消退了。

总之，到最后我总算在小山旁找到了一个地方，我对那个地方感到很满意，我可以安全地监视到他们小船的到来。然后，在他们登岸之前，把我自己隐藏到茂密的树林中去，在树林中恰好有一个空洞，大小足可以把我完全藏起来。我可以坐在这里观察到他们杀人的全部过程，这样当他们聚到一块时，我就可以对准他们头部开枪，一定能击中目标，在开另一枪时，就可以打伤他们三四个。

我决定在这个地方实施我的计划。因此，我准备好两支短枪和一支鸟枪。我在每支短枪里装了一对弹丸和四五颗小子弹，这些子弹大约有手枪子弹那样大。我又在鸟枪里装了一颗型号最大的子弹，然后又在每支手枪里都装了四颗子弹，并为第二次、第三次射击准备了充分的弹药。就这样，我完成了战斗准备。

安排好我的计划后，就想象着把它付诸实施。我连续每天早晨跑到离我那所谓的城堡大约有3英里远的小山上，去观察一下海上是否有小船驶近小岛。但当我连续观察了两三个月后，我就对这项艰苦的任务感到厌倦了。因为我总是一无所获地回到家里。在这段时间里，不仅海岸上或海岸附近没有任何小船的影子，就是在我肉眼和望远镜能够观测到的整个海面上也没有小船的影子。

只要我每天到小山上去巡视，就对我的计划保持着信心。想到我那骇人的计划，可以一下子杀掉二三十个赤身裸体的野人，但头脑中根本就没有想过他们究竟犯了什么罪。最初我那被点燃的怒火是由于看到了这些土人的伤天害理的风俗习惯，并对此感到深恶痛绝。这些土人，在造物主对世界的英明统治中，已被弃绝。他们听凭自己那可憎的、腐朽堕落的冲动去蛮干，多少世纪以来都进行着这种可怕的行径，并且形成了这种骇人的风俗习惯。他们完全是由于被上天遗弃，是由于地狱般的堕落，最后才落到这种地步的。

现在，我已经对自己很长时间以来每天早晨进行的毫无结果的徒劳观察感到厌倦了。我对这种行动本身的看法有了变化，我开始用冷静的头脑去思考我所要投入的事情。我有什么权力或责任把这些人当作罪犯一样裁决和处死呢？几个世纪以来，上天都许可他们继续相互残杀，不加任何惩罚，好像他们是代天执行天罚似的。这些人究竟对我犯了什么罪，我有什么权利非要投入到他们自相残杀的血战中呢？

我经常这样同自己辩论：“我怎么知道上帝对于这种特殊事例的判断呢？”当然，这些人并不认为这是犯罪，这既不违反他们的良心，他们的良知也不会责备他们。他们并不是知道这是犯罪而又故意去犯罪，就像我们犯罪时一样。他们认为杀掉一个战俘并不是犯罪行为，正如我们认为杀掉一头牛不是犯罪一样；他们认为吃人肉不是犯罪行为，正如我们认为吃羊肉不是犯罪一样。

我这样想了会儿，随之便觉得一定是我搞错了这件事。虽然以前我从心里谴责过他们，但在某种意义上讲，他们算不上什么刽子手，就像有些基督教徒把战争中抓获的俘虏全部杀光，甚至在这些战俘放下武器表示投降时，他们还是会毫不宽恕地把战俘杀个精光。

我又从另一角度想了想，纵然他们之间这种相互残杀是那样野蛮而没有人性，但这与我又有什么关系呢？这些人并没有伤害过我。如果他们试图害我，或是我落入他们手中，为了自我保护而向他们进攻，按理还说得过去。可我没有落入他们手中，他们也根本不知道我的存在，当然也就无法伤害我。而我袭击他们则显然不公平了。我这样做了就等于承认了西班牙人在美洲的野蛮行径是合理的，他们曾在那里屠杀了成千上万的人民。这些当地土人，虽然是偶像崇拜者和野蛮人，在他们的风俗中有血腥野蛮的宗教仪式，例如有用活人祭祀他们的偶像等。但是，对于西班牙人来说，他们却是无罪的。这种灭绝种族的残杀，无论是在西班牙人自己中间，还是在当时欧洲各基督教国家，都引起了人们极端的憎恶和痛恨，被认为是一种纯粹的兽行，是一种被上帝和人类所痛恨的血腥的没有人道的暴行。以至于西班牙人这个词被一切具有良知或富有基督教同情的人们认为是可怕的，好像西班牙这个国家专门产生这样一种人：他们残酷不仁，对不幸者毫无怜悯之心。而同情和怜悯正是仁慈品德的标志。

这些思考使我的计划停顿了，甚至完全停止了某些行动。我渐渐放弃了这一计划，或许袭击那些野人是一个错误的决定。我不应该打搅他们，但如果他们先来袭击我，我当然应该阻止。我现在已知道如果被他们发觉了，遭到进攻，该如何对待了。

另外，我又认识到，主动攻击野人的计划非但不能救我，反而会把我完全毁掉。除非我有把握把上岸的野人或继之而来的野人全部杀掉，但如果有一个人逃回去告诉他们的族人所发生的事情，他们就会成群结队而来，为他们死掉的同伴复仇。我这样做不是白白地自取灭亡吗?

思前想后，我最后认为，不管是原则上还是策略上，我都应该对这件事特别小心。我要做的事情就是，想尽一切办法把自己隐蔽起来，不能留下任何遗迹，让他们猜出这岛上有人居住。

这时我的宗教观念使我更为慎重。当我要实施我那血腥计划杀掉那些无罪的人们，至少于我是无罪的人们时，我确信我的诸多方法已超出了我的职责。他们之间的相互犯罪，与我没有任何关系。这些犯罪具有民族性，我应该把他们留给公正的上帝。上帝是万民的统治者，他应该知道怎样用民族性的惩罚来惩处全民性的犯罪，并按他的意愿，用公开的判决惩处公开的犯罪。

我现在越来越清楚，毫无疑问，如果我干了这件蠢事，我所犯的罪行并不亚于故意杀人。现在我没有这么干，再没有比这更令我满意的事情了。我跪下来，向上帝表示我最谦卑的感激，感激他从那流血的罪恶中把我解救出来。我恳求他保佑我，别让我落入野人手中，也别叫我对他们动手，除非我从上天得到极为清楚的号召，为了保卫自己的生命而出手。

第十六章　独守着帐篷

之后，我在这种心情下过了将近一年。这段时间里，我不再想袭击这些野人，我再也没有到那个小山丘上去看是否有他们的踪影，去了解他们是否已经上岸。因为我怕自己受不住诱惑而对他们重新实行我的计划，怕自己看到有机可乘而袭击他们。我只做了一件事情，就是把我放在岛那边的小船移到了岛的东部来，并把它开到一个我在高岩下发现的一条小溪里。我知道，由于激流，那些野人无论什么原因也不敢或不愿乘着他们的小船到这里。

我把留在小船上的一切东西都搬了下来。这些东西是短期航行不需要的，包括我为小船制作的一套桅杆和帆，一个似锚的东西，但实际上既不似移动锚又不是搭钩，但我尽其所能，也只能做成那个样子了。我把这些东西全搬了下来，免得被人发现，被看出有船只和住人的迹象。

此外，我比以往更加深居简出了，除了日常工作，如挤羊奶、照料树林中的羊群，很少走出住宅。那些羊群在岛的另一边，因此没有什么危险。因为那些常到这个岛上的野人，从来不曾想过能在这里找到什么东西，所以他们也就从不曾离开海岸向岛里走。我怀疑自从我对野人忧虑重重而十分小心后，他们来这岛上已有好几次了。实际上，我一回想起过去就非常害怕。因为我以前只带一支枪，枪里只有些很小的子弹，而且经常手无寸铁地在岛上东张西望，以期有所发现。如果这时恰巧碰到他们或是被他们发现，我的处境又该是怎样呢？或者，假如当时我看到不是一个人的脚印，而看到了十几个甚至二十个野人，他们拼命追赶我，而且他们跑得那样快，我从他们手中根本无法逃出，那我又该何等惊惶失措啊！

有时想到这里，我就吓得灵魂出窍，心里异常难过，好半天都回不过神来。想不出我那时该怎么办，不知道该去怎样抵抗他们，不但会由于惊惶失措，考虑不出应付的办法，甚至会把经过深思熟虑和充分准备的办法也都忘掉了。真的，每每认真琢磨一下这些事情，就感到闷闷不乐，半天都不能消除。最后，我把这一切都归结到对上天的感激之中，是他把我从那么多看不到的危险中解救出来，叫我远离了那些灾祸，而这些灾祸是我无法逃脱的，因为我完全不可能考虑或预测到会发生这些灾难。

这使我心头重新想起了我以前就有的设想，当我们在生活中遇到危险时，上帝总是慈悲为怀，使我们脱离危险。当我们还不知道怎么回事时，便已从中解脱出来，这是怎样的神迹啊！当我们犹豫不决，不知道该走这条路还是那条路，一种神奇的暗示就会引导我们走这条路，而我们当时本打算走另外那条路。而且，有时我们的感觉、意念或是我们的任务叫我们走另一条路时，我们心中却忽然有一股也说不出从哪儿冒出的灵感，也不知道是什么力量，硬逼着我们走这条路。而事实证明，如果我们走了我们要走的那条路，或是走了我们认为应该走的路，我们早被葬送了。

在此基础上，经过反复考虑，我找出了一条规律：不管什么时候，当心中有股神秘的暗示或力量，叫我去做什么而不去做什么，走这条路而不走那条路时，我必须服从这种神秘的指示。虽然我不知道心中这种暗示或力量是什么，但在我的一生中，特别是来到这个倒霉的岛上以后，我可以找出许多这样成功的例子。

此外，还有许多事情，如果我当时也用现在的眼光看问题，一定可以注意到，只要自己能够意识到，从来都不会为时太晚。我想奉劝那些有头脑的人们，如果他们的生活也同我一样，充满了种种不寻常的变故，或者即使没有什么不寻常的变故，都千万不可轻视这种神秘的上天启示。不管这种暗示是从什么看不见的神明意愿出发的，但这种启示至少可以证明精神与精神之间是可以交流的，有形的事物和无形的事物之间有着神秘的沟通。这种证明是永远不可推翻的。这一点我不准备在这里讨论，也不想加以说明。但关于这些，我将在我后半生的孤寂生活中举出一些很重要的例子来。

这些焦虑，这些长期包围着我的危险，以及需要我操心的事情，已经中断了我为生活安适和便利而构思的种种发明计划。如果我坦白承认这些，我相信，读者一定不会感到奇怪。我目前急需解决的是我的安全，而不是食物问题。我现在不敢钉一颗钉子，不敢劈一根木柴，生怕发出声音让别人听到。由于同样的理由，更不敢开枪了。尤其让我无法忍受的是不能生火这件事，唯恐白天老远就可以看见我的烟火，坏了我的大事。

于是，我把手头上需要生火的事，比如烧制陶罐烟斗等，都移到森林中的新房去做。在那个地方住了一段时间后，我在土窝里发现了一个天然的洞，这令我感到说不出的欣慰。这个地方伸进去很深，我敢说，即使是野人走到了洞口，也不敢冒险进去，除非是像我这样，一心想找个安全藏身之处的人。

这个洞的洞口位于一块巨岩下面，由于一次偶然（如果我没有充分的理由把这些事情归于天意的话，我只好这样说了），我在那里砍伐粗树枝，准备烧炭。在讲我的发现之前，我必须先谈谈我制炭的理由：前面我已说过，我怕在我的住所弄出烟来，但是，不能烤面包、烤肉，我又无法住在那里。于是，我计划按照我在英国看到的办法，先在草皮泥底下烧些木头，烧成木炭，然后熄了火，把木炭带回家。每当家中需要用火时，可以烧炭，就没有冒烟的危险了。

暂且不提这些。当时我在这里砍柴，忽然发现在一片浓密的小树丛后，有个类似洞口的地方。我不免好奇，想进去看看，费了很大劲儿才走进洞口，发现里面居然很大，站直身子还绰绰有余，甚至还能再装下一个人。但坦白地说，我一进去就赶快逃出来了，因为当我进一步向里看的时候，在那漆黑的洞里，我看到了两只明亮的眼睛，不知道是人的眼睛还是魔鬼的，在洞口射进的微弱光线映射下，像两颗星星，闪闪发光。

过了一会儿，我才镇定下来，开始暗咒自己是个十足的笨蛋，告诫自己，如果一个人害怕魔鬼，他就不会孤独地在这个岛上生活二十年了。我敢相信，在这个洞中，没有什么东西比我更可怕了。想到这里，我就鼓起勇气，拿起一根燃烧着的火把，又重新进入洞里。还没走上三步，我又像先前那样吓了一大跳，因为我听到了一声很响的叹息，就像是一个痛苦中的人发出的，继之而来的又是一阵不连贯的声音，像是只言片语，然后又是一声沉重的叹息。我大为吃惊，身上冒出冷汗，连连后退。如果当时我头上戴着一顶帽子，我不敢保证头发不会把它顶下来。但我还是尽量提起精神，想想上帝的力量和精神是无处不在的，能够时时保护我。想到这里我又鼓起勇气，向前走去。我举着火把，把它举过头顶，借着火光一看，地上正躺着一只硕大无比，老得可怕的山羊，无奈地喘着气，显然它已快要死了，这个山洞大概是它选择的等待死亡的地方。

我推了它一下，想看看能不能把它赶出去。它也打算站起来，但却起不来了。我想了想，觉得还是由它躺在那里吧。因为它既然能把我吓了一跳，也会把那些胆敢在它活着时进来的野人吓到。

现在，我已从惊惶失措中回过神来。看了看四周，我发现地洞其实很小，周遭也就12英尺，既不圆又不方，没什么形状，显然不是人工制成的，而纯粹是天然形成。同时我又注意到在洞那头还有个更深的地方，但很低，我只能匍匐向前爬去，通到哪里我也不知道。前进了一会儿，因为没有蜡烛，我只好停下来，决定第二天带上几只蜡烛和火绒盒来（我用短枪上的闭锁机做出的），再带上一盘火种。

第二天，我带上六只自己制作的大蜡烛来到这里。我现在已能用山羊脂做出很好的蜡烛了。进入这个地洞后，正像我说过的，我被迫爬着向前，走了约有10码。顺便说一句，我认为这是件极为冒险的事情，因为我既不知道要走多远，又不知道它里面是什么。通过这段甬道后，洞顶忽然高了起来，足有20英尺。我敢说，我在岛上从未见过这样的地方，它的四壁和洞顶金光耀眼，蜡烛光在洞壁上反射着万道光芒。洞里到底是有钻石、宝石，还是金子，我说不

上来。

这个地方，看起来可真是一个美妙的洞穴，正是我想要的，尽管里边很黑暗。地面上铺着一层细沙，却干燥平坦，所以这里没有讨人厌的毒蛇爬出，四壁和洞顶也不潮湿。仅有的缺点，就是入口处太狭窄，不过这正是我所希望的通道，对我很有利。我简直陶醉了，毫不迟疑地将我最担心的那些东西搬进洞中，特别是火药、多余的枪支，包括两支鸟枪、三支滑膛枪。因为我一共有三支鸟枪和八支短枪，所以在城堡里，依然有五支短枪。它们像炮似的架在我的外墙上，需要时可以随时取下来使用。

当转移火药时，我乘机拿出了从海里捞出的受湿的那桶火药，发现边上已有三四寸的火药浸湿了，变成了硬块，就像一个果壳，使里面的部分保存得很好，这样在小桶的中央我就有了差不多60磅尚好的火药。对于当时的我来说，这确实是个令人欣喜的发现。于是，我把火药全都搬了过去，万一发生什么意外，城堡里只留下不到三磅的火药。同时，我又把做子弹的铅也全都搬了过去。

我把自己幻想成为一个古代的巨人，生活在岩石中的地洞里，据说任何人都无法接近。当我在地洞里时，我努力劝说自己，即使有五百个野人追踪我，他们也别想找到我。即使他们能找到我，也不愿冒险到此来袭击我。

那个老山羊在我发现这个地洞的第二天就断了气，死在洞口边。我发现与其把它拖出去扔掉，倒不如就地刨个大一点的坑，用土把它埋掉更容易些。我把它埋葬了，省得气味难闻。

我已在这个岛上生活了二十三年，对这个地方以及这种生活方式习以为常了。如果没有野人来打扰，我已经接受这种生活了，很愿意在这里度过我的余生，像那只老山羊，直到最后一刻，倒在洞里死去。我还找出了几件消遣和娱乐的事情，使我的生活比过去要愉快许多。

首先，我已提过，就是教我的波儿说话。它已经说得非常熟练，说得也很清楚了，这令我很高兴。最终它跟我生活了不下二十六年。至于它后来活了多久，我也说不清了。我知道在巴西有种说法，说它们能活一百年。也许可怜的波儿仍活在那里，一直到现在都在叫着可怜的鲁滨孙。我希望不要有任何英国人，那么倒霉，跑到那里，听到它的声音。而如果真有人到那里，他一定会认为那是魔鬼的声音。我的狗儿也是个令我十分开心的伙伴，它跟了我至少十六年，后来老死了。至于我的猫，我已说过，它们繁殖得很快，我在开始就不得不开枪打死了几只，以免它们吃完我的一切东西。到最后，我带来的两只老猫死掉后，我又不断驱逐它们，不给它们东西吃，使它们都跑到树林里变成野猫了。我只留下两三只我喜欢的，把它们驯养起来。而每当它们生出小猫时，我都把小猫溺死。这就是我家庭中的一部分成员。

除了这些，我还养了两三只小山羊，我教它们在我手里吃东西。另外还有两只鹦鹉，也都会很好地说话，都会喊“鲁滨孙”，但没有一只比得上波儿。实际上，我花费在它们身上的工夫远不及波儿。我还驯养了几只不知道名字的海鸟，是在海边捉到的，我把它们翅膀上的硬毛剪掉养起来。我在城堡前所栽的树桩现在已长成了浓密的小树林，那些海鸟就生活在这些小矮树中，并在那里繁殖，真是有趣极了。所以我说，如果不畏惧野人，让我安全地生活在这里，这种生活已经让我心满意足了。

但事实却与我的愿望正相反，读到我故事的人们从中不难观察到这点。在生活中，我们越是想极力躲避的坏事，越是极为害怕的坏事，却往往是我们获得解救，摆脱烦恼的途径。在我离奇古怪的一生中，我可以举出许多这样的例子。我在这个岛上最后几年的可悲生活中，这种情况表现得极为明显。

我说过，这是我在这里的第23个年头的12月份了，正是太阳在最南端的冬至。这里的十二月，根本不能算是冬天，是我收获的季节，需要我经常外出待在田里。一天早上，天刚微微亮，我忽然很吃惊地看见在离我很远的岛的尽头，大约有两英里海岸边亮着火光。那里正是我以前看见野人的地方，但恼人的是那地方不在岛的那边，却在我这边。

看到这些后，我确实吓坏了，待在小树林里再也不敢出来，唯恐受到突然袭击。我心中再也无法平静，想到这些野人在小岛上走动，可能会发现我那些还在长着的庄稼和收割下来的庄稼，以及我的那些工事和设施，他们便会立刻觉得这地方有人，那时他们不把我找出是不会罢休的。在这危急关头，我径直跑回城堡中，收起了我的梯子，并把一切收拾得看上去尽可能荒芜而自然。

然后我在城堡里面做了准备，使自己处于临战状态。我支好所有的大炮，我自己这样称呼，其实是我的步枪。我把它们放在新防御工事上，并装好所有的手枪，准备抵抗到最后一口气。同时我并没有忘记祈求神的保护，我挚诚祈祷上帝把我从这些野人手中解脱出来。我在这种临阵状态中待了有两个小时，便急不可待地想去外边看看，因为我没有探子可以替自己出去看看。

我坐了一会儿，考虑着怎样对付他们，但不久便忍受不了在这里呆坐了。于是我把梯子搭在小山的一边，登上了我提过的那块平地上，把梯子拉上来，又搭起来，登上了山顶，拿出我特意带上的望远镜，平卧在山地上，开始向那个地方望起来。很快就看见约有九个裸体的野人围坐在一小堆火旁边，显然不是为了取暖。据我推测，他们是在煮他们带来的野蛮的食物——人肉，只是我不知道他们带来的野人是活的还是死的。

他们共有两只独木船，都已被拖到岸上。这时正是退潮的时候，依我看，他们要等到潮水再来的时候才走。当我看到这些时，内心的慌乱简直无法想象，尤其是我看到他们就在岛的这边，离我这样近。但我又想到，他们一定是借助潮水的涨潮来到这里时，心里变得安稳了，因为只要他们不在岸上时，我就可以在潮水涨起时安全地出门了。观察到这一点，我以后就可以从容地去收割庄稼了。

果然如我预料的那样，当潮水向西流去时，他们就全部上了船，摇着桨离去了。我可以观察到，在他们离去前一个小时，还跳了一阵舞。通过望远镜，我还可以很容易地辨出他们的舞姿，再仔细观察，可以看到他们全都赤裸全身一丝不挂。但至于是男是女，我就分辨不出了。

我一看到他们上船离去，便拿了两支枪扛在肩上，把两支手枪挂在腰上，又拿了一把不带鞘的长剑挂在腰边，往那座小山跑去——那里是我最初发现这些迹象的地方。差不多用了两个小时的时间，我才到了那里（因为我身上背那么多武器，走不快）。我爬上山，只见海上还有三只独木舟，再往远处望去，看见他们在海上会合后，向陆地驶去。

真是一个可怕的景象。对我来说，更可怕的是我走下海滩以后，所看到的那些痕迹，那是他们所干的罪恶勾当留下来的，全是那帮野蛮人以娱乐方式吃剩的鲜血、人骨和块块人肉。看到这些，我义愤填膺，下定决心，下次再让我看到这些，我一定把他们全干掉，不管他们是谁，也不管他们有多少人。

很明显，他们并不是经常光顾这个小岛，因为他们过了足有15个月之久才再次登岸，在这段时间里，我从没有见过他们，也没有看到他们的任何脚印，任何痕迹。因此看起来他们在雨季里是绝不会出门的，至少不会来这么远的地方。但这段时间里，我还是过得极不舒服，因为时时担心他们会来突然袭击我。从那以后，我总是担心坏事的发生，这种痛苦比遭遇到坏事还要厉害，尤其是当我无法摆脱这种担忧和这些想法时。

在这段时间里，我一直有一种想要杀人的冲动。我把能够利用的大部分时间都用来计划在下次看到他们时，怎样以计取胜，怎样袭击他们，尤其是提防他们分开前来，就像上次那样分两部分前来。我根本没有考虑，如果我把他们其中一部分杀光了，比方杀死十几个，但到了第二天，第二个星期，或是第二个月，我还要杀死其中另一部分。这样下去，到最后我将变成一个不亚于这些食人者的凶手，甚至比他们还要凶残。

我现在是在极为忧虑和焦虑中度日，想着总有一天我会落入这帮凶残不仁的野蛮人手中。如果我偶尔冒险外出，也总是小心翼翼地东张西望。不管怎样，现在我有一群驯化的山羊，这是令人十分快慰的事，因为我在任何情形下都不敢再开枪。

我尤其不敢在他们经常来的岛这边开枪，唯恐惊动这些野人。

我料定，即使我能把他们吓跑，不出几日，他们又会卷土重来，而且可能带来两三百只独木船，其后果就可想而知了。

然而，我又消磨了一年零三个月的时光，也没有再见到一个野人。后来，我才又发现了他们，这些我将在后边讲到。事实上，这期间他们也许来过一两次，或许他们没有停留太久，所以我没有听到他们的任何动静。但是，大约是我来这个岛上第24年的5月，我又很奇怪地同他们相遇了。我将在下面讲到这些。

第十七章　一条失事的小船

在这十五六个月期间，我的心里总是骚动不安。我睡不安稳，总是做着可怕的噩梦，夜里经常从睡梦中惊醒。白天，脑子里充满了烦恼，晚上总是梦见去杀野人，梦见自己之所以去杀他们的各种正当理由，这一切暂且放下不提。到了5月中旬，按照我那不太准确的木头日历的记载，我想那是5月16日，一整天的暴风雨，雷电交加，一直持续到夜里。我也不知道准确的时间，只记得那时我正在读《圣经》，思索着我目前的处境。突然，我听到了一声枪响，那声音像是来自海上。

这件事出人意料，同我以前遇到的事情性质完全不同。因为这件事在我头脑中所产生的是另一种反应。我以最快的速度从床上爬起来，眨眼间把梯子放到半山上，爬上山后，随之把梯子拉起来。接着，我又爬了一次梯子，到了顶上。就在我到了山顶的刹那间，只见火光一闪，预示着第二枪要响了。果然，半分钟后，我听到了枪声。从声音判断，正是从我坐小船被急流冲走的那一带海面上传来的。

我立即想到，这一定是什么船只遇险了。他们肯定还有其他同伴，有其他结伴的船只，放枪正是他们遇险后求救的信号。我在那刻反而镇定自若了，我想，虽然我不能援救他们，但他们或许能救助我。于是，我把附近所有的干木柴都收起来，堆成一大堆，在山上点起火来。木柴很干燥，很快就燃烧起来。风很大，但火还是着得很旺，我确信，如果真有船只之类的话，他们肯定会看到火光。无疑他们是看到了，因为火燃起不久，我又听到了一声枪响，之后又有几声枪响，都是从一个方位传来的。我让火着了一夜，直到天亮。等天完全放亮后，海上也晴朗了许多，远远地，我看到海面上有个东西，在岛的正东方，至于是船还是帆，我无法看清。确实看不清，用了望远镜也没有用，因为距离遥远，而且天空有雾气，至少海面上是雾气沉沉的。

一整天里，我不断眺望那个东西。不久我便确定它一直停在原处，动也没动。我立刻得出结论，这是一只下了锚的大船。由于急于想弄明白是怎么回事，我拿上枪向岛的东南方跑去，跑到我以前被急流冲跑的那些岩石旁。当我到了那里时，天气已完全放晴了。叫我难过的是，我马上便清楚地看见，有一只失事的大船，在夜里撞到了我驾船出去时发现的那些暗礁上了。这些礁石，阻挡了水流的冲击，形成了一股逆流，曾经使我从生平中最险恶的境地里死里逃生。

这样想来，一个人的安全对另一个却是毁灭。因为这些人，由于不认识地形，而礁石全都隐藏在水底，加上当时正刮着东北风，所以他们就在夜里触礁了。如果他们看到了小岛（我猜想他们是没有看到），他们一定会想法驾着小船往岸上逃命，但他们却鸣枪求救，尤其是当他们看到了我的火光后。想到这些，我思绪万千。首先，我想象他们看到了我的火光后，跳上小船尽力往岸上划，但海浪很大，把他们刮走了。后来我又猜想，他们也许早已把小船丢失了，因为这种事情时有发生。尤其是当大船受到惊涛骇浪的冲击时，人们就会被迫把小船拆散，有时甚至会亲手将它扔掉。一会儿我又猜想，他们也许有与别的船只结伴，当他们发出求救信号后，已经获救并被带走了。过了一阵，我猜测，说不定他们已经坐着小船到海里了，被先前我遇到的那股急流冲走了，卷进大洋了。如果他们到了那里就只有受苦和等死的份了，而且说不定这时候他们已经饿得到了相互残吃的地步了。

所有这些只不过是我个人的猜测而已，而就我目前的处境来说，我能够做到的，只能是眼睁睁地看着这伙可怜的人们受苦受难，并从心里为他们感到难过。不过这也对我产生了好的影响，使我有更多的理由来感激上帝。他曾在这种悲凉的环境中使我活得那样安适，那样幸福，而且两只船上的人们现在都已离开了这个世界，除了我以外。我从中又体会到，无论上帝把我们安排得生活条件多么低下，生活环境多么悲苦，但我们总有这样或那样的事情来感激上帝，总会看到有些人的境况比我们更坏。体会到这一点，也是很难得的。

这伙人就是个很好的例子，我很难想象他们中会有人死里逃生，没有任何理由指望他们中有人生还，除非他们被同行的船只搭救起来。但这种可能性很小，因为我根本看不出这种可能性发生的一点点迹象。

看到这些，我内心里忽然有一种说不清的渴求，不时地喃喃道："啊！如果有一两个人，哪怕只有一个人，能从这只船里逃出来，逃到我这里来，那么我就有了一个伙伴，一个跟我谈话，跟我交流的同伴，该有多好啊。"我觉得在长期的孤居生活中，从没有像现在这样热切、强烈地渴求同别人交往，也从没有因为缺少同人类交往而像现在这样懊恼不堪。

在人类的感情世界里，常常存在着某种神秘的动力，这种动力一旦被某种看得见的目标所吸引，或者被某种虽然看不见却可以想象出来的目标所吸引，就会使我们的灵魂猛然扑向这种强烈渴求的目标。达不到这种目标，那种痛苦是令人无法承受的。

我现在最急切的愿望，就是希望哪怕只有一个人逃生出来。"啊！哪怕只有一个人逃出来！"我不断地重复着这句话。"哪怕只有一个逃出来！"被重复了上千遍。我的愿望非常强烈，当我说这话时，手总是攥得紧紧的，假如这时我手中有什么脆软一点的东西，肯定会在不知不觉中被捏碎。同时，我的牙齿也紧紧地咬着，好半天不能松开。

这些事情发生的原因及方式，留给科学家去解释吧。我所讲述的只是事实本身。而我对这些事情甚至也感到惊奇，因为我简直闹不清这种事从何而来。毫无疑问，这是我头脑中的强烈愿望所起作用的结果。我感到，这时要是我能同一个基督徒交谈交谈，对我是莫大的安慰。

但事实却不是这样，不管他们的命运，还是我的命运，都没有这么好。一直到我住在这个岛上的最后一年，都不知道他们是否获救了。而更令我痛心的是，几天之后，竟在小岛的那边，在船只失事的海岸附近，发现了一个淹死的青年人的尸体。他只穿了一件水手背心，一条未过膝的亚麻短裤，一件蓝色亚麻上衣。我无法辨出他的国籍。他的口袋里仅有两块金币和一个烟斗，而后者对我的价值要比前者大十倍。

这时海面上很平静，我有一种强烈的愿望想冒险坐小船到那条失事的船上去。我想肯定能从那里找到一些有用的东西，而且说不准船上还有人活着。那样，我不但可以救他们的命，对我来说，也是最大程度的安慰。这种想法时刻盘踞在我的心头，使我日夜不得安宁。我必须冒险驾小船到那只破船上去了。至于其他的事情，只好听天由命了。这种念头强烈地占据了我的大脑，挥之不去，我想这肯定是来自某种看不见的神秘力量的暗示。如果我不去，也太对不起自己了。

在这种念头的支配下，我快速跑回城堡，准备了航海所需的一切东西。我带了大量面包，一大罐淡水，一个航行用的罗盘，一瓶甘蔗酒（因为我还有不少），一大篮子葡萄干。我带上这一切必需品，走向我的小船，把船里的水弄出去，使它浮起来，把所带的东西全放到里面，然后再回家去取别的东西。我第二趟带的是一袋大米，一把遮阳伞，还有一罐子淡水，两打大麦饼，一瓶牛奶，一块奶酪。我花了很大的力气，流了许多汗才把这些东西弄到小船上。我祈祷上帝保佑我的航行，然后便出发了。我驾着小船，沿着海岸到了我曾经到过的岛的东北角。现在，我就要驶进大海了。冒险还是不冒险呢？我遥望小岛两边日夜奔腾的急流，想到我上次遇到的危险，心里感到非常害怕，望着大海真想退回去。因为可以预见，不管我被卷进哪股急流，都会被冲走卷进大海，也许再也看不到，再也回不到这个岛上了。到那时，只要海上起一点点风，我就要同我这一叶孤舟葬送到大海里了。

这些想法令我很烦恼，我打算放弃我的计划了。于是，我把小船拖进海岸旁边的一条小溪里，走下船来，坐到了一块小小的高地上。思前想后，焦虑万分，既想去，又害怕去。正当我犹豫不决时，我发现潮水起了变化，开始上涨。这样，我几个小时之内肯定走不成了。这时，我忽然想到，应该到地势最高的地方去观察一下，这股急流到底是怎样的流向。这时正好潮水上涨，我想看一下，如果我从一个方向出发，借助这股急流能否从另一边回来。想到这里，我看见了一座小山，从那上边正好可以纵观两侧，非常清楚地看到那两股急流，从而弄清楚我返回时该怎样走。我发现，退潮的急流是从岛的南部向外流，而涨潮的急流是沿岛的北侧向里流的，只要我回来时沿着岛的北侧走，就可以轻松地回来了。

这番观察，使我勇气大增，我决定第二天早晨乘着第一次潮汐出发。我盖上水手值夜的大衣，在小船里过了一夜，天一亮就出发了。一开始我全速向北行驶。后来我就被卷进了那股向东流动的急流，急速向前行驶。它不似先前我在岛的南边遇到的急流那么急速，我以桨代舵，掌握航向，飞速向前，用了不到两个小时，便径直到了那个破船跟前。

我看到的是一幅凄凉的景象。那条船，从建造形式看是只西班牙船，由于撞得很猛，被紧紧地夹在两块岩石之间，船尾和船舱都被海水打碎了，而夹在岩石中的前舱，由于撞得很猛，主桅和前杆也都倒在了甲板上，折断了。但它的斜樯还算完整，船头看起来也还结实。当我靠近船时，突然看到一条狗，它看到我过来，便狂吠起来。我一唤它，它便跳到海里游了过来。我把它抱到了小船里，发现它又饥又渴，几乎要死了。我给了它一块大麦饼。它吞吃起来，活像一只在雪地里冻了一夜的饿狼。我又喂了这可怜的家伙一些淡水。看上去，如果我不制止它喝下去，说不定它能喝到把肚皮撑破。

之后我就上了大船。我第一眼看到的是两个淹死的人，他们躺在餐厅里，也就是在前舱里，紧紧地搂抱在一起。可以看出，当船撞到岩石上时，正是暴风骤雨大作，海上波涛汹涌，海水不停地敲打着大船，船上的人们，在不停地涌进去的水里挣扎，最后窒息而死。除了这只狗以外，船上再也没有其他活物。我在船上看到的全是被海水淹坏的东西。舱底下几桶酒因海水已退而露在外面，不知是葡萄酒还是白兰地。但桶很大，我无法将它移动。我又看见了几只属于船员的大箱子，没来得及检查里面装的是什么东西，我就把其中两个箱子搬到了小船上。

如果船尾没有被打碎，而只是船的前舱被打坏，那么我这次航行收获就大了。因为从两个箱子里找到的东西看，我可以充分肯定大船上一定有许多财富。而且我从它的航行路线看，这只大船肯定是从南美洲的布宜诺斯艾利斯或拉普拉塔河开出，要去墨西哥海湾的哈瓦那，再从那里到西班牙。这船上肯定有不少财富，但在这时对任何人都毫无用处了。至于船上其他人都怎么样了，我全然不知。

除了这两个箱子外，我还找到了一桶酒，约有20加仑，费了很大的劲儿，我才把它弄到了小船上。在船舱上有几只短枪和一个盛火药的大牛角桶，里面约有四磅火药，至于短枪，我用不着，便把它们丢下了，只带上了盛火药的桶。我还找到了一把火铲和一把钳子，这些都是我需要的东西，还有两个小铜壶，一个制作巧克力的铜锅，一个烤食物的烤架。这时潮水开始往上涨，我便带上这些东西和那只狗离开了。当晚天黑后约一小时，我又回到了岛上，疲倦极了。

我那晚在小船上歇了一宿。第二天早晨，我决定把这些东西收藏在我的新洞里，不带到我的城堡里去。我吃了点东西后，便把所有东西搬到岸上，开始仔细检查起来。我发现小桶里的酒是一种甘蔗酒，但有别于我们在巴西的那种，总之，一点都不好喝。我打开箱子看时，却发现有几样东西对我相当有用。比如，在一只箱子里，我找到了一只质地很好极为细致的小酒箱，瓶子里装着上等的提神酒，每瓶里有三品脱，瓶盖用银子装饰过。我还发现了两罐上好的蜜，因为口上封得很严，没有被咸水渍坏。另外两罐已被海水泡坏了。另外我又找到了几件很好的衬衫，对我来说这是最好的东西，还有一打半白麻纱手绢，白色的领带。麻纱手绢是我求之不得的东西，在大热天里擦脸，最令人清凉了。除了这些，当我打开箱子里的抽屉时，我看到里面有三大袋金币，总约有1100多枚。其中有一个袋里，有六块金币和几块金条，全用纸包着，我猜测大约足有一磅多重。

在另一只箱子里，我找到了一些衣服，但价值不大。看情形大概属于副炮手的。尽管箱子里没有很多火药，但三个小瓶子里装着两磅上好的压碎的火药。我猜测，这大概是随时用来装鸟枪用的。总而言之，我这次出海得到的对我有用的东西很少。至于金钱，我根本无法使用，它对于我来说，就像我脚下的泥土一般。我宁愿用所有的钱币去换三四双英国鞋或袜子，这些东西是我迫切需要的，我已经好多年没有穿鞋袜了。事实上，我现在也得到了两双鞋，这是我从船上两个被淹的人的脚上脱下来的。我在这只箱子里也找到了两双鞋，虽是我求之不得的，但却不像我们英国鞋，既不舒服又不耐用，只是一种便鞋。我在这位船员的箱子里也发现了五十多枚银币，但却没有金币。我想这只箱子一定属于一位较贫穷的船员，那另一只箱子的主人一定是位高级船员。

但是不管怎样，我还是把这些钱都搬回了我的山洞，并像从前我处理从自己船上带回来的钱那样把它们放起来了。但是很可惜，大船的另外一部分我却无法得到。否则，我确信我得用独木舟来回运几趟钱币。如果将来我能返回英国，也能很安全地放在这里，直到我再回来搬运。

我把所有的东西都带到岸上，并进行了妥善处理后，便回到了我的小船里，驾着它沿着河岸划回旧港，把船放好，然后尽快地回到了我的老住宅。到了那里，只见一切都依然完好如初。于是，我便开始休息，之后又过起了从前的日子，照料我的家务。有一段时间，我过得悠闲自得，只是比从前更加警惕，经常观望外面的动静，也不大出去活动。即使有时出去活动，也总是在岛的东半部。我确信这些野人从不到这一带来，因此我就不像到别的地方那样，总是小心翼翼带那么多火药和武器了。

第十八章 人类的声音

我在这种条件下生活了两年多。我那倒霉的脑袋，仿佛要让我知道它生来就是要我受苦似的，这两年来一直充满着各种计划和设想，想着如果有可能的话怎样离开这个小岛。因为有时我真想再到那破船上去一趟，尽管理智告诫我那破船上已没有什么东西值得我再去冒险了。我总是这样想想，那样算算，我绝对相信要是我现在还有那条我从撒列出逃时坐的那只小船的话，我早就冒险出海了。至于航行到什么地方去，我也不知道。

回顾我的生活遭遇，可以得出这样的结论：那些对上帝和大自然所做的安排不满意的人们，他们生活中所遇到的烦恼，多半是由他们这种不满而引起的。回顾我原来的境遇，回顾父亲对我的忠告，我的所做与此相悖。这就是我的原始犯罪，再加上我经常犯同样的错误，所以我落到今天这种地步。如果上天安排我做个种植园主，并保佑我不生妄想，我肯定现在已经逐渐发展起来，而且经过这么长时间（我指的是我在岛上这么长时间），到现在一定在巴西拥有规模庞大的种植园了。而且通过我住在那里短暂的时间所取得的进展看，如果我继续留在那里，财富肯定会与日俱增，说不定现在已有一百多万葡币了。我为什么要丢下一项已经起步的事业，一座蒸蒸日上兴旺发达的种植园，而非要去做一个船上的管货员到几内亚去贩黑奴呢？只要有耐心，待在家里，同样可以把资金积累起来。坐在家里不是同样可以从他们那里买到贩来的黑奴吗？虽然要多花些钱，但为了价格上的差异是不值得去冒这么大的风险的。

然而这正是不谙世事的年轻人的宿命。不经过多年的磨炼，不付出昂贵的代价，是不会明白自己行为的愚蠢的。我就是这样一个人，但是这种错误在我的性格中已根深蒂固，所以，直到现在我仍对现状不满，不断盘算着怎样逃出这个地方。为了使我后面讲述的故事让读者更有兴趣，我觉得有必要先讲述一下我那愚蠢的逃跑计划的初步构思，以及怎样形成，又是在什么基础上实施的。

当我从破船上回来后，应该隐退到我的城堡了，我的小船像以往那样被放置好沉在水底下，我的生活恢复到从前的样子。事实上，我比以前有了更多的财富，但并不比以前富裕。因为这些财富对我来说没有多大用处，就像在西班牙人到来之前金钱对于秘鲁的印第安人毫无用处一样。

这是我踏上这个凄凉的小岛后第24年。在雨季三月的一天夜里，我躺在吊床上，辗转反侧，无法入睡。我身体很健康，没有痛苦，没有疾病，无论身体还是精神都跟平常没有什么不一样的地方。但我整整一夜没能合眼，想了许多许多……

无数的想法全在那天夜里掠过我的大脑，要把这些想法都记下来，是不可能的，也没有这种必要。我把我以前的生活，以及我来这个岛上以后的生活都大致地回顾一下。回想到我来这个岛上以后的生活时，我把刚住到这里时的快乐日子，同我自从在沙滩上看到那个脚印后，所过的焦急恐惧、处处小心的日子，做了一番比较。我相信之前，那些野人以前也经常来这个岛，有时甚至是成百上千的野人，但我却从来不知道，也从没有想到过这一层。尽管危险照样存在，但我却十分泰然快乐。我不知道这些危险，就好像我没有陷入这些危险一样，仍旧十分快乐。这使我得到许多有益的体会，尤其是，上帝在统治时把人类的视野和对事物的认识限制在如此狭窄的范围，这真是无限的好意。一个人走在千万种危险中，如果他发现了这些危险，就会精神涣散、意志消沉；但如果上帝不让他看清事实，使他全然不知四周危险，他就会平静安然地过下去。

当这些想法在我头脑里逗留了一会儿后，我开始严肃地意识到，不光在这个岛上，这么多年来我一直处在危险之中。过去我怎样泰然自若、悠然无事地在岛上走来走去，也许，使我免于残酷死亡的，仅仅是一座小山一棵大树，或是恰巧来临的黑夜。那是种最残酷的死，也就是落入那些食人者和野人手中，他们抓住我就像我捉住一只山羊和一个乌龟一样。他们吃掉我，就像我杀一只鸽子或一只山羊一样，并不认为这是犯罪。如果说我不感谢这伟大的救世主，那完全是在诋毁自己。我承认正是靠了他那奇特的帮助，才使我从不知道的危险中解脱出来，否则，我早已落入那些残忍的家伙手中了。

我想完这些，又开始思考起这些畜生，也就是这些野人的本性来。他们是怎样来到这个世界，万物英明的主宰又何以容忍他的生灵这样的无礼，竟做出这等毫无人性的事情，残忍地吃起自己的同类。我这样思索了一阵，毫无头绪。后来我又想到：这些坏蛋住在

什么地方？他们冒险离家这么远想干什么？他们的船是什么样的？他们既然能到这边来，我为什么不到他们那边去看一看呢？

我从来没有考虑，我到了那边后该怎么办？如果落入这些野人手中，我又该怎样呢？如果他们攻击我，我又该怎样逃脱？不仅如此，我也没有想到我怎样到那边，以及到了后受到他们的攻击绝无逃脱的希望的后果。如果我没有落入野人手中，为了生存我又该怎么办呢？

所有这些问题，我都没有多想，我的全部心思都集中到一个问题上，那就是乘坐小船到大陆上去。我把我现在的处境看作是世界上最悲惨的处境，除了死亡以外，任何遭遇都比它强。如果我到达大陆那边，也许能够遇救。或者我也可以沿着海岸走，像以前沿非洲海岸走那样，一直走到有人居住的地方，也许能够得到救援。而且，说不定我能遇到某艘基督徒的船只，把我收留下来。就是落到最坏的地步，也不过一死了之，而且死后这些不幸也就全部了结了。

请读者注意，所有这些想法都是我那烦乱不安的心情和焦虑的性情所造成的。而且因为最近总是连续不断地碰到麻烦，加上我遇到破船后对它所产生的失望，使我这颗本不安分的心变得骚动起来。我上了破船之后，本来指望能在那里实现我热切祈盼的目的，比如找个人说话，问一下我现在在什么地方，有没有获救的可能等，结果一无所获。这些想法使我变得激动不安。我原来那种听天由命，等待上帝安排的平静心情似乎都已消失，现在只想着一个问题，即航行到大陆上去。这种想法强有力地冲击着我，变成一种强烈愿望，简直使我无法抗拒。

我这样想了两三个小时，便激动得热血沸腾，脉搏猛涨，仿佛得了热病，而实际上只不过是我头脑发热罢了。经过这些思想冲击，我觉得筋疲力尽，昏昏睡去。一般人肯定会认为我连做梦都是去航海，但实际上没有，而且我所做的梦也跟航海无关。我梦见，早晨起来我像以往那样走出堡垒，忽然看见海边来了两只独木船，有十一个野人。他们还带了另外一个野人，这野人是他们准备杀了吃掉的。突然间，这个野人在被杀掉前瞬间跑开了，飞快逃命。在梦中，他仿佛一下子就跑到我城堡前浓密的小树林中藏了起来。我看见只有他一个人，别的野人并没有追过来，我便出现在他面前，冲着他微笑，鼓励着他。这时，他赶紧跪了下来，仿佛是求我救他，于是我便把梯子给他，让他上来，把他带到我的地洞，成为我的仆人。我得到这个野人后，便对自己说："现在我可以冒险到大陆上去了，因为这个野人可以做我的领航人。他将告诉我该做什么，在什么地方弄到吃的，告诉我什么地方不能去，以免被吃掉，哪些地方可以冒险前去，哪些地方可以逃命。"正这样想着，我便醒了，回想在梦中逃脱的种种情节，顿时高兴得无以言表。但清醒过来后，发现那只不过是场梦，便感到极度的失望，精神也非常沮丧。

不过通过这件事，我可以得出这样一个结论：如果我企图逃跑的话，唯一的出路便是先找一个野人。如果有可能，最好是找一个他们认为有罪，准备杀死吃掉的人。但是实现这个计划却有一点困难，那就是不去进攻成群的野人并把他们全部杀掉，这个计划是无法实现的。这个铤而走险的计划，不仅容易失败，而且从另一方面考虑，我对这样做是否合法也感到非常怀疑。一想到要流那么多血，尽管这血是为了我的解放而流的，我的心还是在发抖。我不需要再去重复我之所以反对这样做的种种理由，因为在前面我已经说过了。尽管我现在可以摆出其他的理由，比如，这些野人是我生活中的敌人，如果有可能，他们就会把我吞掉，我这样做是为了把自己从死亡的阴影中彻底解脱出来，是自我保护行为。如果他们真要袭击我，我应该这样进行自卫。诸如此类我想了许多。尽管我提出了种种理由，可是一想到我的解脱要使那么多人流血，我的心就感到害怕，而且好半天都无法使自己想通。

到最后，经过反复的思想斗争，我还是好久都不知如何是好（因为所有这些争论，不管是哪一种，都在我脑海中进行了长时间的斗争）。最后，急切要求解放的愿望压倒了其他一切：我决定，如果有可能，不管花多大代价，先把一个野人弄到手再说。我的第二步便是设计一下怎样行动。要完成这一步确实比较困难，因为我一时还想不出切实可行的办法。我便决定先去观望，弄清楚野人们什么时候上岸，别的事情先不去管，看好时机再下手，该怎么办就怎么办。

我这样决定之后，只要一有时间便开始侦察。这样经常的观察，连我自己都感到很厌烦了。因为在一年半的时间里，我几乎每天都跑到岛的西部或西南角去观望，盼着能发现独木舟，但一只也没有看见。这令我很沮丧，也很烦恼。但我没有像以前那样放弃希望，相反，等的时间愈久，我愈急不可待。总之，我起初小心地躲着那些野人，避免被他们看到，现在却急于碰到他们。

此外，我经常幻想着自己有充分的能力能够控制一个野人，甚至是两个、三个。只要我能把他们弄到手，我可以使他们变为我的奴隶，去做我交给他们的任何事情，并防止他们在任何时间里做对我有害的事。我为此着实兴奋了好长一段时间。但是事情没有一点影子，我的所有幻想和计划都没有着落，因为好长时间也没有任何野人前来。

我有了这些想法后，总是思来想去，但因为没有机会一直无法将它实行，所以这些事情也就没有什么结果。忽然有一天大清早，我惊奇地发现来了不下五只独木船，全在我所在的岛这边。船上的野人全都上了岸，不知去向。他们来的人数打破了我的全部计划，因为我知道他们来时都是一只船坐四五个人有时甚至更多。现在看到这么多船，我真不知该怎么办，该采取什么措施，如何一个人单枪匹马向二三十个人发起进攻。所以我只好静静地躲在城堡里，极为困惑不安。但是，我还是按以前的计划做好了战斗准备，只要有机会，就采取行动。

我等了很长时间，静静地听着他们的动静，最后终于失去了耐心。我把枪放在梯子脚下，像以往那样，分作两步爬到了小山顶上，站在那里，尽量不把头露出来，唯恐让他们看见。这里我通过望远镜观察到，他们不少于30个人正点着一堆火，在那里烤肉。至于他们是怎样烤的，烤的是什么，我都不得而知了。只见他们正在那里以他们那种野蛮的姿势和步伐围着火跳舞。

通过望远镜，我看到有两个可怜的野人被他们从小船里拖了出来。看起来，这两个人是事先被放置在小船里，现在拖出来准备屠杀的。这时，我观察到其中一个倒了下来，我猜测是被木棍做成的一柄木剑击倒的。这时就立刻有两三个野人围上来开始动手，把他破腹开膛，准备烹调。这时，另一个受害者则呆呆地站在那里，准备接受处理。猛然间，这可怜虫看见自己稍稍有了点自由，本能唤起了他逃跑的欲望，他从他们手中逃出来，以令人难以置信的速度沿着沙滩跑起来，径直朝我居住的海岸奔来。

我看到他朝我这边跑过来，尤其是，当我看到他被成群的野人紧紧追赶时，简直害怕极了（我必须承认这一点）。我觉得梦中的某个部分就要到来了，他肯定会躲到我的树林里来，但我却不敢相信我梦中的后半部分，尤其不相信其他的野人会不再追他，不在森林里找到他。所以，我一直没有行动。后来，当我看到在后面追赶的只有三个人时，才壮起胆子。当我看出他比追赶的人跑得快出许多，而且已把他们甩在身后时，就更有勇气了。如果他能这样保持半个小时，他绝对能逃出他们的魔掌。

在他们和我的城堡间有一条小溪，这条小溪，我在故事的开始部分常提到，我从破船上取出货物后就是在那里靠岸的。我看得很清楚，他必须游过这条小溪，否则就会在河边被他们捉住。但当这个逃跑的野人逃到那里时，尽管潮水已开始上涨，但他根本没有在意，一下子跳进去，只划了大约三十来下，便游过小河上了岸，又非常有力而迅速地跑起来。当那三个追赶的野人来到河边时，我看到他们中只有两个人会游泳，第三个不会，只是站在岸边，看着其他两个人过河，不再往前，过了一会儿就一个人悄悄地回去了。按后来发生的事情看，他返回的决定，其实救了他的性命。

我发现，那两个野人游过那条小溪所费的时间是那个逃跑的人所用时间的两倍。这时，我产生了一种非常强烈的想法，令人不可抗拒。我想这说不定是我得到一个仆人或是伴侣的好机会。这明明是上天号召我去救这个可怜虫的命。

于是，我立刻跑下梯子，非常迅速地拿起我的两支枪，我前面提过它们就放在梯子脚下。接着，我又同样迅速地爬上山顶向海边跑过去，我抄了一条近路跑下山去，把自己挡在追赶者和被追者之间，大声呼唤那逃跑的野人。他回过头来，起初看到我同看到追他的人一样害怕。我向他招手示意他回来，与此同时，我慢慢地迎向后面追赶他的那两个野人，然后迅速冲向前面的那个野人，用枪托子把他击倒了。我不愿开枪，因为我不打算让其他的野人听到枪声，虽然距离很远，而且又看不到硝烟，即使听到声音，他们不会知道这是在干什么。

把第一个野人击倒后，另一个来追赶的野人停住了脚步，好像害怕了。我飞快地向他迎去，但当我走近他时，我立刻发觉他已经拿出了弓和箭，正准备向我射箭。这时我必须得先向他开枪了。我向他开了两枪，第一枪就把他打死了。那可怜的逃跑的野人这时也停下了脚步，虽然看到他的两个敌人已经倒下或是死了，却又被我的枪声和火光吓坏了，只是呆呆地站在那里，既不敢前进也不敢后退，但可以看出他的意思还是倾向于逃跑。

我向他“喂喂”地呼喊，做着手势叫他过来，他好像明白了似的，往前走了走，但又停下，然后又向前走了走，又停了下来。这时我才看出他站在那里浑身发抖，好像他已经成了我的俘虏，我要像他的两个敌人那样杀掉他似的。我又示意他过来，并做出了我能想出的各种手势鼓励他。他走得越来越近，而且每走10步或20步就要跪下来，像是感激我对他的救命之恩。我冲他微笑着，和善地看着他，示意他走得更近些。最后，他走到我跟前，再次跪下来，吻着地面，把头贴着地面，又把我的一只脚放在他的头上，好像在宣誓，他会永远做我的奴隶。

我把他扶起来友善地对待他，并尽可能地鼓励他。但事情并没有结束，因为我看到先前被击倒的那个野人并没有被杀死，只是被击昏了，现在又苏醒过来了。于是我指给他看，示意那个野人并没有死。看到这儿，他对我说了几句话，尽管听不懂他的话，但他的声音听起来十分令人愉悦。因为这是25年来，除了自己的声音以外，我第一次听到人的声音。但现在却无暇顾及这些事。我看见那个被击倒的野人已经醒过来，而且从地上坐了起来，我觉察到被救的野人又开始害怕了。

看到这些，我便拿出我另外一支枪，对准那个野人，准备开枪。被救的野人，我这样叫他，看到这些后，向我做了一个动作，要我借给他我那把挂在腰间没有带鞘的刀。我把刀给了他。他立刻拿起来，跑到他的敌人跟前，举刀把他的头砍了下来，动作干脆利索，即使刽子手也没有他这样迅速、漂亮，我对此大为吃惊。因为在他以前的生活里，除了他们自己的木刀以外，可能从来没有见过真正的刀。但随后我就知道了，他们的刀同样制造得既锋利又沉重，木料非常坚硬，当他们遇到攻击时，同样可以用这种木刀砍下敌人的头、胳膊。当他砍下敌人的头后，带着胜利的笑容走过来，并做出了我不明白的种种手势，把刀和砍下来的人头一齐放到我跟前。

最使他感到吃惊的是，我是怎样在那么远的地方，把那个野人杀死的。他指着那个野人，打着手势让我允许他过去，我尽可能地打手势让他懂我同意他过去。当他走到那个野人跟前时站在那里非常吃惊，他望着那个野人，把尸体翻过来看看，又翻过去看看，查看着子弹打的伤口，子弹打在了胸口上，在那里穿了个洞，但没有流出多少血，可能因为他已经完全死了，血都流到里边去了。他拿起那个野人的弓和箭，走了回来。我转过身去，示意他跟着我走，并用手势告诉他，后面可能有更多的野人追来。

他看到后，向我打着手势，表示他想将那两个野人用沙子埋掉，免得让后来的其他野人看到。我打着手势叫他照办，他马上开始干了起来，只一会儿，便用双手在沙土上挖了一个坑，大小正好可以把第一个野人埋进去。于是，他便把那个野人拖过来，埋了下去。接着，又同样埋了第二个野人。我相信，他埋掉这两个野人只用了一刻钟时间，然后我便叫他一起离开。我没有把他带到我的城堡里，而是把他带到岛上我的山洞里。这样做是有意不让我的梦全部应验，因为在梦里他是跑到城堡外面的小树林里躲起来的。

到了山洞后，我给了他一些面包、一把葡萄干和一些水，因为我看他跑了半天实在是饥渴难耐。等他吃喝完毕后，我示意着叫他躺下睡觉。我指着一块地方，那地方放着一大堆稻草，还有一条毛毯，以前我有时睡在那里。这个可怜的家伙躺到那儿后，便酣然睡去了。

第十九章　我给他起个名字叫星期五

他是个标致、帅气的小伙子，生得眉清目秀，四肢修长而强壮，但并不粗壮，个子很高而身材匀称。据我估计他年龄在26岁左右，有一副好看的面孔，看上去非但没有狰狞恐怖的样子，反而具有一种男人的阳刚之美，又有点欧洲人的和蔼可亲，尤其是他微笑的时候。他的头发又黑又长，像羊毛似的鬈曲着。他的前额又高又大，一双大眼睛活泼有神。他的皮肤并不很黑，略带黄褐色，但又不像巴西人、韦吉尼亚人和其他美洲当地人那样，褐黄得叫人看了觉得难受，而是一种明亮的橄榄绿，令人赏心悦目，却不容易描述。他的脸胖胖的，圆圆的鼻子很小，但不像黑人那样扁平。他的嘴很好看，嘴唇厚厚的，牙齿长得很好，洁白得同象牙一样。他只睡了一会儿，也就半个小时，便醒过来了，立刻从山洞里跑出来找我，我当时正在附近的羊圈给山羊挤奶。他一看见我就向我跑过来，趴在地上打着手势并做出种种古怪的姿势，表达他的恭顺感激。最后，他头着地，靠在我的脚边，像前次那样，把我的一只脚放在他头上，然后做出各种归顺诚服的手势，叫我知道，他将永远归顺我。我明白了他的意思，并让他知道我对他很满意。过了一会儿，我就开始同他说话，并教他同我说话。首先，我让他知道他的名字叫星期五。我之所以这样叫他，是为了纪念我在这一天救了他的命。而且，我教他学着叫“主人”，然后让他知道，这就是我的称呼，我又教他说“是”和“不是”，并让他知道这是什么意思。我在陶盆里放了些羊奶，我让他看着我把羊奶喝下去，并且把面包浸在羊奶里吃。然后我又给了他一片面包，让他照着我的样子去做，他立刻便照办了，并做出手势，表示这很好吃。

我同他在那里待了整整一夜，天刚一亮，我就招手让他跟我走，让他知道我要拿些衣服给他穿。他对此仿佛很高兴，因为此时他全身赤裸，一丝不挂。当我们走过他掩埋那两个野人的地方时，他极准确地指出了那个地方，并让我看了看他为了再找到他们所做的记号，又用手势告诉我可以把他们挖出来吃掉。对此我佯装愤怒，表示我对此事极为憎恶，仿佛一想到这类事我就要呕吐似的。我向他招手，让他快走，他立刻极为顺从地跟着我走开了。我把他带到了小山顶上，察看他的敌人是否已离去。我把望远镜拿出来，向远处望去，可以清楚地看到他们待过的那个地方，却不见了他们的踪迹，也看不见他们的独木船了。很明显他们已经走了，把他们的两个同伴丢在岛上，不再去寻找他们了。

但我并不满足于这个发现，我现在有了更大的勇气，也因此有了更大的好奇心。我带上星期五，让他拿上刀，背上弓和箭，我知道他能很熟练地使用弓箭。我又让他替我带一支枪，我自己带了两支枪，然后我们便向那些坏蛋待过的地方出发了。因为现在我想得到有关他们的更多情况。当我们到了那个地方时，看到那些可怕的景象，我的血液仿佛在血管里凝固了，心跳仿佛也停止了。确实，尽管这对星期五来说也许没什么，但这种景象对我来说实在太可怕了。

这地方到处都扔着人骨头，鲜血染红了地面，片片人肉这儿一块那儿一块，有吃了一半的，有撕烂了的，也有烧焦了的，被丢得到处都是。总而言之，一切都是他们战胜敌人后举行庆功宴留下的遗迹。我看到了三个头骨，五只人手，三四根腿骨和脚骨，以及无数人体上的其他部分。星期五打着手势告诉我，他们一共带过来四个俘虏来摆宴席，三个已经被吃掉了，而他，他指指自己，是第四个。这些野人曾和他的国王（他是其中一个臣民）进行了一场大战，在战斗中，他们捉到了许多战俘，这些战俘也会被参加战斗的人分别带到几个地方，用来摆宴席，办法同这里的野人对待战俘的方法一样。

我叫星期五把所有的头骨、骨头、人肉以及其他遗留的东西都收起来。放到一块堆成堆，然后点起火来烧成灰烬。我发现星期五对这些人肉仍然垂涎欲滴，在他的本性里仍有食人的欲望。但我让他知道他的这些想法让我非常憎恶，甚至连看都不想看到。如果他敢再吃一口人肉，我就会杀掉他。他这才不敢造次了。

我们做完这些后，便回到了城堡。一到城堡里，我便开始为星期五忙活起来。首先，我给他弄了条麻纱短裤。这是我从那只失事船上炮手的箱子里找出来的。经过稍稍修改，他穿上正好合身。然后又使出我最好的手艺，给他做了件山羊皮坎肩。我现在已经算得上不错的裁缝了。我给他弄了一顶兔皮帽子，戴起来很方便，样式也还算时髦。就目前这个样子，他穿戴得还算不错，看到自己穿的几乎和主人差不多一样后，他十分高兴。说真的，他刚穿上这些衣服时感到很别扭，背心的袖筒也摩擦着他的肩膀和腋下。后来我把使他难受的地方做了小小改动。他习惯穿衣服了，慢慢觉得不错了。

我带他回到家里后，第二天，我便开始考虑找个地方安顿他。我不仅要使他住得舒服，还要使自己安全。于是，我在两道围墙之间的空地上给他搭起了一个小帐篷。正处于第一道围墙里边，第二道围墙外边。因为我的地洞原先就有一个小门做入口，我又做了一个正式的门框和一个木板门，放入洞口里边。我使它朝里打开，每天晚上就上了门闩，并把梯子也收起来，这样，星期五要想通过里边的围墙来到我的身边，就必须先弄出一些声音，这样就会把我吵醒。因为第一道围墙已经用柱子搭起了一层严实的屋顶，和岩壁相接，把我的帐篷全盖了起来。屋顶上又横搭了一些小木棍子代为椽子用，木棍上又盖了一层厚厚的结实如芦苇的稻草。而在用梯子爬进爬出的地方，我又装了一个活门，如果有人企图从外边打开它，是绝对办不到的。那样它会落下来，发出很大的声响。至于武器，我每天晚上都把它放在身边以备不时之需。

其实我完全不必这样小心防范，因为星期五对我而言，实在是最忠实、最可爱、最诚实的仆人。他不发脾气，不闹情绪，不搞阴谋，非常听话，努力干活。他对我的友爱，就像一个孩子对他父亲一样。我敢说，不论什么情况下，他都肯牺牲自己的性命来保全我的性命。在这方面他给了我许多证明，我对此毫不怀疑。不久，我便确信我在安全方面实在用不着对他防范什么。

我非常惊奇地注意到，在上帝的安排中，在他对万物的统治中，尽管他已经夺去了许多生灵表现责任和才能的机会，但同时又赋予他们同样的能力，同样的理智，同样的感情，同样的善意和责任感，同样的疾恶如仇的感情，同样的具有感恩、诚恳、忠实的品德，同样互相友善，正如上帝所赋予我们的一样。而且，当上帝提供给他们发挥这些能力的机会时，他们同我们一样愿意，有时甚至比我们更愿意把这些能力应用到正确的方面。有时细细想来，未免让人觉得悲哀。因为许多事情表明，我们在运用这些能力时，有时是那么卑鄙。尽管我们有这些能力，并且还可以从上帝的圣灵、上帝的语言里得到指导，让我们更加清楚明白。但是为什么上帝不让这成千上万的人们知道这些知识呢？如果我以这可怜的野人作为判断的依据，那么，他们实在能比我们文明人做得更好。

关于这些问题，我有时甚至进一步冒犯了上帝的统治权，控诉他对世间万物的安排不太公正。他使一部分人得不到他的圣训，而让另一部分人得到，但却要两者负同样的责任。但我最终打消了这种想法，并得出了这样的结论：首先，我们不知道上帝是根据什么标准和法律来给这些人定的罪，但是，既然上帝这样做，而他又是无限神圣和公正的，这些人如果不能从上帝那里得到指导，也一定是因为他们冒犯了上帝的神意。而他的神意，正如《圣经》所说，就是法律。而这种准则，也是被他们的良心认为是公正的，尽管我们还不了解这种准则的依据。第二，上帝就像陶匠，而我们都是陶匠手中的陶土，没有一个陶器可以这样对他说："为什么把我做成这个样子？"

现在还是谈谈我的新伙伴吧，我对他极为满意，并且认为我应教会他一切事情，使他成为我的有用、乖巧的助手。尤其是教会他说话，而且能听得懂我说的话。他真是个聪明的学生，而且学得非常高兴，也非常刻苦，在他能够明白我的意思或是我明白他的意思后，他总是兴高采烈。对我来说，同他说话，真是件开心的事情。我的生活开始变得愉快多了。我甚至对自己说，如果我能年年平安地在这里，不再碰到更多的野人，就是让我一辈子在这里待下去，我都愿意。

返回城堡两三天后，为了使星期五戒掉他那可怕的吃食方式和他非常喜爱食人的胃口，我决定让他尝尝别的肉类。于是，一天清早，我带上他去了树林。实际上，我打算从我的羊群里取一只山羊杀掉，带回家来烹调。正当我们往前走时，看到树荫底下躺着一只母山羊，它的身旁有两只小山羊。我拉住星期五，说："站住！别动！"并打手势叫他别动，我马上拿出枪，射死了其中一只小羊。可怜的星期五，虽然上次他从老远的地方看到过我杀死那个野人，即他的敌人，但却弄不明白，也想象不出这是怎么回事。这时他看上去惊恐万分，浑身颤抖，仿佛就要瘫倒在地。他没有看到我射杀小羊，也不相信我已射杀了小羊，只是一个劲儿地撕扯着他的大衣，看看自己有没有哪里受伤。我马上便明白他以为我要杀了他。他跑过来跪在我面前，抱住我的双腿，说了一大堆我不明白的话，但我不难理解，他的意思是祈求我，不要杀了他。

我想办法叫他相信，我绝不会伤害他。我把他扶起来，对他大笑不止，并指了指我杀死的那只小羊，示意他跑过去拿过来。他照我的意思做了，但还是惊奇不已，在那里仔细观察那只小羊是怎么死的。这时我趁机又把枪装上了子弹。不一会儿，我看见了一只鹰一样的大鸟，飞落在我射程内的一棵树上。于是，我打算让星期五明白我在做什么。我把他叫到面前，指指那只鸟（实际上是只鹦鹉，我把它当作鹰了），又指了指我、枪和鹦鹉下面的地面，让他明白我将要射击并杀死那只鹦鹉。我开枪，并指给他看。立刻，他看见那只鹦鹉掉下来了。

可是尽管我向他交代过了，他仍站在那里惊奇不已。尤其使他吃惊的是，他没有看见我往枪里放任何东西。他认为枪里肯定蕴含着某种使世间万物死亡和毁灭的神奇的东西，可以把人、兽、鸟以及远远近近的东西都杀死，这使他内心深处极为震惊，好长时间都不能消失。我相信如果我不让他明白，他将把我和我的枪当神一样崇拜，至于那支枪，一连几天他连碰都不敢碰。当他一个人时，还经常一个劲儿地同那支枪说话，好像它能回答他似的。后来我从他那儿知道，他是在求枪不要杀他。

当他的恐惧之心略略平静下来之后，我指指那只鸟掉下来的地方，让他跑去把我打死的那只鸟拿过来。他去了，过了半天还没回来，原来那只鹦鹉还没有完全死掉，扑腾着翅膀飞到离它落下来很远的地方了。但星期五还是发现并捉住了它，把它带回我跟前。我趁他没有注意到我的枪之前，又把子弹装好了。我准备有情况再射击另外一个目标，但后来没有碰到什么值得开枪的目标。于是，我把那只小羊带回了家。当天晚上，把皮剥了并把肉切好，用那些专门用来煮肉的锅，做成了美味的肉汤。我吃了一些，并给了星期五一些，他很高兴也很喜欢吃。但最使他吃惊的是，我吃的时候要放些盐，他对我打着手势，表示盐不好吃，并往嘴里放了一点点后，做出一副恶心的样子，立刻呸呸地吐了出来，并用清水漱了漱口。而我则把一块不放盐的肉放进嘴里，假装因为没有盐呸呸了一阵，就像他放了盐一样。但这样做也不起作用，他不论是吃肉还是喝汤从不喜欢放盐，至少很长一段时间是这样的，后来虽然吃了，但也只是吃一点点。

我让星期五吃了煮过的肉和汤后，我决定第二天烤肉串让他尝尝。于是同我在英国看到的许多人的办法一样，在火的两边各插一个木杆，上面再横放一个木杆用一根旧绳把羊肉吊在火前，把肉时时转动，星期五对此极为欣赏。当他尝到烤肉后，他用种种办法告诉我他是多么喜欢吃这样的烤肉，直到我明白他的意思。最后，他告诉我，他再也不吃人肉了，我听到后非常高兴。

第二天，我叫他去打一些谷物，并用我前面提过的办法筛出来。他一会儿就明白怎样做了，并且干得和我一样好——尤其是当他明白这样做的意义（这是做面包用的）时，干得更卖力了。因为当他打完了谷子，我就让他看我做面包、烤面包。没多久，星期五便可以替我干所有的工作了，而且干得同我一样好。

我现在开始考虑，既然多了一张吃饭的嘴，就必须比过去多种些地，多种些粮食谷物。于是，我开出了一块更大的土地，并用以前的方法把地圈起来。干这项工作，星期五很自觉，干得很努力，也很高兴。我告诉他这是干什么用的，让他知道他现在跟着我，我们就必须多种些谷物来做面包，这样才够我们两个人吃。他表现出明白我的意思的样子，让我知道他明白现在因为他，我们要干更多的活。如果我告诉他怎么干，他将更努力地去干活。

第二十章　制作另一只船

这是我来到海岛以后这些年中最快乐的一年，星期五的英语已经说得相当不错了。他几乎能全部听懂我让他拿的每个东西的名称，知晓我让他去的每个地方，他还经常和我讲话。所以，我过去很少用的舌头，今天终于有机会用它来说话了。和星期五谈话，是一种乐趣，对星期五本人我也很满意。我和他相处得时间越长，就越来越感到他是个单纯、诚实的人。我打心眼里喜欢这个小伙子。我也确信，他爱我也胜过一切。

一次，我有意要考验他一下，看看他是否仍然怀念自己的故乡。此时，他的英语已经说得相当好了，几乎能回答我所有的问题。我问他，他们的部落是否经常打胜仗。

他听到我的话，微笑道："是，是，我们总是打得很好。"他说话的意思是他们经常打胜仗。于是，我们就有了下面的谈话：

主人："你们总是打胜仗，那你怎么做了俘虏了呢？星期五！"

星期五："可是无论怎样，我们的部落打胜仗的时候多。"

主人："怎样打胜仗？如果你的部落打赢了，你为什么被捉住了呢？”

星期五：“他们人比我们多。在打仗的地方，他们抓了一个、两个、三个和我。在另外的地方，我们的部落打败了他们。在那儿，我们捉住了他们一二千人。”

主人：“可是你们部落为什么不把你从敌人手里救回去呢？”

星期五：“他们把一个、两个、三个和我一块儿放在独木舟里逃跑了，我们当时没有独木舟。”

主人：“星期五，你们部落怎样处置被你们抓到的那些俘虏呢？是把他们带走还是把他们吃掉，就如捉你的人一样？”

星期五：“是的，我们部落也吃人，都吃光。”

主人：“他们把人都带到哪里去呢？”

星期五：“带到其他的地方，带到他们想去的地方。”

主人：“他们也来这里吗？”

星期五：“是的，是的，他们来这里，也去别处。”

主人：“你和他们一起来过这里吗？”

星期五：“是的，我曾经来过这儿（他指着岛的西北方，那大概是他们常来的地方）。”

通过这次谈话，我知道星期五过去也在那群野人中间，常常在岛的另一端上岸，干那种吃人的勾当。就像这次他被带到岛上，差点被别的食人族吃掉一样。过了一些日子，我鼓足勇气，把他带到岛的那端，也就是前面说过的那个地方。他立刻就辨认出了那个地方，告诉我说，有一次，他们曾在那里吃过20个男人、两个女人和一个小孩。他不会用英语说“20”，就用20块石子排成一行，告诉我这个数字。

我叙述这一段话，因为它与下边的事情有关联。我和星期五谈过这次话后，我问他，从我们住的这个岛到对岸去，究竟有多远；又问他，独木舟是否时常遇到危险。他对我说并没有危险，独木舟从来没遇到过危险。只不过，在出海不远处，有一段急流，而且那里的风，上午吹向一个方向，下午吹向另一个方向。

当初，我自以为这不过是由于潮水的关系，时而往外流，时而往里流。后来才明白，这是因为那条巨大的奥里诺科河倾泻入海，形成回流的缘故。我们的岛，正好在河的入海口上。我在西面和西北面看到的陆地，恰是一个大的岛屿，名叫特里尼达岛，也就在河口的北面。我向星期五提了无数的问题，如这一带的地理环境、居民、海洋、海岸，还有附近有什么民族。他用最诚恳坦率的态度，告诉我他所知道的一切。我又问他们一共分成多少个部落，都称作什么名字，结果只是问出一个名字，即加勒比人。我立刻明白，他说的加勒比群岛，在地图上属于美洲地区，它们所包括的范围，从奥里诺科河口一直绵延到圭亚那，再延伸到圣马大。他指着我的胡子说，在月亮落下去的那边，离这里很远，也就是在他们部落的西边，有很多像我这样留大胡子的白人。他们在那里杀过很多人。从他的话里，我知道他所指的是西班牙人。在美洲，西班牙人的残暴行径已是人所共知的了，且在那些民族中世代流传。

我问他能否告诉我从我们这个岛如何才能到那些白人那边去。他告诉我："可以，可以，可以坐两只独木舟去。"开始，我不懂他说的意思，他也无法把"两只独木舟"的意思再加以解释说明。最后，我费了好大的劲儿，才明白他的意思，就是必须用一只很大的船，得有两只独木舟那样大。

我对星期五的这些话很感兴趣。从此，我就萌生了一种希望，希望有一天，我会找到机会逃离这个海岛，希望这个可怜的野人能够帮助我达到目的。

现在，星期五和我已经在一起生活了很长一段时间。他逐渐能和我谈话，而且能听懂我说的话了。这期间，我还常常向他灌输一些宗教知识。一次，我故意问他，是谁把他造出来的。这可怜的小伙子根本弄不懂我的意思，以为我是问他的父亲是谁。我换了一个问法问他，是谁造出了大海、我们脚下的大地、山峦、森林。他对我说，那是由一位名叫贝纳木基的老人家创造出来的，他住在极远的地方，他无法告诉我他心目中的大人物是什么样的人，只说他年岁很大，月亮、星宿、大海和陆地都没有他年纪大。我又问他："这位老人家既然创造了一切，那么万物怎样崇拜他呢？"

星期五表情立刻变得庄严而又纯真，说道："万物都向他说'呵'。"

我又问他："在你们那里，人死了之后，要到哪里去？"

他说："呵，都到贝纳木基老人那里。"

接着，我又问他："被他们吃掉的那些人也到那里去吗？"

他说："是的。"

通过这一系列事情，我逐步引导他，让他渐渐认识上帝。我指着苍天告诉他，创造万物的人住在天上，告诉他上帝用神的意志和神力来创造和管理世界万物；又告诉他上帝是全知万能的，他能给我们一切，也能够为我们安排一切，也会剥夺我们的一切。他很用心地听我的话，对我向他传输的观念也欣然接受。这样，我使他渐渐明白：基督是来替我们赎罪的，我们应向上帝祈祷，尽管上帝在天上，也能听到。一天，他对我说，既然上帝能从比太阳还远的地方听到我们的话，那他一定是位比贝纳木基更崇高伟大的神。因为贝纳木基住的地方不太远，却听不到他们的话。除非他们到他居住的那座山里向他谈话。

我又问他："你是否到他那里同他谈过话？"他说："没有。年轻人从来不会去的，只有那些被人称为欧卡几的老人才会去。"经他解释，我才明白他说的欧卡几是他们的僧侣或祭司。他说他们到那边说完"呵"以后（这是他们的祈祷），回来就把贝纳木基的话告诉他们。因此，我注意到，在世界上最无知最野蛮的邪教徒中间，也存在祭司制度。我也认识到，在罗马教中，在世界上的所有宗教中，甚至在最野蛮、最残忍的野人中，都有用神圣的教义来维护人们对僧侣敬仰的办法。

我告诉星期五，这不过是个骗局。那些老年人假装到山上对贝纳木基说"呵"，这一切全是骗人的，他们把他的话带回来，更是骗人的把戏。我告诉他，如果他们在那里真的听到了什么，真的同什么人谈了话，那人也一定是魔鬼。以后我花了很长的时间和他谈论魔鬼的问题，即魔鬼的来历，他如何背叛上帝，统治着世界上最黑暗的地方；他怎样仇视人类以及为什么要这样做；他要求人们像崇拜上帝似的崇拜他；他如何用种种阴险的手段诱惑人走上绝路，如何潜入我们的感情和情欲，根据我们的心理来安排他的陷阱，使我们受到迷惑，甘心走上毁灭的道路。

看得出，要使星期五正确认识魔鬼，可不像让他认知上帝的存在那样容易。我可以凭很多自然现象来向他证实，天地之间需要一个伟大的统治者，具有主宰一切的力量，能够指导一切。我还能向他证明，尊敬我们的上帝，是极为公正合理的事情等等。但是，对于魔鬼的观念，他存在的性质、他的起源，尤其是他一贯作恶以及诱惑我们走向邪恶的恶习等等，我却无法用什么来加以证明。一次，这个可怜的小伙子偶然给我提出了一个既自然又十分单纯的问题，弄得我不知所措，难以回答。关于上帝的权威，他的无所不能、无所不知，他惩治邪恶的态度，以及他如何用烈火烧死那些残忍、恶毒、不仁不义之人等等这些问题，我和他谈得非常多。我还和他谈及上帝既然能创造一切，就可以在瞬间把我们和全世界都毁掉。在我谈论这些问题时，他总是侧耳恭听。然后，我告诉他，在人们的心目中上帝的敌人是魔鬼，他总是用恶毒的阴谋来破坏上帝的一切善良的计划，目的是想毁掉基督天国在世界上的存在等等。

“可是，”星期五说道，“你说上帝是崇高伟大的，他和魔鬼一样，不都是强有力的吗？”

“不，不，”我说，“星期五，上帝比魔鬼更崇高，更强有力，所以我们要向上帝祈祷，祈求他给我们力量把魔鬼踩在脚下，使我们有力量抗拒魔鬼的诱惑，清除魔鬼的毒害。”

“可是，”星期五又说道，“上帝既然比魔鬼更强大有力。那上帝为什么不把魔鬼消灭掉，以免他再作恶呢？”

他的这个问题大大出乎我的意料。因为，虽然我年纪现在已经很大了，但作为老师我却资历非常浅，不够资格来除难解疑。我一时难以回答他的问题，便假装没听清楚他的问话，又问他说的什么。但是，由于他迫切希望得到答案，不肯忘记他的问题。所以他又如刚才那样，把话重复了一遍。

此时，我也已经稍稍克制住了内心的慌乱紧张，说道：“将来，上帝一定要狠狠地惩罚他，最终定要审判他，然后把他投入无底的地狱之中，遭受永不熄灭的地狱之火的煎熬。”但这个答案并不能使星期五满意，他又问我道：“‘最终——一定’？我不明白。那么，为什么现在不把他杀掉，以前不把他杀死呢？”

我说道：“你这就等于问我，在这里，我们做了很多冒犯上帝的坏事，上帝怎么不立刻将我们杀死呢？上帝之所以留着我们，是要给我们机会，让我们忏悔，以便有机会赦免我们。”

对我的话，他体味了半天，才激动地说：“是啊，是啊，你、我和魔鬼都有罪，上帝留着我们，是让我们都忏悔，是让我们都获得赦免！”

话谈到这里，我却被他弄得尴尬万分。通过他的话可以证明，虽然本性可以使一般有信念的人认识上帝，能够使他们自然地对伟大的上帝表达尊敬和崇拜，但是，要认识基督耶稣，要知道他曾替我们众人赎罪，要认识到他就是上帝和我们中间新约的人，要认识到他就是我们在上帝面前的仲裁者，那就一定需要神给予启示。只有得到神的启示，这些知识才能在我的思想灵魂中集合形成。所以，只有上帝的圣明和言语，只有基督耶稣普度众生的福音，才能做人类灵魂必要的导师，才能帮助我们认识上帝普救众人的道理，才能知道获救的途径。

所以，我赶紧把我和星期五之间的谈话引到别的事情上去，而后急忙站起来，似乎忽然想到一件急事要办，需要立刻出去。这时我又找了一个借口，把他差遣到较远的地方。等他一走，我就向上帝祈祷，恳求他给我办法来教导这个可怜的野人，求他用他的神圣智慧来帮助这个可怜的人从基督那里接受上帝的教诲，与基督精神结合在一起。我同时也祈求上帝指引我用上帝的话同他谈话，以期他能诚心信服，茅塞顿开，灵魂获得拯救。当星期五从外边回来后，我又和他谈论了很长时间。讲到基督耶稣替人赎罪，谈到天上的福音，谈到如何向上帝忏悔，信仰救世主耶稣等等。而后我又尽可能地对他解释说明，告诉他我们的救世主为什么不以上帝使者的身份出现，而要降生为亚伯拉罕的后代，为什么那些遭到贬弃的天使不能再替人类赎罪，为什么耶稣的降生，就是为了拯救迷途中的以色列人等。

我教育他所用的方法，看起来是用我的知识，而实际上是用我的真诚。我必须承认，在给他讲明这些道理的过程中，我本人在很多问题上也获益匪浅，有些问题是我过去不了解的，或是我过去认识不足的。由于现在要教育星期五，我就自然地对他们做了更进一步的探讨。我想类似的帮助别人的人都会有这些体会。因此，无论这个可怜的野人将来对我有无帮助，我都应感谢他。现在，我的抑郁苦闷已大大减轻，生活也渐渐变得快乐起来。我常想，在这种孤独寂寞的生活中，我依靠上苍，依存万物，还要受上帝的指引，去拯救一个可怜的野人的生命和灵魂，使他认识到宗教和基督教的真谛，使他认识了基督耶稣（认识他就意味着永生）。每每想到这些，我的内心就充满了快乐。我觉得我到这里来，是件极为幸运的事，而以前我总以为这是我一生中最大的不幸。

心存这种感恩的心情，我在岛上度过了最后的几年。在和星期五相处的三年里，由于有充裕的时间和他谈话，所以生活得十分满足幸福。这个可怜的野人现在已经成为一个真正的基督徒，一个比我还要好很多的基督徒。我有理由希望我们两人都能成为真正忏悔罪恶的人（我们也为此祝福上帝），并且能从忏悔中获得安慰，使自己加以改变。就像在英国本土一样，在岛上我们既有《圣经》可读，也有上帝神明的指导。

我经常诵读《圣经》，并尽可能地把我所能体会到的其中意义告诉星期五，他也刻苦钻研和询问，因此比起我一个人阅读《圣经》的时候，我了解了更多，也学习了更多的知识。

我根据在岛上生活的经验，觉得有关上帝的知识和基督耶稣救人的道理，《圣经》中都写得十分明了，让人很容易理解接受，这的确是件难以言表的无限幸福快乐的事。由于阅读《圣经》不仅使自己意识到自己的责任，而且还要勇敢地担负起一个重大任务：诚心诚意地忏悔自己的罪行，靠救世主耶稣拯救自己并服从上帝的旨意，来改变自己，而且还要启迪这个可怜的野人，把他改造成为虔诚的基督教徒。

有关世界上一切宗教纷争的辩论，不管是教义中所鼓吹的，还是教会上的种种教规，对我们都没有丝毫用处。据我所知，这对世界上任何人都没有丝毫用处。上帝的话，是我们走入天堂最可靠的指南针。他的神灵不断地教导我们，指引我们认识真理，让我们自觉地听从上帝的旨意。即使我们曾在给世界造成巨大混乱的那些宗教纷争中获得最高深的知识，那对我们也没有丝毫用处。

现在，我还是按顺序把一系列重要的事情讲述下去。

当星期五和我更加熟悉之后，等他几乎能全部听明白我向他说的话，并且能用断断续续的英语和我顺利交谈的时候，我给他讲了我的身世，尤其是我怎么来到这个海岛上，如何在这里生存，以及在这里生活了多久等等。我又把子弹以及火药的秘密告诉了他（这对他可真是个秘密），又教他如何开枪。我又给了他一把刀，他非常喜欢。我还为他做了一条皮腰带，上边挂了个刀环，类似英国人挂腰刀的东西，只是在刀环上，我没有让他挂腰刀，而是给他挂了一把斧头。因为斧子可说是件极好的武器，有时会比刀更有用处。

我把欧洲的情况告诉他，着重给他讲述了我的家乡英国。告诉他我们英国人是怎样崇拜上帝，怎样生活，怎样彼此和睦相处，如何用轮船到世界各处去做生意的。我告诉他我乘坐的那条船出事的经过，并把那艘船以前的所在地指给他看，因为此时，那条船早已被风浪打得踪影皆无了。

我把那只小船的残骸指给他看，就是我们逃命时翻掉的那只。过去，我曾尽全力想移动它，但都没能将它移动一点点，此时它几乎烂成碎片了。看到那只小船，星期五站在那里愣了半天，不说一句话，我问他在思考什么，他才说道："我见过这样的船到我们这里来。"

我一时不懂他的意思，经进一步追问，方才明白，他的意思是说，过去，曾经有一只和这只小船一样的船，在他们所住的地方靠岸。据他说，是被风浪冲过去的。我立刻想到，一定是欧洲的船在他们附近的海边遇难，小船经风吹浪打，漂到岸边了。我麻木迟钝的大脑都没能想到，会有人从破船上逃生，乘小船逃到了他们那边。当然，我也不会考虑到那些人究竟来自何方。我只是一个劲儿地追问，让他把那个小船的样子说给我听。

星期五把小船的模样描绘得很清楚。后来，他又很得意地说："我们从水里还救出了一些白人！"这时我才更明白了他的话，便立刻问他小船上到底有没有白人。

他说道："有的，满船都是！"我问他共有多少人。他掰着手指头说总共有17人。我又问他们的下落，他对我说："他们一直住在我们国里。"

他的话使我头脑里产生了新的想法。我马上想到，这些人很可能是我在岛上所看见的那条出事的大船上的船员。他们在大船触礁后，眼见船一定会沉没，就都逃到小船上，在有野人的海边登岸了。

我又向他详细地打听他们目前的下落。他一再对我说："他们现在仍然住在那里，已经生活了四年。野人们并不去打扰他们，而且还送给他们粮食吃。"我又问他："野人们为什么没有把他们杀死吃掉呢？"

他说道："不会的，他们早已成了兄弟。"我猜想，他们之间可能订了免战协议。然后，他又补充道："他们只在打仗时吃人，平时不吃人！"这就是说，他们只吃打仗时的俘虏，不吃别的人。

又过了很长一段时间。一天，天气十分晴朗，我和星期五登上位于岛的东侧的那座小山（以前有一天天气很好，我在这里曾望见过美洲大陆）。星期五聚精会神地朝大陆一边遥望了一会儿，突然欢呼雀跃，呼喊着让我过去（当时我距离他有几步之遥）。我问他到底是怎么了。他说："真是太高兴，太好了！我望见我的家乡，望见我的部落了。"

只见他眉飞色舞，喜气洋洋，眼睛里闪着兴奋的光芒，犹如回到了他的家乡一般。看到这种情形，我不由地胡乱猜疑起来。这样，我不免对星期五起了戒心。我敢肯定，只要星期五一旦回到他的家乡，他不但会忘掉他所知道的有关宗教的一切，也会忘掉他对我的全部义务，而且还会把我的有关情况给他的同胞说得明明白白。说不准他会带上一二百个同胞回到岛上来，用我开一次人肉宴会，就同他过去吃在战争中俘虏的敌人一样疯狂高兴。

可是，我真是冤枉了这个诚实可怜的小伙子。为此，我心里一直很难过。然而，当时，我的猜疑之心有增无减，在几个星期的时间里都难以排除。对于他，我采取了更多的防范措施，对他的态度也明显地不如以前那般热情友好了。这可真是个天大的错误。实际上，这个忠心诚实的人，从来就没有往这些事情上想过。以后的事实也证明，他的所作所为，完全符合作为一个充满宗教意识的基督徒的最高准则，或者作为一个知恩图报的朋友的最理想的境界。

我对他的猜疑没有消除以前，每天都在用探问的口气同他谈话，希望能发现他的想法来证明我的猜疑。然而，我发现他说的话句句老实真诚，找不出任何破绽。所以，尽管我疑虑不安，最后他还是取得了我的信任。此间，他却丝毫没有察觉我焦虑不安的心情。因此，我就不怀疑他是在乔装掩饰了。

一天，我们又来到那座小山上，这次海上浓雾弥漫，望不见大陆。我问他说："星期五，你想不想回到你的部落，你的家乡去？"

他说道："是的，我很想回到我的部落里去。"

我说："你回去做什么呢？难道还要重新过野蛮的生活，再当野人吃人肉吗？"

他一脸严肃庄重的样子，摇摇头说："不，不，星期五要告诉他们一定要好好地生活，让他们崇信上帝，也吃用谷物做成的面包，吃牛肉羊肉，喝牛奶羊奶，决不要再吃人肉。"

我说道："那样，他们也许会杀死你的。"

听了我的话，他面色凝重地说："不会的，他们不会杀死我，他们都爱好学习。"他的意思是，他们都是乐意学习新东西的。他又补充道，"他们从那些来自小船上的有胡子的人那里已经学到了很多知识。"

我于是问他是否真想回到他们身边去。他笑着说他游不了那么远。我对他说我会为他制作一条独木舟。他说要是我能和他一起去，他才去。

"我去？"我说道，"这怎么行呢？要是我到那边，他们一定会吃掉我的。"

他说道："不，不会的！我会让他们不吃你，我要他们爱你。"

他是说，他要告诉他们，我是怎样杀死了他的敌人，救了他的性命，所以，他们会爱我。后来，他又诚恳地告诉我，他们如何友好地对待那17个在危险之中上岸的白人的——也就是他们称之为有胡子的人。

从这时候起，我就有冒险过去的想法，想和那些长胡子的人会面。我断定，那些人不是西班牙人就是葡萄牙人。我也一点不怀疑，只要我同他们会合，大家总会想出办法从那里逃走。首先我们都在大陆上，其次大家是个集体总比我一个人势单力薄，从离岸四十英里的荒岛上逃走容易得多。过了几天，我又带星期五干活，并和他聊天。我对他说，我打算给他一只船，让他回家乡去。我带他来到我在岛的另一端存置小船的地方，把船里的水淘净（我始终把它沉在水里），让船浮起来，给他看看。而后，我就和他一起坐进去。

我发现他很会驾船，能把船开得比我快上一倍。上船之后，我对他说："星期五，我们现在可以到你的家乡去了。"

听了我的话，他怔了一会儿，似乎嫌船太小，行不了那么远。我又对他说我还有一只船，比这只大点。

第二天，我又带他到我放置第一条船的地方，就是我造好了无法下水的那只。他说船足够大。但是，由于我长期以来没有好好地照管它，弃置了二三十年，太阳已经把它晒得四处开裂，干燥脆弱，全部腐朽了。星期五对我说这只船很合适，可以载上足够的面包和饮水。

总而言之，我现在已经下定决心同他一起去大陆了。我告诉他，我们要建造一只大船，跟这只一样，让他好乘船回家。他一句话也不说，面色凝重，显得有些伤心难过。我问他怎么了。

他却问我说："你为什么要生我的气呢？是我做错了什么事吗？"

我问他这是什么意思，并且对他说，我根本没有生他的气。

"没生气！"他把这句话重复了一遍又一遍，"你怎么叫星期五回去呢？"

我说道："星期五，你不是说过你很想回去吗？"

"是，是，"他说，"我想两个人一起去，不想主人不去，而星期五回去。"

总之，如果我不去，他也绝不会回去的。我说："星期五，我会去的！可是，到了那里我又能干些什么？"

他立刻回答说："有很多事情，很多好事你可以去做。你能把野人教育成纯朴善良的人，让他们认识上帝，向上帝祈祷，从此过新的生活。"

"嗨，星期五，"我说道，"你真不知道自己在说些什么，我

也还是很无知的呀。”

“你能行，你行，”他说，“你能够教育好我，也能教育好他们。”

“不行，不行的，星期五，”我说道，“还是你一个人回去吧！不必有我随行。我一个人留在这里，还像以前一样生活。”

听了我的话，他头脑又乱了，立即跑去把他平时用的那把斧子拿来，递给我。

我对他说：“你把斧子给我，这是干什么？”

“用它杀了我吧！”他说。

“为什么呢？星期五！”我问。

他立刻回答道：“你为什么要让星期五离开呢？用斧子杀了星期五，也别让他走。”说着，他眼里噙满泪水，态度显得十分诚恳。此时，我看出，星期五对我真是忠心耿耿了。我对他说（此后我也时常这样告诉他），如果他喜欢跟我在一起，我就决不会让他离开。

总而言之，通过和他所有的谈话，看得出他对我是一片真情，无论怎样都不会离我而去的。他想要回到他的部族去的原因，是出于热爱同族人的本心以及他认为这样会对他们有好处。但是，对此我却没有把握。所以，我也就没有一点热情想去做这项工作。然而，由于从他的谈话里了解到那边有17个长胡子的人，所以我的内心始终被希望逃走的强烈愿望所盘绕着。我抓紧时间，立刻和星期五一起出发，去寻找一棵合适的树砍下来，造一条大些的独木舟。岛上树木众多，足够用来造一支由大船组成的船队。我希望能找到一棵靠近水边的大树，这样，船造好后，能顺利下水，以免再犯上次的错误。

最终星期五找到一棵树，他比我更清楚什么树最适合造船。一直到现在，我也说不上我们所砍下的那棵树的名字，只是知道它类似我们叫菩提树的那种树木，似乎介于这种树和尼加拉瓜树之间的某种树，这种树的颜色和气味跟它们都很相似。星期五想用火将树干烧空，我告诉他应使用工具凿空。我教他怎样使用工具，他很快就运用自如了。经过一个月的艰苦劳动，我们终于把船造成了，而且样子也十分美观大方。在我教会星期五如何使用斧子之后，我们两人用斧子把船的外壳削得完全像一条很正规的小船。此后，我们又用了近两个星期的时间，用滚木将它一步一步地移到水里。下水之后，我们发现它载二十几个人也绰绰有余。

船下水后，尽管船身很大，但是星期五驾驶着它航行快速如飞，回转自如，十分灵巧，这令我大为惊诧。我问他，我们可不可以乘坐这只船过海。

“能行。”他说，“我们乘坐它在海上航行，不怕任何风浪。”

当然，我还有更进一步的设想，是他根本想不到的。我想在船上安装一根桅杆，一面帆，再装上一副铁锚和缆绳。做桅杆，是件很容易的事。我选了棵笔直的小杉树（岛上这种树很多，我就是在附近找到的），让星期五把它砍下来，然后教他怎样削成桅杆的形状。然而，要制作船帆，却令我大伤脑筋。我倒是有不少旧船帆，也可以说有很多块旧帆布。可是，这些东西已经存放了26年，而且我也没有认真地保管它们，更不会想到现在有这种用途，所以，我怀疑它们早就烂掉了。实际上它们大部分也都烂掉了。虽然如此，从这些破布中间，我仍找到两块比较好的，便动手将它们缝成船帆。由于没有针，缝制起来麻烦而又费力，最后我们终于做成了一块三角形模样的帆，如同英国人称为羊角帆的东西。我在桅杆底下安装上一根横木，顶上再安上一根横木，这样就可以使用了，就和大船上的帆一样。这种帆我驾轻就熟，前边说过，我从海盗那里逃走时乘坐的船上就是用这种帆。

做这最后一项工作——装我的桅杆和帆——几乎用了我两个月的时间。做这些工作我太认真了，而且我还在上边加了一条细小的桅索，一面前帆，目的是在逆风行驶时有所便利。当然，最重要的是我在船尾加装了一个舵，可用来转换方向。我造船的手段并不高明，但是我知道这件东西是必不可少的，所以也就费力地去做，最后终于成功了。如果把我在这项工作中各种实验失败所费的劳动量都估算一下，大概和造船本身也相差不多。

一切完成后，我开始把驾船的许多知识传授给星期五。虽然他知道怎么用桨划船，但对于使用帆、舵等东西，却一无所知，见我用舵驾驶着小船，能在海上随意航行，大为吃惊。又见船帆随船航行的方向不断变化，一会儿这面灌满了风，一会儿那面又被风吹得鼓起来，他惊诧得呆住了。不久，我就教会了他使用舵和帆。熟知这些东西的用途后，他成了一名操作熟练的船员。只有罗盘，无论我怎样教他，都无法使他了解其中的奥妙。不过这里极少有多云或大雾天，罗盘的用途也不大，因为晚上看得见星星，白天又能望见海岸。只有雨季例外，不过在雨季不论是陆路还是海上，谁也不会出门的。

从我被困在这里到现在，已经是第27个年头了。但最后的三年，有星期五在身旁，我的生活和以前绝不相同，这似乎不该计算在内。同过去一样，我怀着激动的心情度过了我登上海岛的纪念日。如果过去我有充足的理由感谢上帝，那么今天就更是如此了。越来越多的事实可以证明上帝对我的庇护，这使我有了更大的希望脱离大难，解脱困境。很久以来我心里一直怀有这种感觉，我觉得我脱离困境的日子已经不远，我感觉我在这里也许都不会待上一年了。尽管如此，我仍同往常一样，继续我的工作，不断地挖土，种植，修造围墙。另外，同往日一样，我依然进行采集和晒制葡萄一类的事情。

雨季来临了，我外出的时间就又少了。我尽量妥当地安置我的新船，我把它转移到我以前卸木排的那条小河里，在涨潮的时候，把它拖到岸上，又让星期五在岸上挖一个刚好容得下小船的船坞，使水刚好能把船浮起来。而后，等潮退去后，我们又在船坞入口处建起一道牢固的围堤，以便挡住海浪。这样无论潮水怎样上涨，船也总是干的。我们又在船上边放置了很多树枝，十分厚密，就如同草屋顶部一般。这样一来，就可以遮住雨水浸湿。做完这些，我们就等待十一月、十二月的到来，也就是我们准备冒险的日子。

第二十一章　与野人战斗

旱季很快就要来临了，随着天气晴朗日子的到来，我天天筹划，忙着准备我的航行。首先我要做的就是准备一定数量的食物；其次我打算在一两个星期内掘开船坞把船放到水里。一天早晨，我正为这类事情忙碌，就叫星期五去海边捉只海龟来。我们每星期都要弄回一两只，吃它的蛋和肉。星期五去了不一会儿，就飞也似的跑回来，一跃便进入我的外墙。我还没来得及开口，他就大叫道：“主人！主人！不好了，不好了！”

我说：“出了什么事，星期五？”

他说：“那边有一、二、三个独木船，一个、两个、三个！”

就他的说法，我还以为有六只船呢，仔细一问，才知道只有三只。

我说：“别怕，星期五。”

我尽力给他壮胆。但是，这个可怜的人似乎真的被吓破了胆，因为他首先想到，这些人是来找他的，会把他切成一块一块地吃掉。

他全身颤抖，令我也无可奈何。我安慰他，对他说我和他一样都有危险，他们也会把我吃掉。

“但是，”我说，“星期五，我们一定要同他们战斗。你能行吗？星期五。”

他说：“我会开枪。可是，他们来的人太多了。”

我说：“那不算什么，我们有枪可以吓跑他们。没必要打死他们。”我问他，如果我打算保护他，他愿不愿意保卫我，跟我一起，听我的话。

他说：“你让我死，我也情愿，主人。”

我拿了一大杯甜酒，给他喝了。我对甜酒向来很节省，至今仍有不少。等他把酒喝完，我就让他拿来我平时带的两支鸟枪，给它装上大号的子弹，这些子弹如手枪子弹那么大。接着，我自己也拿了四条短枪，每条枪都装上了子弹。我还把自己的两支手枪各都装了一对子弹。另外，同往常一样，我把那把没有刀鞘的大刀也挂在腰上，斧子也让星期五带上。

一切准备就绪，我拿起望远镜，跑到山坡那边去看动静。通过望远镜，我看到有二十来个野人，押着三名俘虏，分乘三只独木舟朝这里驶来。看来他们又要像以前胜利那样，开一次活人宴会——一种可怕的野蛮的宴会。

此次他们的登陆地点，令我特别关注。这次他们更靠近小河，并非在上次星期五脱险的地方。这一带海岸地形低洼，浓密的树丛一直延伸到海边。我从内心十分痛恨这帮野蛮人所做的罪恶勾当。此情此景，让我不禁怒火中烧。我迅速从山上跑下来，到了星期五跟前，对他说我一定要杀死这群野蛮人，要把他们斩尽杀绝，问他是否愿意跟我一起战斗。此时，他不再恐惧害怕，加上喝了酒，壮了胆，因此，他很听我的话，表示誓死效忠于我。

我很快把武器分成两份：我自己拿了一支手枪和三支长枪，又给了星期五三支长枪背在肩上，一支手枪挂在腰上。这样准备好后，我们就出发了。另外，我还带了一小瓶甜酒，让星期五带上一大口袋火药和子弹。我让星期五跟在我身后，没有我的指示，不能随意乱动，不准开枪，保持沉默。于是我们悄悄地往右走，绕了个大弯，几乎多走了一英里路。这样我们就可以顺利越过小河，钻进树林，在他们发现我们之前到达射击位置。由于有望远镜，我们行动起来也很方便。

在我们往前走的时候，以往的想法又萦绕在我的脑海里令我冷静下来。当然，我并非担心他们人多势众。毕竟他们赤身露体，手无寸铁，我占绝对优势。然而，我突然想到，我受什么唆使，凭什么，有没有必要去袭击这些人，造成杀人流血？他们从没侵犯过我，也无意伤害我，他们根本就没有罪。他们野蛮的风俗，是他们自己的不幸，这证明上帝有意识地让他们及他们这一带的人处于愚昧无知的处境。上帝并没有让我成为他们行动规范的裁决人，更别说是上帝法律的执行者了。无论如何，只要上帝认为合适，他有权亲自去执法，对他们全民族所犯的罪行进行惩罚。即使如此，与我也没什么相干。当然对星期五而言，这倒是理由充足的。他和他们早已是公开的敌人，他和他们始终处于战斗状态，他袭击他们是合情合法的，但对我而言，情况大不相同。我边往前走，脑海里边进行着思想斗争。最终，我打算先站在他们左侧附近观看一会儿他们的野蛮宴会，然后，再遵上帝的旨意，随机而动。除非有特殊情况发生，需要采取必要的行动，否则，我是不会干扰他们的。

主意一定，我便进入树林，让星期五紧跟在我身后。我们极为小心谨慎，悄悄地前进，一直来到树林的边缘。这里距他们最近，我们中间被一个拐角隔开。到了这里，我就立刻悄声招呼星期五，指指林边上最靠外边的一棵大树，让他藏到树后去观看一下。等到看清他们的行动，立刻回来告诉我。他去了一会儿，就回来了。告诉我，从那里看得十分清楚，他们都围在火堆周围，正吞食俘虏的肉；另外一个俘虏，正倒在他们附近的沙滩上，手脚被捆着。在他看来，他们很快就该杀他了。听了这话，我不禁愤怒万分。他对我说，那个俘虏并不和他们同族，是他以前说过的坐小船到他们部落里的长胡子的人。听说有长胡子的白人，我非常吃惊。我来到那棵大树后，用望远镜观看，果然有一个白人躺在沙滩上，从他身上穿的衣服可以判断他是来自欧洲，他手脚被蒲草类的东西捆着。此刻在我面前不远处有一棵树，前边长有一丛灌木，那里比我现在的地方距他们至少要近50米，走到那里只需绕一个小圈子，这样也不易被他们发现，而且射程也缩短了一半多。我强压怒火，后退了二十多步，走到那片矮树丛后面，靠这片树丛掩护，一直走到那棵大树前。这里是一片高岗，距离他们大约有80米，在这里看他们，非常清楚。

这时，情况万分危急。只见19个野人席地而坐挤成一团，他们派的另外两个野人已经走过去，要宰杀那个可怜的基督徒了，或许要把他肢解，把胳膊、腿架到火上烤。只见这两个野人弯着腰，正在解绑在他脚上的东西。

我回头对星期五说：“一切听我的指挥！”星期五表示服从命令。

我说：“既然听我指挥，就别误事。”

于是，我把一支鸟枪和一支短枪放到地上，星期五同样把一支鸟枪和一支短枪放在地上。我用剩下的一支短枪对着野人瞄准，而且让星期五也照办。

我问他是否准备好了，他说："准备好了！"

我说："那就向他们开枪吧。"随后我开了枪。

星期五的枪法比我好得多，他打死了两人，伤了三人。而我呢，只打死了一人，伤了两人。不用说，那些野人顿时吓得魂飞魄散，除了那些死的伤的，剩下的都惊跳起来，四处张望，没有目的地乱跑，他们根本不知道灾祸是从哪里飞来的。星期五双眼紧盯着我，按照我的吩咐，注意我的举止。放完第一枪，我立刻把手里的枪扔到地上，抓起那支鸟枪，星期五也照我的样子去做。见我眯着一只眼睛瞄准，他也这样瞄准。我说："星期五，准备好了没有？"

他说："准备好了。"

我说："以上帝的名义，开火！"

说着话，我向那群慌乱中不知所措的野人又开了一枪，星期五也开了枪。由于这支枪里装的都是铁砂弹，因此只打倒了两个人，很多都受了伤。他们像疯子似的到处跑跳呼喊，多数人伤势较重，满身是血。其中三人随后倒下去了，不过并没有立刻死去。

我放下已经放过的枪，拿起那支已装好弹药的短枪，对星期五说道："星期五，现在跟我来。"

他勇敢地跟在我身后寸步不离。我们冲出树林，出现在那群野人面前。当他们看见我们时，我放开嗓子大声呼喊，同时也叫星期五随我一起大声喊叫。我一边呐喊，一边飞跑向前（实际上我跑得并不快，因为身上的枪太重），朝那个可怜的受害人跑过去。这个可怜的人此刻仍然躺在野人坐的地方与大海之间的沙滩上。

在我们开第一枪的时候，那两个要动手宰杀他的野人，早就吓得魂飞魄散，撇开他，向海边飞跑而去，然后跳上一只独木舟。那群野人中，也有三个奔跑过去。我回身告诉星期五，让他追上前去对他们开枪。他马上明白了我的意图，往前跑了大约40米，在离他们较近的地方朝他们射击。我见他们一下子都倒在船里，起初以为他把他们都打死了。然而不一会儿，只见其中两个人又极快地坐起来。即使如此，星期五也打死了两人，打伤了一人，那个受伤的野人倒在船里，如同死了一般。

在星期五向他们开火的时候，我拔出刀子，割断那可怜的受害人身上捆着的蒲草，给他松了绑，随后扶他起来。我用葡萄牙语问他是什么人。

他却用拉丁语回答道："基督徒。"他已筋疲力尽，几乎站也站不住，话也说不出口了。我从袋子里取出酒瓶，打个手势叫他喝，他立刻喝了几口酒。我又拿出一块面包让他吃。然后，我问他是哪国人，他说："我是西班牙人。"这时，他的精神已稍稍恢复，便打着各种手势，表示他多么感激我的救助。

"先生，"我搬出我所知道的全部西班牙话，"我们以后再聊吧。现在要紧的是打仗。你若是还有力气的话，你可以拿着这把刀和这支手枪，杀过去吧。"

他十分感激地接了过去。他一拿到武器，就好像增添了无穷的力量，朝他的仇人们扑了过去，砍倒了两个人，将他们剁成肉泥状。实际上，我们这次攻击真是出乎他们的意料，这群可怜的野人被我们的枪声吓得东窜西蹦，忘了怎样逃跑了，只是拿他们的肉体来抵挡我们的枪弹。在小船上星期五打死打伤的那五个人，其中有三个确是受伤倒下来的，另两个都给吓呆了，不由自主地也倒在船里。

这时，我依然手拿那支短枪，没有开枪。因我已经把手枪和腰刀给了西班牙人，手中得留支装好弹药的枪，以防备万一。因此，我喊过星期五，命他立刻去我们开第一次枪的那棵大树旁，把那几支枪取过来。很快，他就取来了。我把那把短枪交给他，坐下来给所有的枪装上弹药，叮嘱他必要的时候到我这里来拿。我正在装弹药，突然，看见那个西班牙人正和一个野人扭在一起，打得不可开交。那野人手握一把木头刀，和他拼斗（这种木刀，正是他们刚刚准备用来杀他的武器，若不是我及时阻挡，他早被杀了）。西班牙人身体虚弱，但却异常勇猛。这时候，他和那个野人已经拼打了好一会儿，而且在那个野人的头上砍了两个大口子。谁知那野人也是个极为凶猛强壮的人，他往前一扑，把西班牙人放倒在地上，伸手去夺他手中的刀。西班牙人被他压在底下，赶紧放弃手中的刀，迅速抽出腰中的手枪，对准野人就打了一枪。我还没来得及帮助他，他已把那野人打死了。

这时星期五见无人管他，就放下别的武器，手中握一把斧子，向那帮逃跑的野人追去。他用斧子砍死了刚才受伤的三个人，又去追杀别的野人，想把他们全部杀光。西班牙人过来跟我要枪，我把一支鸟枪给了他。他追上去，打伤了两个野人，由于他跑不快，两个野人都跑到树林里。星期五追进树林，砍死了其中的一个。另一个却行动敏捷，尽管受了点伤，但仍然逃入大海，拼命地向留在独木舟上的两个野人游去。这21个野人中，除了这三个人和那个受伤的，其余的都被消灭了。战绩如下：

我们从树后首先开枪打死的有三人。

第二枪打死两人。

星期五打死在船上的两人。

因受伤被星期五砍死的有两人。

星期五在林中砍死一人。

西班牙人杀死三人。

星期五追杀或因伤毙命的有四人。

乘独木舟逃走四人，其中一人负伤。

总计21人。

独木舟上的几个野人，拼命地划船想逃出我们的射程。星期五冲他们连开三枪，却一个未打中。星期五很想用他们的独木舟去追杀他们。说真的，我对他们逃走也很忧虑，担心他们把消息带回本部落，也许那时他们会有两三百只独木舟赶来，我们会寡不敌众，被他们吃掉，所以我赞同到海上追杀他们。我赶紧奔向一只独木舟，让星期五跟着上船。但是，我刚跳上独木舟，意外地发现舟中还有一个没被杀死的俘虏正躺在那里，手脚都被捆绑着。由于他无法抬头，看不到船外，因此也根本不知道外边发生了什么事。因为脖子和手脚被捆绑的太久太紧，他已经累得奄奄一息了。

我急忙割断捆绑着他的蒲草，想扶起他。但他已经无力站起来了，说话也非常吃力，只是不住地哼哼，或许他以为给他松了绑就是要宰杀他呢。

等星期五到了跟前，我让他告诉那人，他已经获救了。我掏出酒瓶，让那个可怜的野人喝了两口酒。听见自己已获救，又喝了酒，那野人立刻精神振奋，一下子从船里坐起来。不料，星期五一听到他说话的声音，又扳过他的脸一看，急忙吻他，又拥抱他，激动得又哭又笑，欢呼雀跃，而后又放声大哭，挥动自己的双手，打自己的头和脸颊，然后又唱又跳，疯了一般。那样子任何人见了都要感动落泪。过了好久，他才开口说话。他稍稍镇静，对我说，这个人是他的父亲。

这个可怜的野人与他父亲重逢，见到他父亲死里逃生，欣喜若狂，他的孝敬之心充分表现出来。我见到这种情景内心有说不出的喜悦和激动。见到他们父子重逢情深意长的样子，我的心情简直难以用语言形容。星期五从独木舟上跳上跳下，不知跑了多少趟。每次上船，他总坐在父亲身边，露出自己的前胸，把他父亲的头紧紧地贴在胸前，一贴就是半个小时。随后又捧起他父亲被绑得麻木的手脚，不停地按摩揉搓。见此情形，我从酒瓶里倒出些甜酒，让他用酒擦洗，果然很见效。

由于发生了这件事，我们放弃了对野人的追击。他们早就逃得远远的了，几乎连影子也看不见了。幸运的是我们没有追击。因为过两小时之后，他们大约刚走完四分之一的路程，海上便刮起了强风，刮了一整夜。风从西北方向刮来，他们正好逆风。我推测，他们的船一定会途中出事，肯定到不了他们自己的海岸。

再说星期五，他为他的父亲正忙得不可开交，我也不便叫他。过了一会儿，我觉着可以让他离开他父亲一会儿，于是把他叫了过来。他高兴地跳着跑过来。我问他有没有给他父亲面包吃，他摇摇头说："没有，全让我这没用的小子给吃光了。"我就从自己特意带来的一只小口袋里拿出一块面包给了他，又倒给他一点酒，他一点也没吃，全部拿给了他父亲。我衣服口袋里还装有几串葡萄干，也让他拿了一把给他的父亲。把葡萄干送给他父亲后，他又立刻跳下独木舟，疯也似的向远处飞奔而去，他跑得这么快是我平生所未见的，很快他便跑得不见踪影。我在他身后大声呼喊，他却头也不回只顾朝前跑。然而，不到一刻钟，他就回来了，跑得不似以前那么快了。走近一看，我发现是他手里拿着的东西太沉重的缘故。

当他来到跟前，我才明白。原来，他跑回家弄来一只陶罐，为他父亲提来一些清水，而且还带来两块面包。他把面包交给我，把水送到他父亲那里。我因为口渴，也顺便喝了一口。因为渴得快晕过去了，这些水立刻唤起了他父亲的精神，比我的酒更起作用。

等他父亲喝过水之后，我把星期五叫过来，问他罐子里还有没有水。他说道："有。"我让他把水送给西班牙人喝，他也同样需要水。我又让他分给西班牙人一块刚带来的面包。这时候，西班牙人已经精疲力竭，正在一棵树下的草地上躺着休息。他的手脚又肿又僵，显然是被捆绑太久的缘故。星期五把水送给他，他坐起来，喝着水，又接过面包吃起来。我来到他跟前，抓一把葡萄干给他。他抬头望着我，目光里显出万分感激的样子。虽然他在厮杀时勇敢拼命，但是由于身体十分虚弱，现在却怎么也站不起来了。他试了几次，都由于脚部疼痛，只好作罢。我让他坐着别动，命星期五替他按摩脚，再用甜酒擦洗。

我在一边瞧，只见这个孝顺的家伙边干活，边不时地回头看他父亲还在不在原来的地方。不久，发现他父亲突然不见了，他顿时跳起来，话也不说，就脚不沾地地向他父亲那边飞奔而去。过去一看，他父亲是为活动一下手脚，躺了下去。于是，他又急忙跑回来。这时，我对西班牙人说，让星期五扶他起来，把他扶到小船上，然后我们划船一起回住地，再由我来照料他。不料星期五力大无穷，一下就把西班牙人背在背上，来到小船边，让他两只脚朝里，轻轻地放在船边上，随后又抱起他来，朝里挪了挪，把他安置在他父亲身旁。然后星期五跳出小船，把船推到水中，沿海岸划着小船驶离而去。这时风刮得很大，他划得却比我步行快得多。他把船平安地划进小河后，让他们坐在船里，又立刻跑回来，去划另一只独木舟。半路上，我碰见他，问他去干什么，他说："再取那只独木舟。"话一说完，人就风也似的跑了，简直如快马，比任何人跑得都快。我从陆路刚到小河边时，他已把另一只独木舟划进了小河。把我渡过河后，他又去帮我们的两位新客人下船。然而，他俩都难以行走，星期五也无计可施。

为了解决这个问题。我命星期五让他们暂坐在河边，让他过来，帮我制作了一个简单的推车。然后我们把他俩放上去，我和星期五推着他们走。可是，当把他们推到围墙外边时，我们却不知该如何是好了。我不想把墙拆掉，那么要把他们送过墙去恐怕难以办到的。于是，我和星期五动手，用了不到两个小时，在围墙外边的空地上（外墙和我种植的幼林之间）搭好一个帐篷。帐篷顶上盖着帆布，帆布上再铺盖树枝。我们又用现成的稻草搭了两个床铺，上边各铺了一条毯子，再用另两条毯子当被盖。

现在这岛上，有了新居民了。我仿佛觉得自己已经有了很多臣民百姓，如同一个国王一样心情极为舒畅。首先，整个小岛都是我个人的财产。毫无争议，领土权归我所有。第二，我的臣民完全服从于我，他们的生命都是我拯救出来的，我是他们全权的统治者和立法人。如有必要，他们都肯为我牺牲他们的生命。有一件事特别值得一提，就是我这三个臣民，却属于三个不同的宗教：星期五是个新教徒；他父亲来自吃人部落，是个异教徒；那个西班牙人，信仰天主教，是个天主教徒。当然，在我的领地上，允许有信仰的自由。这只是附带说说而已。

第二十二章　计划航行

我把救出来的这两个俘虏安顿在可以挡风遮雨的住处，好让他们休息，又见他们身体很虚弱，就想给他们做些吃的。首先，我命星期五从羊群中找来一只半大山羊宰掉。我剁下山羊的后腿，并切成小块，让星期五加水煮炖。为使味道更鲜美，我又往汤里加了些米和大麦。我从不在墙内生火做饭，所以，饭也是在户外做的。我在新的帐篷里，给他们摆上一张桌子，和他们一道围坐在桌子周围吃饭，并尽量同他们交谈说笑，振作他们的精神。这时，星期五就当我的翻译，不但把我的话翻译给他的父亲，有时也翻译给西班牙人。西班牙人的野人话说得很不错。

我们吃了中午饭（也可称为晚饭），我又让星期五划只独木舟，把我们由于时间仓促来不及带回的留在战场上的枪运回来。第二天，我又让星期五把野人的尸体埋掉，因为它们曝晒在太阳底下，不久就会变霉发臭。另外，我又命他把野人们开宴会留下来的可恶的残余骨肉全部埋掉。那些人体的残骸还留下很多，我可不想去把它们亲手埋掉——别说埋它们，就是路过那里，我都不想去看。这一切星期五都很出色地完成了。他不但把那里打扫得干干净净，而且一点痕迹都没有留下。所以后来我再到那个地方去，若不是有那片树林，我真的难以认出那里了。

我和我的两个新臣民进行了一次简单的谈话。首先，我让星期五问他父亲对那几个野人乘独木舟跑掉怎么看，并问他，他们是不是会带着我们难以抗拒的兵力杀过来。他认为，那些人乘坐小船一定躲不过那天晚上的飓风，不是被淹死，就是被风吹到南部海岸。到了那边，他们必定会被当地的野人宰杀吃掉。至于说他们万一平安地回到自己的海岸后可能采取什么样的行动，这就很难说了。不过，他说，他们已经被我们的突然袭击，被我们的枪声、火光吓得要死。他相信他们回去一定会告诉他们本部落的人，说那些人是被闪电和霹雳打死的，至于出现在他们面前的两个人——我和星期五，他们一定把我俩当作是天神或复仇神，不会把我们当作两个手持武器的普通人。因为他听到他们之间曾用土语交谈，所以这一点他很清楚。他们断然不会想到普通人会放电射火，甚至连手也不抬，很远就能把人杀死。后来，事实证明，这位老野人的话说得不错，那些野人再也不敢来这个岛上了。他们听到那四个人（他们居然在狂风巨浪之中留下了性命）的报告，都吓坏了。他们深信，任何人到这魔岛上，都会被天火烧死。

然而，起初我对这种情况不甚了解，所以，较长一段时间里，我整天提心吊胆地率领我的“部队”严加防范。我认为，凭我们四个人，哪怕来100人，只要在宽广平坦的地方，不管在什么时候，我们都敢同他们拼一拼。

过了一段日子，野人的独木舟再也没有出现。我对他们卷土重来的担心也消失了。我又重新考虑乘船回大陆去的问题。我之所以这样做，是因为星期五的父亲曾向我保证，只要我愿意到他们那里去，他们全部落的人都会看他的面子而善待我。

当我和那个西班牙人进行了一次严肃的谈话以后，我又打消了这个念头。他对我说，现在那里的葡萄牙人和西班牙人还有16个。自从船遇难，他们逃到那边后，和那里的野人处得很和睦，但生活必需品方面却十分困难，看来难以生存下去。我进一步详细询问了他们的航向，才知道他们搭乘的西班牙船，从拉普拉塔河起航，到哈瓦那去，在那里卸下船上的银子和皮货，再带一些欧洲需要的货，运回去。他们船上有五个葡萄牙水手，是他们从一艘遇难的船上救下来的。以后他们的船也遇难了，淹死五个自己的水手。剩下的人历尽重重艰难险阻，忍饥挨饿，才逃到野人的海岸，时刻担心被野人吃掉。

他告诉我说，他们随身携带了些枪，但一点用途也没有，因为他们既没有火药也没有子弹。海水将他们所有的火药都打湿了，剩下的一点，也在刚上岸时打猎充饥用了。

我问他有没有想过要逃走。他说，为这件事他们不知讨论过多少次，可是没有船只，没有任何用来造船的工具，没有任何粮食，他们的会议总是在眼泪和失望中结束。

我问他，根据他的判断，要是我给他们一个逃跑建议，他们能否接受，如果让他们全到这里来，是否可行。我坦率地告诉他，若是我把我的生命交到他们手中，我最担心的是他们的背叛和恩将仇报。因为感恩在人的本性之中并不是固有的美德。而且，人们并不总是根据他们所受的恩惠来制约自己的行动，很多时候他们根据希望得到的利益来决定自己的行动。我告诉他，如果我使他们脱离险境，可随后他们却把我当作他们的囚犯送到西班牙，那就太糟糕了。因为在那里，不管是迫于无奈还是偶然，去到那里的英国人，都定要受到宗教迫害。我情愿把自己交给那些野人，让他们吃掉，也不想落到那些西班牙僧侣手中而受到宗教审判。我又补充说，如果不是这样，只要他们都到了这里，我们有了足够的人手，可以造一条足够大的船，能把我们都载上，往南开去巴西，或往北到西印度群岛或西班牙殖民地。但是，如果我把武器交给他们，他们却恩将仇报，用武力把我劫持到他们同胞那里，那我的好心没得到好报，反而使自己的处境比以前更糟了。

他极为诚恳坦率地回答我说，他们的处境极为糟糕，而且受了许多苦，相信对于任何帮助他们脱险的人，都不会心存恶念。他说，如果我愿意的话，他将同老野人一起去见他们，同他们讨论这件事，并把他们的答复带回给我。他说他一定会和他们谈好条件，让他们郑重宣誓，绝对服从我的领导，把我看作他们的上司，同时，也让他们在《圣经》和《福音书》前宣誓效忠于我，并跟随我到任何一个基督教的国家去，直到他们到我指定的安全的国家登陆。他说，他一定带回他们亲手制定的盟约。

然后，他告诉我，他情愿首先宣誓，除非我让他离开，否则他将终生陪伴我。如果他的同胞做出背信弃义的事情，他将为我流尽最后一滴血。

他告诉我，他们都是很文明、很诚实的人，现在正处于大灾大难之中。他们没有武器、衣物，也没有任何粮食，他们的命运完全操纵在野人手中，他们没有重返故乡的一线希望。所以他确信，如果我能使他们从困境中解脱出来，他们肯定会与我生死与共的。

听了这番允诺的话，我决定冒险去救助他们。如果可能，我决定先派老野人和这个西班牙人前去同他们联系交涉。但是，等我把一切都安排停当之后，正要让他们去时，西班牙人提出了一个反对意见。这个意见一方面十分周到准确，另一方面也出自他的真心，让我十分满意。在他的劝告之下，我们把搭救他同伴的日期至少延期半年。

情况如下：

他和我们生活了大约有一个月了，此间，我让他看我在上苍的佑护之下是怎样维持自己的生活的。他清楚地看到我贮存了多少谷物和稻米，这些粮食，对我一个人来说绰绰有余，但若不好好节约，就难以维持一家人的生计，因为我的家庭成员已增加到四名了。但是，如果加上他的同胞（据他说仍有16个人活着），如果来到这里，那就更加不足了。假如我们再制造一条船，从海上航行到美洲的任何一个信奉基督教的殖民地去，这些粮食哪够我们全船人路上吃呢？所以他对我说，最好让他和星期五父子开垦更多的土地，把我很多的种子都播种了。等到再次收获后，我们有足够的粮食供给，再去迎接他的同胞的到来。否则食物的短缺会引起他们不团结，或者使他们觉得自己根本没有获救，只不过从一个困境进入另一种困境罢了。

"你知道，"他说，"犹太人最初很高兴被救出埃及，但当他们在荒野中需要面包时，他们甚至反对拯救他们出来的上帝了。"

他的顾虑是合情合理的，他的观点是那么明智以至我对他的建议非常满意，对他的忠诚也十分赞赏。我们四个人一起开垦土地，发挥木制工具最大的威力。用了大约一个月的时间，恰好赶在播种季节之前我们开垦好了一大片土地，播种下22蒲式耳大麦，16罐稻米。简而言之，我们种下了省下来的所有种子。实际上，在收割我们庄稼之前的这六个月里，我们留给自己的粮食几乎都不够吃。这六个月是从留种播种的时候算起，当然不是庄稼的生长期为六个月。

现在，即便是野人来到这里，我们也不必担惊受怕了，除非他们来人众多。所以，我们在岛上可以随心所欲，往来自由。由于大家都急于想脱离险境逃离这里，我们，至少我是如此，时时刻刻都在想方设法。为了使想法变为现实，我在适合造船的几株树上做了标记，让星期五同他父亲一起把这些树砍倒。我又把设想告诉了西班牙人，好让他监督指导他们的工作。我让他们观看我是如何费尽心血将一棵大树砍削成木板的，而后告诉他们如何去做。最终，他们竟做出了12块很大的橡木板，长35英尺，宽约2英尺，厚为2英寸至4英寸。做这些木板付出了多少心血和劳动，不难想象。

与此同时，我又千方百计地想法繁殖我的羊群。为此，我们轮流外出，第一天我让星期五和西班牙人一同外出，第二天我和星期五外出。我们一共捕捉了二十多只小羊，把它们和原来的羊群圈养在一起。而且，只要我们一打到母山羊，就把小羊留下来，送到羊群里饲养。更重要的，是晒制葡萄干的季节到来后，我招呼大家采集了大量的葡萄，把它们都挂在向阳的地方。令我难以置信的是，这样多的葡萄，如果都晒制成葡萄干，最少也得装60或者80大桶。这些东西和面包，是我们平时的主要食物，由于葡萄干营养丰富，对改善我们的生活起了很大的作用。

如今，又是收割季节，我们的收成很不错。虽说这次算不上我上岛以来的最大丰收，但对于我们的所需已是足够了。我们播种的大麦只有20蒲式耳，可现在我们竟然收获了两百多蒲式耳，稻米的情形与这大致相同。有了这些粮食，即使是那16个西班牙人都到我们这里来，吃到下次收获也足够的了。如果我们准备去航海，只要把充足的粮食搬到船上，就可以航行到世界的任何地方了——这只是说，能到达美洲的任何地方。

等把粮食存放好之后，我们又开始编制更多的藤器，就是编装我们的粮食的大筐。西班牙人在这方面是个巧手且动作很快，他总是抱怨我没有编出这类东西以备需要，但是，我却看不出这有什么必要。

如今，已经有了足够的粮食来满足我期盼的客人。因此，我决定派西班牙人到那陆地上去一次，看能否想办法帮助滞留在那边的人到这里来。在他临走时，我给他提了个严肃的建议，如果任何人不事先在他和老野人面前发誓，在他们上岛以后，对我不加以任何伤害，不同我战斗或袭击我，那么就不准带他们过来。因为，我是为救他们脱离险境才善意地接他们过来的。我还要求他们发誓，在遇到危险情况时，一定要和我立场一致，保护我，无论何时何地，都要绝对听从我的指挥，而且要他们把这些条件写下来，并亲自签名。至于他们有没有笔和墨水，怎样去执行，我们却没有多想。

西班牙人和老野人受命乘一只独木舟动身了。所乘的船就是当初那帮野人把他们作为俘虏带到这个岛上，准备吃他们时用的那种船。

我给他们每人发了一支短枪，都带了火机，又给了他们八份弹

药，告诉他们一定要节约使用，除非万不得已，不要使用。

这是27年以来我为了解救自己而做的第一项工作，这令我十分愉快。我还给了他们许多面包和葡萄干，够他们好多天吃的，也够那些西班牙人吃上七八天。于是，我便送他们动身，祝福他们一路平安。同时，我又同他们商定好回来时悬挂的信号，以便等他们回来时，不等他们近岸，我便能从很远的地方认出来。

他们离开时，正是顺风。按照我的推测，该是十月里月圆的那天。至于准确的日期，因为我已把日历记错了，再也弄不清楚了。就连年份我恐怕都不记得了。不过后来再检查我的记录时，才知道我并没有把年份记错。

第二十三章　平叛

他们走后第八天，突然发生了一件离奇而又出人意料的事，或许是前所未有的。这天早晨，我正在茅屋里熟睡，星期五突然跑了过来，边跑边大声喊道："主人！主人！他们来了！他们来了！"

我连忙从床上跳起来，也没有考虑有没有危险，穿上衣服就跑了出去。一直穿过那片树林，我的树林现在已是一片茂密的丛林了。我说我根本没考虑危险，是说我没有带枪就跑了出来，这很不合乎我平常的习惯。我放眼向海上眺望，不禁大吃一惊，只见在一里格半以外的海面上，有一只小船，挂着一面羊角帆乘着顺风向岸边驶来。随后我又注意到，这只小船驶自岛的最南端，并非来自大陆那边。于是，把星期五叫到身边，让他不要离开我。因为这些人不是我们期盼中的人，我们还不清楚他们是敌人还是朋友。

随后，我又回去拿来望远镜，打算看清楚他们到底是些什么人。而后，我把梯子搬出来，爬上山顶。每当我对一些事情放心不下时，想搞清楚却又不愿意被人发现时，总是爬上山顶眺望。

我刚上山顶，就立刻望见在我东南方向海面上停着一条大船，距离我有两里格半之遥，距离海岸也就一里格半。我一看就知道，那只大船是一艘英国船，而那只小船，模样也像艘英国大艇。

当时，我心中的那种慌乱简直无法描述。尽管我看到了一艘大船，而且有理由相信自己会被同胞所救，取得他们的同情，而且那种喜悦是难以形容的。然而，我的内心仍被不知从哪里冒出来的疑虑充斥，促使我保持戒备。首先，我想到，一艘英国船有什么事情要到这里来呢？这里又不是英国人与世界上有贸易往来的交通通道，并且我知道，也没有任何风暴把他们吹到这里来或是在那里失事。如果他们果真是英国人，他们来这里，极有可能是没有好意的。我宁可继续在这里待下去，也不想落到那些强盗和杀人犯手里。

任何人身处危险之中时，都不能轻视自己所感受到的暗示和警告，尽管你觉得这不可能是真的。但对于那种暗示和警告，我相信凡是留心观察这一类事情的人都不会否认。我们不能怀疑，它们来自看不见的神秘世界，是精神上的交流。如果它的用意是来警告我们身处的危险，我们为什么不能接受这些来自某些友善的力量（至于这种力量是崇高无上的还是卑微低下的，都无关紧要）施予我们的好意呢？

目前的事实充分证明这种推理的正确性，因为我若不接受这种不知来自何处的神秘力量的告诫，我就必定会大难临头，并且陷入比以前更糟的境地。不久你就会明白。

在山顶上，我望了没有多长时间，就看到那只小船划到了海岸附近，好像正在寻找一条小河将船划进去，以便于登岸。然而，由于他们走得不太远，所以他们没有看到我以前放木排的那个小河湾，只好将小船停靠在离我有半英里远的沙滩上。这对我来说的确很幸运，如果他们将船停在我的家门口，他们一定会把我从我的城堡里撵出来，或许将我所有的一切洗劫一空。

当他们上岸以后，我发现他们果然是英国人，至少大部分是英国人。有一两个人，我想是荷兰人，后来证明不是这样。他们共有十一个人，其中有三个人，我发现他们没有武器，像是被捆绑着。船一靠岸，有四五个人跳到岸上，把那三个像囚犯一样的人从船上带下来。只见其中一人在那里比比画画，显示出恳求、悲观、失望的样子，那种样子甚至有些夸张。另外两个人，我看见，有时也举起双手，样子也都很苦恼，但不似第一个人那样激动。

看到这幅画面，我真是莫名其妙，不知道那意味着什么。星期五尽可能地用英语喊我道："噢，主人，你瞧英国人也同野人一样，吃俘虏了。"

"为什么？"我说道，"星期五，你以为他们一会儿就要吃俘虏吗？"

"是的，"星期五说，"他们就要吃俘虏了。"

"不，不，"我说道，"星期五，我担心他们要杀了俘虏。当然，你可以相信，他们不会吃掉俘虏的。"

这时候，我始终想不明白这到底是怎么回事。我目睹着这一可怕的景象，站在那里直发抖，时刻担心那三个俘虏将被他们杀死。甚至，我看见一个恶棍举起了一把巨大的弯刀（水手们这么叫它），向其中一个可怜的人砍去，眼看他就要倒下去了，这时我全身的血都冷了。

现在，我真的很想我的西班牙人和老野人。我也希望自己能有办法让他们神不知鬼不觉地走到我的射程之内，好救出那三个人。

因为我发现他们之中没人带枪，这又使我想出了另外一个主意。

之后，我看到那些狂妄的水手把那三个人虐待了一通后，好像就去查看这个小岛，在岛上跑散了。我又发现剩下的这三个人也可以自由行动了，但是他们都坐在地上，非常悲观，看起来已经绝望了。

这使我想起自己初次上岸时的情景：我举目四顾，认为自己已经没命了，四周是多么的荒凉，心里是那么的惶恐不安，由于怕被野兽吞吃竟藏在树上过了整整一夜。

我没有想到那天晚上，风暴和海浪把大船冲到海岸附近，使我得到物品供给，靠这些东西我维持了相当长时间的生活。同样，这三个可怜的苦命人也一定没有想到他们会获得援助和救济，而且幸运离他们是这样的近。同时他们也没想到，本以为已经没有活路的时候，却真正处于安全之中了。

在这世界上，我们的目光真是太短浅了。我们应当满心喜悦地信任伟大的上帝，他绝不会让他的生灵陷入绝境。即使环境再恶劣，他也会给他们一线生机，有时他们的救星要比他们想象的多得多。甚至，看起来好像是把他们带到毁灭的路上，实际上却是要救助他们脱离苦难。

这些人上岸时正是潮水最高时，当一部分人站在那里与他们带来的俘虏谈判时，另一部分人则到处查看，看看他们到了哪种地方。他们粗心大意，错过了潮汐。海水退远时，他们的船搁浅了。

他们在船上留了两个人。我随后发现，这两个人因为喝了太多的白兰地而睡着了。后来其中的一个比另一个先醒过来，看到小船搁浅了，费尽力气也推不动，就向其余的人呼喊。他们立即回到船边，但是，就算他们使出全部的力气来，也无法使船下水了。因为小船太重，而且这里松软的沙土，简直像流沙一般。

水手或许是全人类中最不瞻前顾后的一伙人了。在这种情况下，他们干脆放弃了这项工作，离开小船四处闲逛去了。我听到其中的一个人对另一个人大声说（喊他们下船）："嗨，让它在这里吧，杰克，不行吗？下次涨潮时它会浮起来的。"凭这些话我可以确定他们是哪国人了。

直到这时，我一直隐藏得很严密，除了去山顶上瞭望观察以外，我不敢远离我的城堡。想到我的城堡防御这么好，我打心眼里高兴。我知道小船要浮起来至少得过10小时，那时天已经黑了。我可以更加方便地观察他们的行动，听他们的谈话。

同时，我仍旧使自己处于临战状态，而且比以前更加谨慎，我很清楚所对付的是前所未有的敌人。我命令星期五把自己武装起来。现在我已使他成为一个出色的射手了。我自己拿了两支鸟枪，给了他三支滑膛枪。我的模样真是吓人，我穿着那件令人生畏的羊皮大衣，头戴以前说过的大帽子，斜挂一把无鞘的刀，皮带上插着两把手枪，而且双肩各挂一支枪。

正如前面我说的，我打算在天黑以后再采取行动。但是，在大约下午两点钟的时候，天气正热，我发现他们都跑进树林，我想是躺着睡觉去了。那三个可怜的遇难者，由于非常焦虑自己的处境以致毫无睡意，只是在一棵大树的树荫下坐着，距离我约有四分之一英里。并且，我想是在其他人的视线之外。

根据这种情况，我决定将自己暴露给他们，了解一些他们的情况。我立刻走了过去。我的仆人星期五远远地跟在我身后，全副武装，和我一样吓人，倒是他的模样不像我那么狰狞可怕。

我尽量悄声地走近他们，还没等他们当中有人看见我，我就用西班牙语向他们喊道："先生们，你们是什么人？"

听到声音，他们立刻惊跳起来，等看到我及我的一副怪模样，更是加倍地惶恐。他们一句话也答不上来。我看到他们似乎要走开，就用英语同他们讲话。"先生们，不必害怕我，"我说道，"说不准你跟前这个人正是你们意想不到的朋友呢！"

"他一定是上帝派来的。"其中一个人脱帽向我致敬，并严肃地告诉我，"因为，我们的处境已是非人力所能挽救的了。"

"先生，挽救来自于上帝，"我说道，"不过，你们能让一个不相识的人帮助你们吗？看样子，你们正身处困境。在你们上岸的时候，我已经早看清楚了。当你们向一起来的那些野蛮的家伙哀求时，其中有个人举刀还要杀你们呢！"

那个可怜的人满脸的泪水，身体颤抖，好像异常惊诧，他回答道："我是在和上帝讲话呢，还是在同人讲话？你是人呢？还是天使？"

"这不必担心，先生。"我说道，"假如上帝果真派一位天使下凡来搭救你们，他穿戴得肯定要比我强得多，他的武器也会是另外的样子。请你放心，我是人，一个英国人，特意来救你们。我只有一个仆人，我们都有武器弹药。请你们如实地告诉我们，我们能为你们效劳吗？你们发生了什么事？"

"我们的事情，先生！"他说道，"一言难尽，何况那帮凶手离我们又这么近。简单说吧，先生，我是那条船上的船长，我的手下背叛了我，我费了好大力气才说服他们不要杀我，最后他们才把我和这两个人，一个是我的大副，另外一个是旅客，送到岸上。这里是个荒岛，没有人烟，我们一定会饿死在这里。真不知道怎么办才好！”

“你们的敌人，那帮匪徒，现在在哪里？”我说，“你知道他们到哪里去了吗？”

“他们一直在那边躺着睡觉，先生。”他指着一片树林说，“我心里一直担心他们会看见我们，听到我和你说话。如果那样，他们肯定会把我们都杀掉。”

“他们有火枪吗？”我问道。他回答说，他们共有两支枪，一支留在小船上了。“这么说，把他们交给我好了，我看他们都睡熟了，把他们都杀死是很容易的事。但是，活捉他们不是更好吗？”我说。

他告诉我，其中有两个是什么都不怕的恶棍，稍给他们宽恕，就会很危险。如果解决了他们，其他的人就会回到他们的岗位上。我问他是哪两个人，他告诉我由于离得太远，难以确认。但是，他愿意听从我的任何指挥。

“好吧，”我说，“我们后退，免得他们醒来后看到或听到。”他们很乐意地跟在我们身后，直到树木遮挡住了我们。

“对你来说，先生，”我说，“假如我冒险解救你们，你们愿意和我订两个条件吗？”他打断我的话，对我说，如果获救，他和大船，可以任由我指挥调遣。如果船收不回来，他也愿意和我生死相依，去什么地方都行。另外的两个人也同样这么说。

“好吧！”我说，“我只有两个条件。第一，如果你们留在岛上，你们在这里没有任何主权。如果我把武器发给你们，你们得准备随时交还给我。你们在岛上不准反对我和我的手下，同时，必须服从我的指挥。第二，一旦大船被收回来，你们必须免费将我和我的手下带到英国。”

他给了我所有的保证，只要是人能想到的，可以信守的保证，他都绝对信守。除了将他的生命献给我，他说他完全服从我的任何要求，并且要终生感谢我对他的救命之恩。

“好吧，那么，”我说，“这里有三支滑膛枪给你们，外带火药和子弹。告诉我，下一步你们应该干什么。”

他竭力向我表示他的感激之情，表示愿意服从我的一切指挥。我对他说，现在事情很难办。最好的办法，我想是立即向他们开火，因为他们正在躺着睡觉。如果第一排枪没有杀死他们，他们愿意投降，我们可以饶恕他们。但是开枪以后的事还是听从上帝的意愿吧。

船长很平静地说，如果能够避免，我并不想杀死他们。但是，那两个不可救药的恶棍，是船上暴动的罪魁祸首，如果让他们逃脱，我们仍会有危险。他们会回到船上，纠集全船的人马，把我们全部消灭。“那么，好吧！”我说，“我的建议也是迫于无奈。因为这是救我们活命的唯一办法。”尽管这样，我发现他还是不愿意杀人流血，就对他们说，他们可以见机行事，自己看着办。

我们正在讨论的时候，我听到其中有几个人醒了。不久，我看见两个人站起来。我问他两个中间有没有他说的暴动的首领。他说：“没有！”

“那么，好吧！”我说，“你可以让他们逃走。上帝似乎是有意叫醒他们，让他们自己逃命。如果其余的人都逃掉，就是你的过错了。”

受我的话的鼓动，他拿起我交给他的滑膛枪，在腰带上又插了一支手枪。他的两个同伴跟着他，每人手持一支长枪。走在前边的他的两个同伴，弄出了一点响声，其中一个醒过来的水手，转身看见他们走过来，便大声呼叫其他的人。但是为时已晚，就在他刚呼叫的时候，他们开火了，我说的是另外两个人，而船长仍然端着枪。他们的枪法很准，当时就打死了一个，另一个人也受了重伤，但还没有死，站起来，竭力向其他的人呼救。但是船长跨到他跟前，告诉他呼救已经太晚了，他应该祈求上帝饶恕他的罪恶，说着用枪托把他打倒在地，他再也开不了口了。这时跟两个水手一起的三个同伙，其中一个受了点轻伤，见我到了，知道大难临头，反抗也无济于事，只好乞求饶命。船长对他们说，他可以饶他们的命，但是要他们保证对他们的背叛行为表示忏悔，并且发誓忠心地帮他夺回大船，而后把它开回牙买加。他们诚心诚意地答应他，他也愿意相信他们，饶他们的命。对此，我并不反对。只是要求他，在他们停留在岛上的时间里，把他们的手脚捆绑起来。

一边做着这件事，我一面派星期五和船长的大副到船上，把船弄牢，并把上面的帆和船桨拿下来。他们做完后，紧接着，那三个闲逛的人（他们很幸运）听到枪声回来了。他们看到他们的船长从过去的阶下囚一下变为征服者，就也束手就擒。我们大获全胜。

现在，我和船长可以有时间了解彼此的情况了。我先说。我把我的过去全都讲给他听。他以一种异乎寻常的耐力细心听我讲述，尤其是我讲到我是怎样奇迹般地弄到粮食和弹药。实际上，我的故事是一系列奇迹，他被深深地打动了。从我的故事联想到他本人，想到我仿佛有意被留下来拯救他的生命，他泪流满面，哽咽着一句

话也说不出来。

随后，我带他和他的两个同伴到我的家中，我把他们从我出来的地方，也就是房顶上领了进去，取出我现有的食物请他们吃，又把我长久以来制作出来的各种各样的设备展示给他们看。

对于我展示给他们的，我讲述的，他们都感到非常惊奇。除此之外，船长特别欣赏我的工事，我用一片树林把住宅遮蔽得那么完美。树木已生长了近二十年，而且比在英国长得快，如今都已成了一片小森林了，那么茂密，除了我留下的一条弯曲的小路以外，任何地方都难以走进来。我告诉他，这是我的城堡和住宅。但是，像许多显贵们一样，我也有一座别墅，作为退居之地。以后有时间我再领他去参观。眼前我们的首要任务是该考虑怎样收复大船，在这一点上他和我想法一致。但是他说真的一点办法都没有，因为大船上仍然有26人，他们都参加了阴谋暴动，从法律上讲已经犯下死罪，眼见走投无路，他们会反抗到底。因为他们很清楚，如果他们被打败，一回到英国或英国的任何殖民地，他们将被送上绞架。因此，单靠我们几个人是无法向他们进攻的。

我琢磨了一下他的话，发现很有道理。所以有些事需要迅速地做出决定。一方面，出其不意地将他们引入某些圈套，另一方面，要阻止他们上岸攻打我们，消灭我们。这时，我又想到，再过一会儿，大船上的人一定会纳闷他们的同伴和小船究竟出了什么事，一定会乘坐船上另外的小船前来寻找他们，或许他们带着武器，实力大大超过我们。他认为我说得很有道理。

因此，我对他说，我们首先把海滩上的小船凿破，免得他们把它开走，并把船上所有的东西都取下来，使它再不具有航行能力。

我们一起走向小船，把留在船上的枪取出来，又把能找到的东西都拿下来，有一瓶白兰地酒，一瓶甘蔗甜酒，几块大饼，一桶火药，还有用帆布包着的一大包糖，足有五六磅重。这些东西都是深受我欢迎的。特别是白兰地和糖，我已经好多年没吃过了。

当我们把所有的东西搬上岸后（船上的桨、桅杆、帆、舵，都早已拿走了），我们在船底凿了个大洞。这样，即使他们实力雄厚能战胜我们，也不能把船开走了。

说真的，对于我们能否收复大船，我没有过多的奢望。我的想法是，如果他们不把小船带走，修好小船是不成问题的，乘它可以到背风群岛，顺路捎上那些西班牙朋友。我心里还始终惦记着他们。

我们正按计划准备着。首先集中人力把小船推到海滩高处，使潮汐在高潮时也不能把它漂浮起来，然后又在船底凿了一个难以短时间补上的洞。我们正坐着设想以后该怎么做时，就听到大船上放了一枪，并摇动旗子作为信号，意思是让小船回到大船那里。但是，他们始终不见小船的动静，接着又开了几枪，发出了一些别的信号。

最后，他们见放枪和打信号都毫无结果，小船没有动静。通过我的望远镜，我们看到他们放下另外一条小船，向岸边划来。等他们靠近的时候，我发现小船上有不少于十个人，而且都携有火器。

由于那条大船离岸边至多二里格，所以他们来的时候，我们看得很清楚，甚至连他们的脸也看得清。由于潮水把他们冲得靠东了一些，他们只好又沿海岸往回摇，一直奔向第一只小船停舶的地方。

与此同时，因为我们看得很清楚，船长了解船上所有的人及其品性。他说，其中有三个人很诚实，他相信，他们是在强迫和恐吓之下参与这次阴谋的。

至于那个水手长，他似乎是他们中间的头目。而其他的人，则是所有船员中最凶残的，他们叛乱了，就会铤而走险，坚持到底。所以船长担心他们力量太强，我们难以获胜。

我对他微微一笑，告诉他，处在我们这种处境的人，早已将惧怕抛之脑后了，任何处境都比我们目前所处的环境强得多。所以，我们应该想到，不论是死是活，对我们的确都是一种解脱。我问他对我的生活遭遇有何感想，是不是值得去冒险寻求解脱。

“先生！”我说，“刚才你还说我生活在这里是为了拯救你的生命，你很受鼓舞，现在这种信念哪里去了呢？对我而言，从所有事情的远景考虑，只有一件是不恰当的事！”

“那是什么？”他说。

“什么？”我说，“就如你刚才而言，那些人中间有三四个诚实的人，应当救出他们来。要是他们都跟那些为非作歹的船员是一路货，我倒认为，这是上帝挑出他们来给你，任凭你处置。我敢说，所有上岸来的人的性命都在我们掌握之中，他们的生死，都得由我们来决定。”

说着这些话，我声音较高，满脸愉悦。我发现这极大地鼓舞了他，所以我们都很卖力地做战斗的准备。自从看见那只小船从大船边驶来，我们就考虑把俘虏加以分散，所以早已对他们进行了妥善的安置。

其中有两个人，船长极不放心。我派星期五和船长的一个同伴（被救的人）将他们带到我的洞里。那里很偏僻，没有被人看到或听到的危险，如果他们自己想逃跑，在树林中也很难找路。他们把那两人捆起来，给他们留了食物，而且答应他们，如果他们安静耐心地待在里边，一两天之内他们就可以得到自由；如果他们试图逃跑，他们就会被毫不客气地处死。他们都老实地答应，会耐心忍受禁闭，并对我们给予的供给表示十分感激。星期五还给了他们一些我们自制的蜡烛，好让他们舒适一些。当然他们根本不知道星期五一直在洞口看守他们。

其余的俘虏受到了比较好的待遇，除了船长不相信的两个家伙始终没有松绑外，另外两个人我都录用了。当然，这是由于船长的举荐，加上他们曾郑重地宣誓，要和我们同生共死。所以，加上船长他们三人和这两个人，现在，我们共有七个人，都全副武装。我坚信，我们完全有能力对付那十个即将到来的人。何况，船长说过，其中也有三四个好人。

那些人来到第一只小船停舶的地方，立即从小船上下来，一起把他们的小船拖到海滩上。看到这种情景，我很高兴。因为，我最担心他们在离岸较远的地方抛锚停船，若再留下几个人看守，那么我们根本无法夺得小船。

上了岸后，他们马上向那只小船跑过去。不难看到，当他们发现船上空无一物，船底被凿了个大洞时，他们都大为惊异。

他们寻思一会儿，便放开喉咙用尽力气大声呼唤，以便让他们的同伴听到，但是毫无结果。随后，他们又围成一圈，放了一阵枪，声音在树林中震荡，我们也听得真切。然而，还是毫无结果。被关在洞中的当然听不见，而那些被我们看守着的，听得清楚，却

又不敢做出任何反应。

这件事大大出乎他们的意料，他们感到大为吃惊。据后来他们所讲，他们当时就决定回大船上去，告诉船上的人，那些人都被杀了，小船也给凿漏了。于是，他们立刻将小船推到水里，都上了船。

看到这种情景，船长很惊讶，不知怎么办才好。他相信他们一定是认为他们的同伴已经死了，想回到大船上，把船开走。这样，他满怀希望靠我们收复大船，就不可能了。然而，不久，他又为另外的事情惊慌起来。

他们乘船刚走不久，我们见他们又重新都回到了岸上。但是，他们采取了新的行动。看样子，是刚才商量好的。他们留下三个人守船，其他的人都上岸，到岛的腹地寻找他们那些伙伴。

我们大失所望，真不知道怎么办才好。因为，如果让那条小船逃掉，我们即使把上岸的七个人都抓住，也毫无益处。那三个人一定会把小船划到大船那里，大船上的人一定会扬帆起锚，那么，收复大船的事我们就没有任何指望了。

然而，我们只有静待事情的发展变化，除此之外，别无他法。

等那七个人一上岸，留在船里的三个人便把船划到离岸稍远一些的地方，停在那里，等待他们。这样，我们就根本不可能对小船发动进攻了。

那些上岸的家伙，集聚在一起，向那座小山挺进，而我的住处，正在那山脚下。我们能很清楚地看见他们，但他们却发现不了我们。我们很高兴他们能走近一些，以便我们瞄准射击，或者就干脆走远些，好让我们出去。

然而，他们刚走上山坡（从这里可以看得很远，可以看见山谷和树林向东北延伸下去，那边是岛的最低的部分），就扯开嗓子大声呼叫起来，直到喊得精疲力竭。看来，他们并不想远离海岸，冒险深入岛的腹地，也不想彼此分开。他们在一棵大树下坐下来，商议怎么办。要是像以前那些人，他们也在那里睡一觉，倒是能促成我们的好事。可是他们小心翼翼，怕有危险不敢睡觉，尽管他们也说不出究竟是什么样的危险。

当我们还在一起商议时，船长给我提了个非常合理的建议。或许他们还要放一阵枪，以便让他们的同伴听到。我们就在他们刚开完枪、装填弹药时，一拥而上，他们定会束手就擒，这样也可以一滴血不流。我很喜欢这个建议。但是，我们必须得离他们近一些。

但是，他们再没有开枪。我们悄声地埋伏在那里，不知道怎么办好。最后，我对他们说天黑以前，我们不采取任何行动。到了晚上，他们若不回到小船上，我们也许该想办法插到海岸和他们之间，去对付小船上的几个人，引他们上岸。

我们等待了很久，希望他们离开。他们商量了很长时间，突然都一起跳起来，朝海边走去。这下我们都有些慌乱了。看来，对在这里面临的危险，他们非常害怕。以为他们的同伴已经没命，他们决定回到大船上去，继续他们的航行了。

一看到他们向海边走去，我马上猜到（事实也是这样），他们放弃了搜寻，准备返回。我把想法告诉船长，他也为此非常焦急，打不起精神。然而，很快我就想出了一个计策，结果不出我的意料，他们果然被引回来了。

我派星期五和那位大副横过小河往西走，到那伙野人押着星期五登陆的地方，让他们在半英里外的那片高地，尽力大声呼喊，直到那些水手听到为止。然后，隐蔽地兜一个大圈子，边叫边应，尽量把他们引向岛纵深地带的森林里，然后再按我指定的路线回来。

那些人刚要上船，星期五和大副就大喊大叫起来。立刻，他们就听见了。他们一边回答，一边顺声音沿海岸往西跑去。跑了一段，被一条小河挡住去路。此刻河水上涨，他们无法过河，只好叫小船划过来，把他们送过河去。一切正如我所预料的那样。

小船沿河上溯了一段，到了对岸一个河湾处，他们把船拴到一棵小树桩上，叫上三人中的一个跟他们走，只留了两个人守船。

这正合我意。我立即抛开星期五和大副（他们继续干他们的事），带上其他人，悄悄地渡过小河，袭击两个守船人。此刻，他们一个人正躺在岸上，另一个待在船里。岸上的那人半睡半醒正想爬起来，走在前边的船长立刻冲到他跟前，将他打倒在地。然后冲船上那人大吼一声，命他马上投降，否则就结果了他的性命。

当船上的人看到有五个人向他扑来，而同伴又被打倒后，他立刻投降了。他也是被迫参加暴动的三个水手中的一个。所以，他不仅投降了我们，而且忠心耿耿地加入到我们这一边。

同时，星期五和大副的任务也完成得很好，对付那几个人，他们边喊边回应，把他们从一座山引到另一座山，从一片树林引到另一片树林。不仅搞得他们疲惫不堪，而且把他们引得很远，不到天黑，别想回到小船这里。别说他们，就连星期五他们自己，回来的时候都已是筋疲力尽了。

由于没有别的事情去做，我只好暗中监视他们，准备扑向他们，把他们全部打败。

星期五他们回来以后，过了五个多小时，那些人才转回他们的小船那里。很远，就能听见前边的几个人向后边的人打招呼，要他们赶上来，落伍的几个边答应边叫苦不迭，他们说很累，脚又疼，确实走不快。这对我们来说倒不是个坏消息。

最后，他们总算来到小船跟前。可是，这时潮水已经退了，他们发现小船在小河里搁浅了，而且他们的两个同伴也不知去向，他们那种惶恐不安的模样，真是难以形容。我听到他们自嘲地相互调侃，说他们来到了一个魔岛，岛上要么有人住，要么有妖怪。若是有人居住，他们一定会被杀得一个不剩；如果有妖怪，他们必定被抓走，都被吃掉。

他们大声呼唤，不断地呼唤着那两个同伴的名字，却没有人答应。又过了一段时间，借着傍晚微弱的光线，我们看见他们惊惶失措，绝望地搓着双手，一会儿跑到小船上坐下，一会儿又起来跑到岸上，如此往返不止。

这时，我手下的人恨不得立刻趁夜色掩护冲上去，可我却想找个更有利的时机，尽量少杀人，多给他们留一条生路。尤其是，我不愿意看到我们中间有人伤亡。因为我很清楚，对方也都是全副武装的。我决定等待他们散开。所以，为了更有把握地制服他们，我们的埋伏又向前推进了一段。我命令星期五和船长尽量隐蔽地匍匐前进，在动手开枪以前，离他们越近越好。

他们往前爬了不久，那水手长（他是这次暴动的主要头目，现在比任何人都灰心丧气）带着两个水手向他们这边走过来。船长想尽快制服这个水手，不等他靠近，仅凭声音，也不等看清楚，就同星期五跳起来，向他们开了火。

那个水手长当即被打死了。另外一人，也中弹倒在一旁，一两个小时之后就死去了。第三个人拔腿就逃。

听见枪声，我立即带上我的“部队”冲了上去。我的“部队”共有八人：我，司令；星期五，副司令；另外还有船长和他的两个同伴；还有我们信得过的发给枪的三个俘虏。

我们借着漆黑的夜色，向他们进攻，所以，他们根本看不清我们到底有多少人。我让那个在小船上的人（他已是我们的人）呼喊他们的名字，试着让他们同我们谈判，促使他们投降。结果正合我意。其实，在目前的境况之下，他们也很愿意投降。于是，他尽可能提高嗓门，喊出其中一人的名字：“汤姆·史密斯！汤姆·史密斯！”

汤姆·史密斯好像听出了他的声音，立刻答应道：“是谁呀？是鲁滨孙吗？”

他回答道：“是，是。看在上帝的份上，史密斯，放下枪投降吧！不然，你会马上送命的。”

“我们向谁投降？他们在哪里？”史密斯又说。

“他们在这里，”那人说道，“我们的船长在这里。他带了50个人，已找了你们两个小时了。水手长已被打死了，维尔·佛里也受了伤，我也做了俘虏。你们若是不投降，会送命的。”

“我们若是投降，”史密斯说，“他们能饶我们不死吗？”

“如果你们愿意投降，我去问问。”鲁滨孙就去问船长。这时，船长亲自出来喊话：“喂，史密斯，你能听得出我的声音来吗？如果你们放下武器，我可以饶你们不死，但威尔·奥基斯除外。”

奥基斯大声喊叫道："噢，看在上帝的份上，船长，你饶了我吧！我做了些什么事呢？他们都和我一样坏。"说真的，这话并不是事实。当初，在他们叛乱的时候，这个人首先把船长抓起来，蛮横地对待他，反绑他的双手，并恶毒地咒骂他。但是，船长告诉他说，他必须自己放下武器，听候总督的处置。这里说的总督，就是我，他们都这么称呼我。

总之，他们都放下了武器，请求宽恕饶命。我派喊话的那人和另外两人，把他们都绑起来，然后我率领我的50人的"部队"（实际上只有八个人）把他们连同小船一起扣押下来。由于身份的缘故，我和另外一人暂时没有露面。

第二步工作是修理小船，并设法把大船收复回来。至于船长，现在有时间和他们谈判，向他们讲了一通大道理，指出他们如何用卑劣的态度对待他，居心怎样的险恶，指出他们做下的事一定会带给他们不幸和灾难，甚至还会把自己送上绞刑架。

他们苦苦哀告，乞求饶命，表示忏悔。对此，船长告诉他们说，他们并不是他的俘虏，而是岛上的总督的俘虏。他说，他们本以为把他送上的是个无人小岛，但是，上帝却让他们带他到了一个有居民的小岛，岛上的总督是个英国人。他还说，如果总督乐意的话，大可以把他们一个个吊死在岛上。但是，现在他既然饶恕了他们，大概是要送他们到英国，秉公治罪，只有奥基斯例外。他说奉总督之命，通知奥基斯准备受刑，明天一早，就要吊死他。

尽管这些话出自他个人杜撰，但是，却达到了预想的效果。奥基斯立刻跪在地上，向船长哀告，求他向总督求情，饶他一命，其他人也向他哀求，要他看在上帝的份上，不要送他们回英国。

第二十四章　夺得一艘大船

这时，我想到我们获得解放的时刻来到了，引导这帮人一心一意去夺取大船已是件很容易的事情了。于是我躲开他们，隐蔽在夜色中，这样，他们就无法看清我是一个什么样的总督。然后我把船长叫过来。我叫船长时，因为距离很远，就派一个人去传话，他对船长说："船长，司令官在叫你。"

船长立刻答话："你告诉阁下，我就来。"

这使他们更为吃惊，都认为司令官和他的50名部下就在附近。

船长走过来后，我就把夺船的计划告诉了他。他认为非常好，并决定在第二天早晨开始行动。

为了使计划进行得更巧妙，保证取得成功，我建议我们必须把俘虏分开，应该把奥基斯和另外两名他们中最坏的家伙带走，把他们捆送到关闭另外几个人的岩洞里。我们把这件事交给了星期五和另两个跟船长上岸的人去办。他们把那几个家伙遣送到岩洞里，像到了监狱一般。那儿确实是个不幸的地方，尤其是对他们这种处境的人而言。

其余的人，则送到我的别墅。这座别墅，我在前面已做过详细描述，那里有篱墙围着，而这些人又被捆绑着，所以那地方还是很安全的。况且，他们也清楚，他们的命运取决于他们的表现。

到了早晨，我便派船长到别墅那里去同他们谈判。也就是说，我想试试他们，以便让船长告诉我，派这伙人上船去袭击大船是否牢靠。船长跟他们谈了他们对他的伤害以及他们目前的处境，并且谈到，就目前来说总督饶了他们的性命，如果把他们送回英国，他们肯定会被吊死。但如果他们愿意参加夺取大船的正义活动，他一定会请求总督，赦免他们。

任何人都不难猜测，身处他们那种境地的人对于这种建议，是多么乐于接受！他们都在船长面前跪下来，允诺他们将誓死对他效忠，愿意为他粉身碎骨，跟着他走遍天涯海角，并且在他们的有生之年把他当作父亲来对待。

“这样吧！”船长说，“我得回去把你们的话告诉总督，然后尽力劝他同意。”

于是船长把他们的意思完完全全转告给我，并且他坚信，他们绝对是忠心的。

但是，为了确保安全，我劝告他再回去一趟，从他们中挑出五个人来，并且要让他们明白他并不缺少人手，从他们中挑出的五个人将做他的助手；而另两个人，总督要把他们连同送到城堡（我的岩洞）中的俘虏留下来作人质，以保证这五个人的忠诚。如果他们在执行任务中有不忠诚的表现，那么人质将被铁链活活吊死在岸上。

这个办法看起来很严厉，使他们相信总督办事极为认真，但是他们除了接受外又别无选择。现在那几个俘虏倒像船长一样，劝说参加行动的五个人要尽责。

这次出征，我们的兵力是这样布置的：1. 船长，大副，乘客；2. 第一批水手中的俘虏，我已从船长那了解到他们的品行，恢复了他们的自由，并且给他们发放了武器；3. 另外两个水手到现在都被关在我的茅舍里捆绑着，经船长建议，我才把他们释放了；4. 五个最后被释放的人。所以现在他们加起来共是12人，不包括那五个待在岩洞中的俘虏和人质。

我问船长他是否愿意冒险带这些人到大船上去。至于我和星期五，我认为我们不宜出动，因为这儿还留下了七个人，我们要把他们分开还要供给他们食品，这已足够我们忙活了。

至于那五个关在岩洞的俘虏，我决定进一步对他们加强防范。让星期五每天都到他们那里去两次，给他们送去必需品。我总是先派两个人质把粮食送到一个地点，然后由星期五从那里带给他们。

当我在两个人质面前露面时，我和船长在一块。船长告诉他们我正是总督派来监视他们的人，总督对他们的命令里说，得不到我的指示他们不允许到处乱动，否则，就会被押回城堡用铁链吊死。这样，我们从不让他们把我看作总督。在许多时候，我都以另外一个人的身份出现，同他们谈到总督、城堡、驻兵等等。

现在船长除了安置好他的两只小船，修补好其中一只的漏洞，并派齐人员后，已没有什么困难了。他那名乘客做了其中一只船的船长，带了四个人，他和大副以及其他五个人则上了另一只小船。他们的行动进展很顺利，到半夜时分已接近大船。当他们靠近大船能够喊话时，他便让鲁滨孙喊话，告诉对方他们已经把人和小船都带回来了，但找他们却花了很长时间，还有些诸如此类的话，一边谈着，一边靠近了大船。与此同时，船长、大副首先带枪上了大船。立刻用他们的枪把子把二副和木匠打倒在地，在属下的忠诚协助下，他们接着又把前后甲板上的其他人员全部制服，并关上了舱口，把舱底下的人关在下面。这时，第二只小船的人也从船头的铁链爬上船来，把船的前部和那间通往厨房的小舱口占领了，并俘虏了那里的三个人。

做完这一切，处理好甲板上的事情后，船长便命令大副带着三名手下进攻船长室。这时，那个叛徒新船长正躲在那里，听到了警报已经从床上爬起来，带了两名水手和一个随从，手中都拿起了武器。当大副把门劈开时，新船长带着他的手下不顾一切地向他们射击。一颗子弹打伤了大副，把他的胳膊打断了，还打伤了另外两个人，但没有打死人。

尽管大副已经受了伤，但他还是一面呼叫求援，一面冲进了船长室，并用他的手枪打中了新船长的头部。子弹从他的嘴里射进去，又从一只耳朵后穿出来，这样他再也不可能说话了。其余的人见状便都投降了，大船被彻底夺了回来再没有人伤亡。

当大船被占领后，船长便下令连放七枪，这是他和我早已商量好的信号，告诉我他事情办得成功。可以想象我听到信号后是多么高兴，因为我一直坐在岸边等这个信息，差不多等到半夜两点钟。

当我清楚地听到这个信号后，便一头倒下了，酣然睡去。因为一天的忙碌，我实在太累了。睡梦中我听到了一声枪响，非常惊讶，一骨碌爬了起来。这时我听到有人在喊我：“总督，总督！”我马上听出是船长的声音。当我爬到小山顶上，他果然站在那里，

用手指了指大船，随后拥抱我。

“我亲爱的朋友，救命恩人，”他说，“这是你的船，它的一切都是你的，包括我们及船上所有的东西都是你的。”

我放眼向大船望去，它就停在离岸不到半英里的地方。原来他们占领大船以后，便起了锚，因为天气晴朗，他们顺利地把船开到小河口上才下锚停舶。等潮水上涨后，船长便把他的小艇开到当初我停放木排的地方，正好在我的家门口上了岸。

起初，这突如其来的喜事几乎使我晕倒。因为我明白对于自己的获救已经稳操胜券，万事俱备，大船可以把我载到任何一个我愿意去的地方。好半天，我竟答不出一句话。如果不是因为他用手臂抱着我，我紧紧地靠着他，恐怕我早已倒在地上了。

他察觉到了我的震惊，立刻从口袋里掏出一个瓶子，给我喝了一点他特意带给我的甜酒，喝下去后，我便坐在地上。虽然这些酒使我回过神来，但我还是过了许久才能对他说话。

这期间，可怜的船长同我一样欣喜若狂，只是不像我那样激动罢了。他对我说了那么多温暖亲切的话，叫我安定下来，清醒过来。可是我内心的惊喜如洪水一泻而出，竟使我精神混乱，直到最后，才突然大哭出来，又过了一会儿，才恢复了讲话的能力。

于是，我走过去，抱住他，把他当作我的救命恩人，两个人都高兴不已。我告诉他，我把他当作是上帝派来解救我的人，而整个事情的经过简直又是一连串的奇迹。这些事情就是上帝在用一种神奇的力量统治着世界的证明，证明上帝那无所不见的眼力可以看到世界上任何遥远的角落，任何时候都可以救助不幸的人们。

我心里并没有忘记感谢上帝。我又怎能不感谢上帝呢？他不仅在这种荒野的地方，在这种孤苦伶仃的处境中，用一种神奇的方式使我自给自足，而且一次又一次地使我绝处逢生，这都应该归功于他的恩典。

当我们谈了一会儿后，船长便告诉我他给我带来了一些面食。这是从船上拿来的，也是那帮坏蛋控制大船以后没有掠取的东西。这时，船长向小艇大喊了一声，吩咐他的手下把带给总督的东西送上岸来。实际上，这像是送人的一份礼物，好像我将不被他们带走，而要留在这个岛上居住下去，不同他们一起走似的。

首先，他带给我一箱极好的甜酒，六大瓶马德拉酒，每瓶有两夸脱（1夸脱约合1136升），两磅上等的烟叶，十二块船上吃的牛肉，六块猪肉，一袋豌豆，还有大约100磅重的饼干。

他还带给我一箱子糖，一箱面粉，满满一袋柠檬，两瓶酸橙汁，还有许多别的东西。除此之外，对我更为有用的是，他带给我六件干净的新衬衣，六条很好的围巾，两副手套，一双鞋，一顶帽子，一双长袜和一套他还没怎么穿过的上等衣服。总而言之，使我从头到脚都穿戴起来了。

不难想象，对于身处我这种环境的人来说，这是何等慷慨而又令人高兴的礼物。但是，当他们开始把这些衣服给我穿上时，我觉得世界上再没有比这更令人不舒服、使人别扭和尴尬的事了。

当这些仪式结束后，当把所有这些好东西搬进我的住所后，我们便开始商议如何处理俘虏了。因为我们是否值得冒险把他们一起带走确实是件令人深思的事情。尤其是他们其中的两个，我们认为他们是最不可救药，难以驾驭的家伙。船长说，他深知他们最为无赖，无法对他们心怀仁慈。如果把他们带走，就只能像对待那些犯罪分子，带上铁链，交给所到达的第一个英国殖民地国家处以刑罚。我发现，船长对这件事确实很焦虑。

看到这种情形，我便对船长说，如果他愿意，我敢保证去劝说他提到的那两个人，让他们自动请求留在岛上。

“这样的话，我非常高兴，”船长说，“这正是我求之不得的。”

“好吧，”我说，“我将派人把他们叫来，替你同他们谈谈。”

于是，我便派了星期五和那两个人质，这两个人质现在已经被释放了，因为他们的同伴履行了诺言。我叫上他们去到洞里，把那五个人都带到我的茅舍里，关在那里等着我来。

过了一会儿，我就穿戴一新地到了那里。现在，我是以总督的身份出现。我和船长一起跟大家碰了面后，便让人把俘虏带到我面前。我告诉他们，我已经得到了关于他们对船长所干的罪恶行径的详细报告，以及他们是怎样把船夺走，准备继续去干抢劫的勾当，但是，上天却使他们自投罗网，掉进了他们原以为给别人挖的陷阱里。

我让他们知道，在我的指挥下，大船已经被夺了回来，现在正停在河口处，他们不久就会看到他们的新船长作恶后所得的惩罚。他将被吊在桅杆上示众。

至于他们，我想知道他们有什么可说。事实上，我完全可以把他们当作海盗处死。至于，我何以有这种权力，他们还不至于发出疑问。

其中的一人代表其他人说，他们没有什么可说的，只是当他们被抓获时，船长曾答应饶过他们的性命，他们只有真诚地请求我的宽恕。但是我却告诉他们，我不知道怎样才能宽恕他们。因为，从我本身讲，我已经下决心带着我所有的人离开本岛，搭乘船长的船回英国去。至于他们，因为曾经叛变并试图盗船逃跑，船长是不会把他们带回英国的，除非把他们当作囚犯一样带上锁链。而这样做的结果，他们自己也知道，便是被送上绞刑架。我给他们提不出更好的办法，除非他们愿意留在岛上碰碰运气。如果他们愿意留下，我倒无所谓，反正我要离开这里了。如果他们愿意这样做我倒愿意饶了他们的性命。

他们对这个办法颇为感激，表示他们宁愿冒险留在岛上，也不愿被带回英国被绞死。于是，我便同意了。

尽管如此，船长对此似乎不太满意，仿佛我不该把他们留在这里似的。我对船长这种态度颇为生气，就告诉他，这些人是我的俘虏，并不是他的，既然已经看到我对他们许下特权，就该尽量去履行了。

如果他认为这样做不合适，我将像我发现他们时那样，全放了他们。如果他不愿意这样，只要他能够抓到他们，可以把他们再抓回来。

谈到这里，这些俘虏们都表示非常感激，于是我便恢复了他们的自由，吩咐他们退回到他们来时的森林里去。告诉他们，我将给他们留下些枪支和火药，如果他们接受，我还将告诉他们怎样才能在这里生活下去。

这之后，我便开始准备到大船上去。我告诉船长，我将推迟一晚上来准备我的东西，叫他先回大船上去，把一切都安排妥当，并在第二天派只小船来接我，还叫他把已杀死的新船长吊到桅杆上，好让别人看到他的下场。

当船长走后，我便派人把那几个俘虏叫到我的房间里，很严肃地给他们分析了他们的处境，告诉他们，我认为他们做出了一种正确的选择。因为如果船长把他们带走，他们必然会被吊死。我把吊在桅杆上的新船长指给他们看，告诉他们，除了这种下场，没有别的指望。

当他们都表示了愿意留下来时，我便把我在这里生活的情形告诉了他们，并告诉他们怎样才能使生活过得更轻松些，并向他们讲述了这个地方的情况及我来这里的全部历史。我让他们看了我的堡垒，以及我制作面包、种植谷物、晒葡萄干的办法。总而言之，我把能使他们生活更舒服的一切办法都告诉了他们。我又把那将要来岛上的16个西班牙人的事情告诉了他们，我还给那西班牙人留下一封信，并让他们许诺对待那些西班牙人会像对自己人一样。

我把枪支都留给了他们，包括五支短枪、三支鸟枪、三把刀，还给他们留下了一桶火药。因为除了头两年外，我用得很省，一点也没有浪费。我又向他们详细介绍了我饲养山羊的办法，还把怎样挤奶，怎样使羊肥壮及做奶油和乳酪的办法都告诉给他们。

总之，我把自己历史中的每个部分都讲给他们听，又说我将劝说船长，给他们留下两桶火药和一些我早就渴求的菜种。另外，又把船长送给我的一袋豆子也给了他们，吩咐他们一定要把它们繁殖起来。

处理完这些事情后，第二天我便离开他们，到大船上去了。我们本打算立即开船，但当晚却没有起锚。第二天一大早，那五个俘虏中的两个便浮水来到大船边，可怜兮兮地抱怨其他三个人，求看在上帝的面上，把他们收留上船，不然的话，他们肯定会被杀死。

他们请求船长收留他们，就是船长马上把他们吊死，他们也愿意。

看到这种情况，船长假装不通过我他没有任何权力。后来，他们通过种种磨难，并许下诺言，改正错误，才被带上船，之后又结结实实地被抽打了一顿，打完后又被盐水浇身上。从这以后，他们都成了非常安分的家伙。

这之后不久，潮水开始上涨，我便命小船上岸一趟，带了我曾经答应给那三个人的东西。我又向船长说情，把他们的箱子和衣服一并送去，他们收到后都非常感激。我又鼓励了他们一番，告诉他们，如果将来我能派船来接他们，我是不会忘记的。

当我离开这个小岛时，作为纪念，我把我做的那顶羊皮帽子、伞以及我的鹦鹉都带到船上。同时，我也没有忘记带上我前面提到过的那笔钱，这笔钱因为多年放在身边不用，已经生了锈，若不经过一番摩擦和处理，都难以认出这是银币了。在那只失事的西班牙船上找到的钱币情形也是这样。

根据船上的记载，我于1686年12月19日，离开了这个岛屿。我一直在这里住了二十八年两个月零九天。我从第二次遭难中逃脱的那一天，同上次从撒列摩尔人手中逃出的那天，恰是同月同日。

我坐着这条船，经过半年之久的航行后，于1687年7月11日抵达英国。这时，我离开故土已经35年了。

回到英国后，我简直成了一个十足的陌生人，仿佛那里从未有人认识我似的。只有那位我信任的让其保管钱财的恩人，这时还活着。她历经了种种不幸，再婚以后又成了寡妇，经济十分不济。我叫她不要把欠钱的事放在心上，告诉她我保证不会找她麻烦的。相反，出于以前她对我关心和忠诚的感激，我又尽我的财力接济了她一些，当时我的财力只能帮她这些。但我向她保证，我将永远不会忘记她以前对我的好。事实上，当我有足够的力量帮助她时，我从没有忘记过她，我将在以后再讲这些。

后来，我到约克镇去了。我的父亲已去世了，我母亲和全家人也都不在了。我仅找到了我的两个妹妹，还有两个侄儿。因为大家以为我早已去世，就没留什么财产给我。总而言之，我找不到一点钱来帮自己，而我身上那点钱根本不能使我安家立业。

没有料到，这时我却碰上了一位对我感恩的人。这便是那位船长，我曾经很幸运地救了他，也很幸运地救下了他的船和货物。这时他早已把我如何救他们及大船的事完完全全地告诉了船主，于是他们便邀请我同他们及几个相关的商人聚会。他们对我的行为大加赞扬，并给了我两百英镑作为酬金。

但是通过对目前的处境再三考虑后，我认为这点钱仍然难以使我安定生活，便决心去里斯本，看看是否能打探到我在巴西种植园的有关信息，以及我合伙人的情况。我料定他肯定以为我死去好几年了。

抱着这种态度我登上了开往里斯本的船，并于四月间到达那里。在我东奔西走期间，星期五一直伴随我，时时刻刻都是我最忠实的仆人。

第二十五章　寻回财产

当我到了里斯本后，通过打探询问，出乎意料的是，我竟找到了当年的老朋友，就是第一次把我从非洲海岸救起的那位船长。他现在已经年迈，不再出海了，让他那已步入中年的儿子接管了他的大船，继续做巴西的生意。老人已认不出我了，实际上，我一开始也几乎认不出他了。但我很快便认出了他，当我告诉他我是谁时，他也认出了我。

旧友相逢，我们很热情地叙谈了一番，接着，我便向他问起了我的种植园及合伙人。老人告诉我，他已有九年不在巴西了。但他可以向我保证，他离开时，我的合伙人还活着，但我委托的那两个同他一起的代理人都已经去世了。不过，他相信我可以拿到一份关于种植园收益的详细账目。因为大家都认为我已经出事淹死了，于是我的几位代理人便把我那部分种植园收入报告给了税收官。税收官已经预先做了安排，如果我不再回来申请的话，我的财产三分之一给国王，三分之二给圣奥古斯汀修道院，用来救济穷人和向印第安人传教；但如果我回来，或是任何我的遗产继承人申请的话，财产就可归还，只是年年上交用作慈善用的那一部分不能返还了。他向我保证，政府征管田税的官员，修道院的司事一直都监督着种植园的收益。我的合伙人，每年都要写一份详细的收入报告，并把我的那一部分也给他们。

我问他是否知道种植园发展到了什么程度，是否值得我去照料一下，以及到那里后，要正当得到属于我的那一部分财产是否会遇到什么麻烦。

他说，他不能准确地告诉我种植园发展到了什么程度，但他知道，我那合伙人仅拥有其中的一半股份便已成为一名巨富。而且，就他细细想来，国王的那三分之一，好像是给了一些修道院或宗教机构，听说每年总计也达两百葡金之多，至于我是否能够顺利地收回种植园的所有权，那是不成问题的。我的合伙人现在还活着，可以证明我的所有权，我的名字也早已注册在国家的登记簿上。他还告诉我，我那两个代理人的后代都是非常公正而诚实的人，而且都很富有。他相信他们不仅能帮助我拿回我的财产，而且会直接给我大笔本属于我的现金，因为那是他们的父辈在掌管种植园时支出的我每年的收入。据他回忆，把它交出去，大约有十二年了。

我对这件事情未免有些烦躁不安，便询问老船长，既然我的代理人知道我已立下遗嘱，让这位葡萄牙船长做我的全权继承人，他们又怎么可以这样处理我的财产呢？

他告诉我事实确实如此，但鉴于没有我死亡的确切证明，在没有弄清我是否死亡的情况下，他便不能作为我遗嘱的执行人。此外，他也不愿参与这远隔重洋的事。事实上他已注册过我的遗嘱，并声明了他的继承权。只要他能拿出我死亡的证明，那么他早已理所当然地接管我的糖厂了，并交由他现在在巴西的儿子去管理了。

“但是，”老人又说，“我还要告诉你一条消息，听起来不像其他的消息那样容易让你接受。就是，我们认为你已经去世了，人们都这样认为时，你的合伙人和代理人确实曾把你开始七八年的利润交给了我，我也都接受了。但是那个时期种植园正需要增加设备，建立糖厂，购买奴隶，所以利润没有后几年这样大。”老人接着说，“我将把我所收到的利润以及我是怎样处理的列一个详尽的账目给你。”

和这位老朋友进一步交谈了几天后，他便把种植园头六年的收入账目给了我，上面有我的合伙人及代理人的签字，而且交的都是货物，有成捆的卷烟，成段的蔗糖，还有糖厂产的糖蜜等。通过账目，可以看出，收入每年都有显著增长，但正如前面所说，由于支出很多，所以起初数目不大。但老人让我知道，他总共还欠我470葡萄牙金币，还有60箱蔗糖，30捆烟叶损失在他的船上。那是大约我离开十一年后，因为他回里斯本时船只出了事的缘故。

然后这善良的老人又向我诉说起他不幸的遭遇，讲起他怎样不得已而动用了我的财产，在一条新船上入了股。“可是，老朋友，”他说，“你需要时，钱还是有的。等我儿子回来，我会还给你的。”

说着，老人又拿出一条旧布包，给了我160个葡萄牙金币，并把他儿子开到巴西去的那只船上的股权出让单拿出来。他在船上有四分之一股权，他儿子也有四分之一股权。

我为老人的善良诚实大受感动。我想起他曾为我做过的所有事情，想起他怎样把我从海上救起，想起他不论何时总是对我那样慷慨大度，尤其是现在还是我真挚的朋友。听了他的话，我忍不住抽泣起来。于是，我问他，以他目前的处境，能否立即抽出这么多钱，这样是否会把他的生活搞得很紧张。他说当然会紧张点，但这毕竟是我的钱，而我比他更需要钱。

老人说的一切都充满友爱，我听得热泪盈眶。到最后，我只要了100葡币，并要了纸笔给他写了收据。然后，我把剩余的钱都给了他，告诉他如果我能收回种植园，我将把这100葡币也全给他。实际上，我后来确实这样做了。至于他在他儿子船上那部分股权的出让单，我怎么也不肯收下。我想如果我需要钱，这个诚实的人一定会付给我的。如果我能收回种植园，我绝对不会再向他要一分钱。

这之后，老人家又问我是否要他替我想个办法收回我的种植园，我告诉他，我想自己过去一趟处理这件事。他说如果愿意这样做也行，如果不愿这样，也有许多办法确保我的权利，并可以立刻把利润拨给我使用，因为里斯本的河里正停着许多要开往巴西的船只。他让我把名字到公证处登记，附上他的证词，宣誓声明我仍活着，并证明就是当初领取土地开垦种植园的那个人。

这很快被一位公证人正式地证明了，加上一份获准书，老人又写了一封亲笔信。我把这些证明材料一起交给了当地一位同他熟识的商人，然后我待在他家静候回音。

再没有比这份委托书办得更为公道合理的事了。过了不到七个月，我便收到了一个来自我的合伙人后代的大包裹（我也是因为他们的缘故航海的），包裹里有下述几种特殊的信件和文件。

首先，是我种植园产量的流水账，从他们的父亲和老葡萄牙船长结完账后六年时间，结算后我共获利1174葡币。

第二，是政府接管以前，由他们当作一个下落不明的人的财产，保管了四年多的账目，随着种植园价值的逐年上涨，共有3241葡萄牙金币。

第三，是圣奥古斯汀修道院十四年来所获利润的账目。除了安排在医院方面的钱以外，他很诚实地宣布，共收到了872葡萄牙金币，是应该记入我的账目的。至于国王的那一部分当然是无法返还了。

还有我合伙人的一封信。他亲切地祝贺我仍旧活着，并向我汇报了我们产业的发展情况，每年都出产什么，并着重谈了谈现在我们有多少亩田，怎样种植，庄园里有多少奴隶，并做了22个十字架来祈祷，告诉我他念了许多声平安，感谢圣母玛丽亚我仍然活着，并热情地邀请我过去收回自己的产业。同时请示我，如果我自己不过去应该把我的种植园交给谁，最后，又表达了他及家人对我的深厚友情，并拿七张精美的豹皮作为礼物送给我。这些豹皮可能是从他派往非洲去的其他船只那儿得来的，而他们的航行，显然要比我好得多。他还送给了我五箱上等的蜜饯，及100块比葡萄牙金币略小、没有铸造过的金块。

在同一批船队上，我的两位代理人的后代还给我运来了1200箱糖，800捆烟叶及账上剩余的全部金币。

确实，可以说，我后来的境遇比开始要好许多。当我看到这些信件，尤其是看到我名下的所有财产时，我心中的那份紧张简直无以言表。因为巴西的船只是结队而来的，给我带来信件的那批船只也同时带来了我的货物。在这些信件传到我手上之前，我的货物早已安全地停在河边上，而我却因此一下子变得面色苍白，如病了一般。如果不是老船长跑回去给我取了些甜酒来，我想我很可能被这突如其来的喜悦弄得失去了理性，甚至会突然死去。

尽管如此，在这之后我还是难受了好几个小时，最后请来了一位医生。在弄清了我生病的原因后，他便给我放了放血，这才使我得以解脱并逐渐转好。但我深信，如果不用这种方法使我激动的情绪发泄一下的话，我早就死了。

现在，突然之间，我成了五千英镑现金的主人，而且，在巴西拥有一份不动产，每年确保另有一千多英镑的收入，就像英国的不动产一样。可以说，我现在的处境，连我自己都觉得莫名其妙，弄不清自己该怎样去享受它。

我做的第一件事，就是报答我最初的恩人即那位好心的老船长。他在我起初遇难时是那么慈悲，并自始至终地对我那么友善、诚恳。我让他看了我收到的所有东西，告诉他，除了安排万物的上天外，这一切都应归功于他，现在我有机会来报答他，就应该百倍地报答他。于是，我首先把他给我的那100葡萄牙金币还给了他，然后请来了一位公证人，叫他起草文件，把老船长承认欠我的那470葡萄牙金币，以最安全、最可靠的方式加以免除。之后我又请他起草了一份委托书，指认老船长做我种植园年息的受益人，并让我的合伙人向他报账，把我应得的利润，交给原有的船队带给他。同时在委托书上附加了一条，即老船长有生之年，每年从我的财产中拿出100葡萄牙金币送给他，他去世后，每年送给他儿子50葡萄牙金币。这样，我算是报答了老人家了。

现在我必须考虑下一步的行动了，想一想该怎样处理上帝给我的这份产业。说句实话，比起我在那孤寂小岛上的生活，我现在确实应该更加小心了。在小岛上，除了我有的，我什么都不需要；除了我需要的，我什么都没有。而现在我的担子却很重，我得把财产处理好。我不但没有山洞可以藏我的钱币，更没有一个地方可以上锁把钱放在那里，直到发霉生锈都没有人去动它。相反，我现在不知道该把钱放到哪里，交给谁可以信赖。我的老东家——老船长，是个诚实的人，只有他我可以托付。

其次，我在巴西的种植园似乎得要我自己去一趟。可是现在，我无法处理好我的财产，不能把它交付给稳妥的人，我又怎么能去那里呢。首先，我想到我的老朋友，那位寡妇，她很诚实，又很正直。她年纪已大，还很穷困，而且据我所知还欠着债。因此，我别无他法，只有自己带上财产，先回英国去一趟。

尽管如此，我还是过了好几个月才决定了这件事情。现在我已经彻底报答了从前的恩人，即老船长，使他心满意足。于是我开始想念起那可怜的寡妇来。她的丈夫是我内弟的一位恩人，而她也力所能及做我忠实的管家和导师。所以我首先要做的事便是找一位里斯本商人给他在伦敦的关系人写信，不仅要替她把欠账付清，并务必找到她，替我给她100英镑现金；还要同她谈谈，使她在贫穷中得到安慰，告诉她只要我活着，我将继续接济她。与此同时，我又给两个乡下的姐姐每人送去100英镑。她们虽然不太贫困，但日子却也不太好过，一个结了婚成了寡妇；另一个有丈夫，但丈夫对她却不太好。

在我所有的亲戚熟人中，我找不出一个人来管理我巨大的财产，让我能把这里的一切置之身后，抽开身去巴西。而这件事，真叫我犯难。

我曾经一度下决心到巴西去，决定在那里安家，因为我以前曾加入过巴西国籍。但是，我对宗教还有些顾虑，这一点使我没有动身，我将在下边详谈这个问题。但是我没有立刻动身去巴西，却不是由于宗教的缘故，因为我以前已经毫无顾忌地加入了那里的宗教，一直是其中一员，现在当然更不用顾忌什么了。只是近来我比以前多考虑了一下这个问题。当我想到不论生死都是他们中的一员时，我不禁有些后悔自己做了一名天主教徒，不应该以这种异教徒的身份死去。

但是，我说过，这并不是我不去巴西的主要原因，真正的原因是我不知道把我身后的财产托付给谁。于是，最后我下定决心，携带这些财产回英国去。我推测，到了英国后，我可以新结识一些朋友，或是可以找到一些可靠的亲戚。基于这种想法，我着手准备带着我的全部财富到英国去。

正准备回家，又恰逢到巴西去的船队要出发，我决定先写几封信，把从巴西那里得到的公正而诚实的报告给予答复。首先，我给圣奥古斯汀修道院院长写了一封信，感谢他们办事公正。他们提到的尚未处理的872葡萄金币，我决定都捐献出去，其中500个金币捐给修道院，372个金币按院长的旨意捐给穷人，并请教士为我祈祷。

我写的第二封感谢信是给我的两位代理人的后人，对他们办事如此公正诚实大为赞赏。本想送给他们些礼物，但他们又什么都不需要。

最后，我给我的合伙人写了一封信，感谢他在发展我们的种植园上所作出的勤勉努力，和他分配我们种植园资金上所表现的正直无私；并告诉他关于将来我那部分财产管理，按照我授予老船长的权利，请他把我应该得到的利润都交老船长处理，直到他再接到我改动的通知为止；而且告诉他，我不仅打算去看望他，并且想在那里了此余生。除了这封信，我听船长的儿子说他已有妻女，就准备了一份精美的礼物——一些意大利丝绸，送给他的太太和两个女儿。另外，这份礼物中还有两匹英国上等呢料，这是我能从里斯本买到的最好的呢子，还有五匹黑粗呢，一些价值不菲的佛兰达花边等。

我把事情做了这样的处理后，卖掉了我的货物，又把我的财产换成了汇票。可下一个难题是，我不知道走哪条路去英国。我本来对海路很熟悉，可这时却对走海路到英国生出一种奇怪的反感。虽然我说不出反感的理由，可这种阻力却逐日增强，甚至有一次我把行李都搬上船准备要走了，还是临时改变了主意，而且不止一次这样，连着两三次都是如此。

确实，我的海上生涯已够不幸了，这可能就是我不愿走海路的理由。但是，在这种情况下，任何人也不可忽略自己内心的强烈冲动。有两只船本来是我挑选出来要上路的，我是说是我特意挑选出来的，而且其中一只我把行李都放上去了，另一只也和船长谈妥了。可是，后来这两只船都遇难了，其中一只被阿尔及利亚人掳走了，另外一只在斯塔特托贝湾附近被巨浪冲走了，除了三个人以外，其余的人都淹死了。所以不论我在这两只船上的任何一只，结果都将是很悲惨的。至于乘坐哪一只更悲惨，就很难说了。

这时，我心里乱得很，便向老船长诉说了这一切。他坚决劝我不要走海路，告诉我：其一，可以走陆路到科罗那，在那里穿过比斯开湾到罗希尔，从那里走陆路可以既舒服又安全地到巴黎，然后再到加来和多维尔；其二，可以先到马德里，然后走陆路穿越法国。

总之，除了从加来到多维尔这一段海路不反对外，我对走海路已经厌倦透了。于是，我下决心所有的路程全都走陆路。因为我并不着急，又不在乎花钱，走陆路倒是愉快许多。为了使旅程更愉快，老船长给我带来了一位英国绅士，是里斯本一位商人的儿子，他很乐意同我一起旅行。之后，我们又选择了两位英国商人，两名年轻的葡萄牙绅士，后者只到巴黎。这样我们一共是六个人，还有五个仆人。五位仆人中，那两位商人和两位葡萄牙绅士，为了节省开支，两个人只用一个仆人。至于我，除了星期五外，我又找了一名英国水手做我这段旅程的仆人。因为星期五作为一个异乡人，做不了我这段旅行中的仆人。

第二十六章　继续旅行

这样，我们从里斯本出发了。我们组成了一支小部队，大家都骑着马，带着枪支。他们对我很尊敬，喊我队长。一来因为我年纪最大，二来因为我有两个仆人，而且，我还是这次旅行的发起人。

因为在前面我用我的航海日记使诸位厌烦，现在我也就不用我的陆地日记使大家生厌。但是，在这次令人疲劳而又非常艰苦的旅程中，我们偶然遇到的几件险事，却非谈不可。

那是我们到了马德里以后，因为大家对西班牙都很陌生，都愿意停留一段时间，参观一下西班牙皇宫和其他一些值得观光的地方。但这时已是夏末，我们还是匆匆忙忙上路，于10月中旬离开了马德里。当我们到达纳瓦拉边界时，一路上几个城镇里人们的议论颇为令人吃惊。据说法国边境的山上下了雪，有几个行人冒着很大危险试图穿过山区，但都被迫返回了潘普洛纳。

当我们到达潘普洛纳时，才知道情况果真如此。对于我来说，早已习惯了热带气候，习惯了那种连衣服都很少穿的地方，现在遇到这种严寒的天气，简直叫我无法忍受。我们离开老卡斯蒂利亚时，那里的气候不仅温暖，还很炎热；而现在这股从比利牛斯山吹来的冷风清凉寒冷，叫人一下子无法适应。寒冷把我们冻得发麻了，几乎要把手指头脚趾头都冻掉。这突如其来的变化出乎我们的意料，令我们非常苦恼。

可怜的星期五，这个有生以来从未见过雪、挨过冻的人儿，这会儿看到大雪漫山，气候寒冷，简直被吓坏了。

更糟糕的事情是，当我们到了潘普洛纳那以后，雪依然下得很猛。人们都说冬天提前到了。以前就很难走的路，现在简直无法通行了。有些地方积雪太厚，我们无法前进。而且，这里的雪并不像北方的雪那样冻得结实，所以我们每向前迈一步，都有陷下去被活活埋掉的危险。我们一直在潘普洛纳停留了二十多天。眼看冬天就到来了，天气依然没有好转的迹象。这种天气是当地人们记忆中欧洲最寒冷的天气了。这时，我提议我们不妨先到富恩特拉比亚，再从那里坐船到波尔多，那一段海路并不算太远。

正当我们讨论这个问题时，来了四位法国绅士。他们曾经在法国边境被雪所阻，正像我们在西班牙被雪所阻一样。但他们找了一名向导，带他们绕过了朗格多克附近的山区，途中并没有遇到大雪的阻挡。而且他们说，尽管积雪很厚，但都冻得很结实，人和马踩上去能禁得住。

我们找来了这位向导，他告诉我们说，他将顺原路把我们送过去，不会遇有积雪的危险。但我们必须带上充足的武器，防备野兽的攻击。他说，因为这场大雪之后，经常有狼出现在山脚下。这是由于地面被大雪覆盖后，这些狼找不到食物，已经饿慌了。我们告诉他，对这些野兽，我们早已做好了充足的准备，只要他保证我们不遇到那种两腿狼。因为我们听说，这一地区十分危险，经常会受到强人的抢劫，尤其是在法国边境山区。

他答复我们说，走这条路没有遭到强人袭击的危险。于是，我们马上同意跟他走。和我们一起赞同跟他走的还有其他12位绅士和他们的仆人，他们有的是法国人，有的是西班牙人。这些人，就是我曾说过，那些试图过去但又被迫返回来的一帮人。

于是，我们便一起跟着向导，于11月5日从潘普洛纳出发了。使我吃惊的是，向导并没有带着我们向前走，而是带着我们径直返回了从马德里出来的那条路上，一直走了有20英里。穿越了两条河后，我们进入了一个平原地带，天气也温和起来，这里景色宜人，看不见雪。但是，忽然之间，向导带我们向左一转，从另一条路上又进入山区。一路上山势陡峭险峻，着实吓人。但我们的向导却带领我们迂回向前，继续前进，以至于我们在不知不觉中越过了最高的山头，也没有遇到大雪的阻碍。突然间，他指向远方，让我们眺望远处风景秀丽、物产丰饶的朗格多克州和加斯科尼州。虽然距离很远，我们还要走一段崎岖的路程才能到达那里，但还是可以看到那里绿色的树木非常茂密。

后来，我们还是遇上了大雪，雪下了整整一天一夜，大雪纷飞，我们简直无法行走。但向导却劝我们尽管放心，过不了多久就可以走过这片下雪地带了。事实上，我们也发现自己正在一天天下山，而且走得越来越靠北了。于是，随着向导，我们继续向前行进。

有一次，离天黑大约两个小时的时候，向导正走在前面，走出了我们的视野范围。这时，突然从密林深处的山坳中，冲出三只凶猛的大狼，后面还紧跟着一只狗熊。有两只狼猛地扑向向导，这时要不是他离我们不足半英里，恐怕我们还来不及上前营救，他就被狼吞掉了。其中一只狼咬住了他的马，另一只则凶猛地向他进攻，使得他既没有时间，也忘记了去取他的武器，只是拼命地向我们大声呼救。这时星期五正挽着我，我便吩咐他赶快过去看看发生了什么事。星期五过去看清后，立刻大叫起来："喂，主人！喂，主人！"星期五真是一个勇敢的男人，骑着马径直奔向那可怜的向导，并向那只进攻他的狼的头部开了一枪。

总算那可怜的人走运，遇到了星期五。在星期五的家乡，他们早已见惯这些野兽，所以根本就不害怕，正像刚才做的那样，一直走过去把它打死。相反，要是换上我们，却要站在较远的地方开枪，这样做，不是射不中狼，便是伤着了人。

星期五的枪响以后，我们便听到两边狼群的凄厉叫声。随着山谷的回音，这种声音加以扩充，好似有不计其数的狼群。也许，并不是我们所看到的，就来了这么几只狼。我们所有的人都被吓坏了，我相信，就算是一个胆子比我大得多的人，遇到这种情形，也会被吓得魂不附体的。

星期五打死一只狼后，正在咬马的另一只狼立刻停了下来，逃走了。所幸的是，这只狼仅仅袭击了马头，马笼头上的铁圈卡住了它的牙，故而马并没有受伤。但向导却伤得不轻，那只凶猛的野兽连咬了他两次，一次咬在胳膊上，另一次则咬在膝盖上。而且，当星期五过去把那只狼打死时，那受惊的马几乎使他滚落下来。

我们听到星期五的枪声后，在崎岖难走的山路上，策马加鞭，奋力前行，想弄清前面发生了什么情况。穿过那片挡眼的树林后，我们立刻看清了发生的事情。尽管那时我们还不知道星期五打死了一只什么样的野兽，却看到星期五救出了那可怜的向导。

后来，发生在星期五和那只狗熊之间的战斗进行得很艰苦，方式也叫人瞠目。起初，我们都很为星期五担心，后来却又忍俊不禁。众所周知，熊原本是一种蠢笨的野兽，奔跑起来也不像狼那样轻快敏捷。总的来说，它的行动有两个显著特点：其一，它捕食的对象不是人。我这样说，并不敢肯定它在极端饥饿的情况下，比如现在这样遍地大雪覆盖时。但一般情况下，除非人们先向它进攻，它是不会先攻击人们的。同样，当你在树林里遇到它时，如果你不去招惹它，它是不会攻击你的。但这时你必须注意的是要对它谦恭有礼，给它让路。因为它是一位很挑剔的绅士，就是王子来了，它也不会让开一步的。不仅如此，如果你真的害怕，最好的办法就是眼望别处，继续走你的路。因为如果你停住，站在原地，盯着它看，它会认为这是一种侮辱，并不顾一切来向你复仇，只有挽回了面子，它才会满意。这是它的第一个特点。它的第二个特点是，一旦它受到侮辱，它就会不分白天黑夜地跟着你，即使绕上许多路，它也要抓住你，直到报仇为止。

当星期五救下向导，我们赶过去时，他正扶着向导从马上下来。向导受了伤，也受了惊。这时，突然间，我们发现那只大熊正从树林里走出来。这是我们所见过的最大的一只熊。我们看到熊时，都有些惊慌，但星期五脸上却现出兴奋而勇敢的神情。

“啊！啊！啊！”星期五一连喊了三声，又指指大熊说，“啊，主人！让我过去，我要同它握握手，让你大笑一场。”

看到星期五如此高兴，我大为吃惊。

“你疯了，”我说，“它会吃掉你的。”

“让它吃掉我！让它吃掉我！”星期五接连说了两遍，“我还要吃掉它呢！我要让你们大笑。你们待在这儿，我让你们看看笑话！”

他坐下去，一下子就把他的长靴脱了下来，从口袋里拿出他带在身上的一双浅口便鞋换上了，把马交给我的另一个仆人，然后带着他的枪，一阵风地跑了。

那只大熊正慢悠悠地走着，并不准备去招惹任何人，直到星期五走到它面前，冲着它说话，好像它能听懂似的。

“你听着，你听着，”星期五说道，“我跟你说话呢。”

我们在后边远远地跟着。这时，我们已从加斯科尼州的山区进入了一片大森林。虽然四周树木丛生，地势却很平坦宽阔。

星期五跟在大熊后面，很快便追上了它。他捡起一块大石头投向大熊，正好打在大熊的头上。对于大熊来说，石头就像打在了一堵墙上，丝毫伤不着它。但这却达到了星期五的目的，因为这个淘气的家伙并不害怕，他这样做纯粹是为了让熊去追他，好让我们看他说的“笑话”。

大熊感觉到有石头打它后，又看见了星期五，就立刻掉转身子，迈开它那魔鬼般的大步子，飞快地跑起来，犹如一匹马在奔跑。星期五也沿着他的路线跑起来，好像是要跑到我们这边来求救似的。所以我对星期五很生气，这只大熊本来在走自己的路，他却非得把它引过来。更让人气愤的是，他把大熊引过来后，自己却跑开了。所以我们都立刻准备好向那只大熊开枪来救人。

我大声喊道：“狗东西！你就这样让我们大笑吗？走开，把你的马牵过去，我们要把这只野兽打死。”

星期五听到后，立刻大声喊道："不要开枪！不要开枪！站着别动，好看的在后面。"

这灵巧的家伙每跑两步熊才跑一步。突然，他从我们身旁掉转身子跑开了，看到那边一棵大橡树正合他的心意，便示意我们跟上他。他加快脚下的速度，把枪放到离树根五六码的地上，敏捷地爬上了橡树。

那只大熊也很快跑到了树下，我们只是远远地跟着。只见大熊先在那支枪前面停下来，闻了闻，并没有理会，接着就向树上爬去。虽然它的身子又沉又重，但爬起树来却像猫一般敏捷。我对星期五的这种玩笑感到非常吃惊，丝毫感觉不到有什么好笑的地方。但看到大熊爬上了树，我们也赶快驱马跟了过来。

当我们来到树下时，星期五已爬到大树上一根大枝的枝梢上，大熊也爬到了树枝的半中间。当熊爬到树枝比较柔软的部分时，星期五冲我们说："哈！现在看我教熊跳舞。"

于是，他在那根树枝上又跳又摇，大熊开始左右摇摆，并不断向身后看，盘算如何爬回去。这时，看到这种情形，我们都开心地大笑起来。但星期五跟大熊所开的玩笑远远不止这些。当他看到大熊站定后，他又开始招呼它，仿佛大熊会讲英语似的。"怎么？你不过来了，你还是再过来一点吧。"于是，他停止了在树枝上跳动，那只大熊仿佛听懂了他的话似的，果真又向前靠了一点。然后星期五又开始跳动，那只熊又站住了。

我们都认为这是个好机会，可以往它的头上开一枪。于是，我便喊星期五，让他站住，说我们要向大熊开枪了。不料，星期五却着急地喊道："噢，求求你们，求求你们，不要开枪，等一会儿我来打死它。”简而言之，星期五在树上跳够了，那只熊在上面东摇西晃的，让我们笑了个够，但我们却猜不出星期五究竟要怎么办。开始，我们都以为星期五要把熊摇下来，但我们发现，这只熊也很狡猾，它生怕自己被摇晃下来，便再也不肯往前走，而且用它那又宽又大的爪子把树枝牢牢抓住。因此，我们想象不出这件事该怎样结束，这场玩笑最后结局如何。

但星期五很快就解开了我们的疑团。他见那只熊牢牢抓住树枝，再也不肯往前走一步，便说：“好吧，好吧。你不过来，我过去，我过去。你不到我这里来，我到你那里去。”说完后，他便爬到树枝上最细的地方，如果他的体重压上去，树枝肯定会折断。只见他轻轻地从树枝上滑了下来，滑到一定高度时，便跳了下来。然后，飞也似的向他的枪跑过去，把枪拿在手里，站在那里动也不动。

“喂，”我向他说道，“星期五，你现在打算怎么办？你为什么不开枪打死它？”

“不用开枪，”星期五说道，“现在还不能开枪。我先不打死它，等我开枪时，再让你们笑一笑。”

等一会儿你就会看到，他果真这样做了。那只大熊看到它的敌人走了，就从它站着的树枝上往回退。但它极为从容，每退一步还要回头望望，直到它退到树干上来。然后，它同样倒着身子，从树干上往下爬，它的爪子紧紧抓着树干，一步一步地往回退，动作非常从容。当它的后腿刚要落地，就在这时，星期五赶紧抢到它跟前，把枪口塞进了它的耳朵，开枪打死了它。熊像巨石般倒地死去了。

这时，这个坏家伙转过身来，看我们是否笑了。当他看到我们都笑了时，自己也大笑起来。“我们那里都是这样打死熊的。”星期五讲道。

“你们这样打熊？”我问道，“是吗？可你们并没有枪啊。”

“是没枪，”他说，“没有枪，我们杀死熊，用的是很长的箭。”

这对于我们的确是一场很好的消遣。可我们仍是在荒芜的野地里，向导又伤得很厉害，我们不知该怎么办才好。狼群的嚎声一直萦绕在我的脑海。说实话，除了在前面讲过的，在非洲海岸听到过这种声音外，我从没有听到过任何声音，叫人如此害怕。

由于狼的叫声不断，天又快黑了，我们便加快赶路。不然，按照星期五的打算，我们肯定会把这只巨兽的皮剥下来，那倒是很值得保存的兽皮。但我们还有3英里的路要赶，加上向导的催促，我们只好丢下它又向前赶路了。

地上依然积雪覆盖，但雪已不像山里那样深那样危险了。我们后来听人说，那些凶猛的野兽，是由于饥饿所迫，为寻找食物，才都跑到树林里和平地上来的。它们在村里造下许多祸害，袭击那里的村民，咬死了许多羊和马，甚至还伤了人。

我们还要经过一个危险的地方。向导告诉我们，如果这一带还有狼，我们将在那一地带碰到。那是一片小小的平坦地，四面环树。我们只有经过一条又长又窄的小路，才能穿过树林，到达我们准备住宿的村庄。

离太阳落山还有半个小时，我们走进了第一片树林。夕阳西下时，我们进入了那块平地。在另一片树林里，我们看到，在两弗隆见方的空地上，五条大狼飞也似的越过小路，一条跟着一条，像是在追赶什么小动物，而那动物似乎就在它们前面。它们根本没有看见我们，片刻便消失得不见了。

这时，向导提醒我们做好准备，因为他相信还有更多的狼要来。原来，向导也是个胆小的可怜虫。

我们准备好枪支，眼睛紧紧盯着四周。但一直到我们穿过那片约半里长的树林，进入那片平地时，没有看到狼。我们进入平地环顾四周之际，便有一匹死马映入眼帘。那是匹被狼群咬死的马，至少有十条狼正在那里大吃特吃。其实谈不上是在吃，它们只是在啃马骨头，因为它们在先前已把马肉吃光了。

我们并不想打扰它们的宴会，它们也未曾注意到我们。星期五本来想朝它们开枪，我却无论如何不肯答应。因为我觉得，除了我们目前所知道的以外，还有更多的麻烦。我们在那片平地里还没有走出一半的路，便听到左侧树林里狼群的嚎叫声，声音十分骇人。只一会儿，便看到约有上百只狼向我们蜂拥扑来。大多数狼都排成一行，十分整齐，就像是一位有经验的指挥官所带领的部队。我真不知该怎样去对付它们。最后我们觉得大家聚拢起来排成一行才是唯一的办法。于是，我们立刻这样做了。为了使火力不至于中断太久，我下令只许一半的人开枪，另一半不开枪的人则站在那里做好准备，如果它们继续冲过来，就立刻放第二排枪。同时，那些第一排开枪的人，不要急于去装他们的长枪，而是拿好各自的手枪，站在那里做好准备。因为我们每个人身上都带了一杆长枪，两把手枪。用这种办法，我们可以连续开六排枪，每次有一半的人开枪。其实，目前我们还没有这样做的必要。因为第一排枪放出以后，狼群便停了下来，因为它们被枪声和火光吓坏了。其中有四条狼，被射中头部，倒了下来。有几条受了伤，流着血跑开了，鲜红的血迹在雪地上显得格外显眼。我发现狼群停下来了，但并不肯撤退。就在这时，我忽然想起曾经有人告诉过我，就是最凶狠的野兽，也害怕听到人的声音。于是，我便命令大家拼命呐喊。这办法果然奏效，呐喊声一出，狼群便向后退了，掉转头跑了。我又命令在它们背后开了第二排枪，这样，它们拼命逃跑，全都钻到树林里去了。

我们这才有空把枪装好。为了不浪费时间，我们继续前行。但当我们刚刚把枪装好，做好准备，便听到左侧原来那片树林里又传来一片可怕的叫声，只是那声音来自我们要去的那条路的更前方。

夜晚来临了，光线开始昏暗，这于我们十分不利。那声音越来越大，我们可以很容易地听出，那是恶狼在嚎叫咆哮。突然之间，眼前出现了三群狼，一群在我们左边，一群在我们后边，还有一群在我们前边。看起来敌人已把我们包围了。趁着它们还没有向我们进攻，我们便继续往前赶，尽可能地策马快跑。但路很难走，马也只能小跑前进。正行进间，我们便看见远处有一个树林的入口，我们只有穿过这片树林，才能走到平地的尽头。可是，令我们大为吃惊的是，当我们走近那个入口时，只见那里站着更多狼，多得无法计数。

突然，我们听到树林的另一端传来一声枪响，向那边望去，只见一匹马带着马鞍、马勒从里面冲了出来，一阵风似的向前急驰。而十六七只狼，跟在它后面紧追不舍。看上去，那匹马要跑得快些，但我们预料，那匹马是支持不了多久的，最后毫无疑问会被狼群追上。

但是随即我们又看到了一幅更可怕的景象。因为当我们策马来到那匹马刚跑出来的入口时，我们又发现了另一匹马和两个人的尸骸，显然全是被那群狼吞掉的。其中一人无疑是刚才放枪的那个，因为在他身边，还放着一支枪，是刚放过的。但至于这个人，他的头和上半身都已被狼吞食掉了。

这种情景使我们心惊肉跳。我们不知道该采取什么措施。但是，那群野兽使我们很快作出决定。因为它们都聚集到我们周围，妄想用我们美餐一顿。我确信，这群狼足有三百只。所幸的是，在距树林入口不远处，堆放着一大批木料，我猜测是夏天砍伐下来准备运走的。我把我的小部队带到那堆木料后边，我们在一根长木后边排成一行，都身在明处，用木料当作胸墙，站成三角形或三面环绕的阵线，把我们的马围在中间。

我们这样做了，幸好这么做了。在这里，那群野兽对我们进行了再凶猛不过的攻击。它们发出不寻常的吼叫向我们扑来，窜上那堆木料（就是我说过的我们的胸墙），好像是扑向它们的美餐一般。它们进攻得那么凶猛，像是因为看到了在我们身后的马，因为这正是它们饱餐的目标。我命令我们的人像以前那样轮流开火。他们瞄得那么准确，第一排枪就消灭了几只狼。但是，我们必须连续开枪，因为它们像魔鬼一样一个接一个地扑上来。

当我们放了第二排枪之后，我们想它们会稍稍停止进攻，也希望它们将要跑开。但是，这不过是暂时的，因为后边的狼又冲上来，所以我们又放了两遍手枪。我相信，在这四次开枪中，我们打死了十七八只狼，打伤的有两倍多。可是，它们仍然扑了上来。

我不打算太匆忙地放完我们的最后一排枪。于是，我叫过来我的另外一个仆人，不是星期五，因为星期五还有更重要的任务，他要在我们放枪时，以难以想象的速度把我的枪、他的枪都装好。所以，我叫过来我的另一个仆人，给了他一个盛满火药的角桶，吩咐他沿木料把火药撒成一条线，撒得长长的。他按吩咐照办了。他刚一离开，便有几只狼扑了上来，有几只甚至扑到了木料上头。这时，我抓起一支没有放过的手枪，对准火药，开了一枪。火药燃烧起来，那些跳到木料上的狼都被烧着了，有六七只倒了下来，更有甚者，由于害怕弹药和火光，竟连蹦带跳地跑到我们中间来了。我们立刻便结果了它们。其他的狼由于害怕火光，也向后退了几步。这时因为天色已完全黑了，火光显得尤为可怕。

趁此机会，我命令我们的人把最后的手枪全部开火，接着又是一阵齐声呐喊。这样，那些狼才掉转尾巴跑了。我们立刻冲到那二十几只走不动在地上挣扎的狼面前，用刀一阵猛砍。我们的意思是让这些狼的惨叫声、哀号声使其他狼更知道事情不妙，丢下我们快点逃跑。

从开始到最后，我们共杀死了60多只狼。要是在白天，我们肯定会杀死更多。我们结束了这场战斗后，又继续前进，因为我们还有一英里的路要赶。我们行走时，好几次都听到恶狼在树林里嚎叫咆哮。有时，我们仿佛看到了几只，但由于积雪映着眼睛，我们也不敢十分肯定。又过了约有一个多小时，我们来到了要留宿的那个小镇。我们发现镇上的人都非常恐惧，而且都拿着武器。据说，这是因为头天晚上许多条狼和几只熊进了村子。人们非常害怕，只好不分昼夜地防守，尤其是在夜间。这不仅为了保护牲畜，更为了保护村民。

到了第二天早晨，向导的两处伤口溃烂得很厉害，四肢也肿了起来，病得很重，根本无法上路。于是，我们只好从当地又找了一位向导，把我们带到了土鲁斯。那里气候温暖，物产丰饶，没有积雪，也没有狼之类的野兽。当我们把经历讲给土鲁斯当地人听的时候，他们告诉我们，在山脚下的大森林里，尤其是积雪覆盖地面时，这种情况是很平常的。他们多次询问我们究竟找了一位什么样的向导，敢在这样严寒的季节，带我们冒险走这条路。还说我们总算幸运，没有被狼吞掉。当我们告诉他们，我们怎样布阵，怎样把马匹挡在中间时，他们对我们大为责备了一番，说我们没有被狼吃掉，真是万幸。因为那些狼是由于看到了马匹，看见了它们的口中美餐，所以才那样凶狠的。在一般情况下，它们是很怕开枪的。但当它们饿得发狂时，急于想吃到马，便铤而走险了。如果不是我们连续开火，最后采用火药布阵的计策把它们控制住，不被它们撕成肉片才怪呢。相反，如果我们只是安稳地坐在马背上，像骑兵那样开枪，它们看到马上有人，就不会把马当作自己的猎物去抢了。最后，他们还告诉我们，如果当时我们站到一块，把马丢开，那些狼也会急于吃马，让我们安全地过去了。况且我们手中有武器，人数又多。

就我的经历而言，对危险的感受从没有像这一次这样真切。看到三百多个恶魔咆哮着、张着大嘴向我们扑过来，要把我们吞掉，而我们却没有地方躲藏，也没有地方退却，我认定我要送上性命了。正因为如此，我想我再也不会去翻越那几座高山了。我宁愿在海上走上1000里，哪怕是每个星期都遇到一次风暴，也比走那些荒山野岭强多了。

第二十七章　重游故地

在通过法国的旅途中，我没有什么特殊的事情可以记载。有的只是些别的旅行家早已记述过的事情，他们的记录比我的更有意义。我们从土鲁斯赶到巴黎后，片刻未停便直奔加来港。历时整整一个严寒冬季的长途跋涉后，终于在7月14日平安到达多维尔。

我现在已到达旅行的终点。在很短的时间内，我新获得的财产全部安全地回到我的手中，我随身携带的几张汇票都已经兑现了。

我的良师益友和私人顾问，就是那位好心的寡妇，她对于我送钱给她表示非常感激，并不辞辛劳，不计报酬地为我服务。我完全地信任她，并把一切事情都托付给她，对我的财产安全也放心了。其实，从开始到现在，我对这位善良的寡妇的无瑕的诚实都很满意。

现在，我开始考虑把我的财产托付给这位妇人，然后起程到里斯本去，再从那里赶到巴西。然而，另一种顾虑又摆在我眼前，那便是宗教问题。因为当我在国外，尤其是过着那种孤独寂寞的生活时，我对罗马宗教已经产生了疑虑。所以，我知道我是不能到巴西去了，更不用说到那里定居了。除非我下定决心，毫无保留地信奉罗马天主教；要么在另一方面，除非我下定决心为我的宗教牺牲，做一个殉道者，在宗教法庭上被处死。最后，我下定决心，留在国内，并打算如有可能的话，就把我的种植园处理掉。

为此，我给我里斯本的老朋友写了封信。他回信告诉我，他可以很容易地将种植园卖掉。他请求我同意让他把我的意思告诉那两位商人，也就是我的两位代理人的后代，因为他们都住在巴西，非常清楚那个种植园的价值，又都住在当地，而且都很富有。他相信他们一定愿意买我的种植园，而且他保证我可以多拿到四五千葡萄牙金币。

于是我便同意了，并授权给他，他照办了。过了八个月，商船返回来了，他捎信告诉我，他们已经接受了我的卖价，并汇出了33万葡币给他们在里斯本的代理人，叫他照付。

于是，我便在他们从里斯本寄给我的卖契上签了字，寄给了我的老朋友。接着，他便给我寄来了328万葡币的汇票。我仍然履行先前许下的诺言，在老人家有生之年每年付给他100葡币，他死后，每年付给他儿子50葡币，作为种植园产业对他们的津贴。这样，我便把我遭遇和冒险的第一部分讲完了。我的生活犹如上帝盛衰无常的杰作，变化万千，世间少有，虽然起初愚昧无知，但结局却比我想象的要好许多。

任何人都会想，在这种好运不断的情况下，我就不会再去冒险了。确实，如果在另外的环境下，我就不会再去了。然而，我过的一直是一种流浪生活，没有家庭，也没有多少亲戚，也没有结交很多的朋友。所以，我虽然已经卖掉了在巴西的产业，但还是有着强烈的愿望，想再去一趟。尤其是，我不能抵抗住另一种更强烈的愿望，就是想再去小岛上看看，想知道那些可怜的西班牙人是否仍在那里，我留在那里的那几个坏蛋又是怎样对待他们的。

我真诚的朋友，那位寡妇，极力劝我不要再出去了。而她真的把我劝住了，我在国内一连待了差不多七年。在这期间，我把我哥哥家的两个孩子，我的两个侄儿领来抚养。大侄儿，本来有点财产，我把他养成一个绅士后，拨了一笔财产，在我亡故后给他。另外一个侄儿，我把他交给了一位船长。五年后，他已成为一名通情达理、有骨气、求上进的青年了。我就给了他一条好船，送他去航海了。到后来，正是这个年轻人又把我这个上了岁数的人拖进了新的冒险事业中。

在这期间，我在国内定居下来。首先，我结婚了，过得很安稳，并有了三个孩子：两个儿子，一个女儿。可是，不久我妻子便去世了，同时，我侄儿从西班牙的航行中满载而归。我本来就有出海的意愿，加上他不住地劝我到他的船上，于是，我便于1694年，以一个私家商人的身份，上他的船到东印度群岛去了。

这次航行中，我到了我的荒岛殖民地，见到了我那些西班牙继承人，了解了他们及我留在岛上的那些坏蛋们的生活：起初那些坏蛋怎样欺辱这些可怜的西班牙人，后来又怎样和好，怎样不和，怎样联合起来，又怎样分开，到最后西班牙人又是怎样被迫动用武力，制服他们，西班牙人又是怎样公正地对待他们。这些故事，如果写出来，一定也像我自己的经历那样，精彩绝伦，多姿多彩。尤其是他们同那些三番五次到岛上来的加勒比野人的战斗，还有他们自己在岛上进行的变革，以及他们怎样派5个人攻到对岸大陆上去，掳回11个男人和9个女人。因此，当我再次到达岛上时，这里已有20个孩子了。

我在岛上停留了20来天，给他们留下了一些必需品，尤其是武器、火药、子弹、衣服、工具，以及我从英国带来的两个工人：一个木匠，一个铁匠。

此外，我又把土地给他们分成了若干份，根据他们本人的意愿分给他们，但全部产权仍归我所有。我替他们解决完问题，又叫他们不要离开小岛，我便离开了那里。

离开那里，我到了巴西，并在巴西买下一只帆船，又把更多的人送到岛上去。在船上，除了一些供给品外，我还送去了7个女人。这些女人都能干活，也适合做那些愿意娶她们的人的老婆。至于那几个英国人，我答应他们，如果他们努力开拓种植业，我就从英国给他们送几个女人去。这些诺言后来我都兑现了。这些人自从受到管教，分配到各自的财产后，都成了诚实勤勉的人。我又从巴西给他们送去五头母牛，其中的三只已怀了小牛，还送去了几只羊、几头猪。当我再去的时候，这些牲畜已增加了不少了。

除了这些事情外，后来，还发生了不少惊险的遭遇，比如三百个加勒比人怎样来侵扰他们，摧毁了他们的种植园，他们怎样两次同野人打仗，起初被击败，三个人被杀掉。最后，一场风暴摧毁了敌人的独木舟，其余的野人都被饿死或消灭了，他们重新建立了自己的种植园，继续在岛上过日子。

所有这些事情，以及在后来的十年里，我自己新的冒险中一些惊人的遭遇，我以后可能再做新的记述。